TRAQUE TRUQUÉE

Emmanuelle Michels

Traque Truquée

Roman

Édition : BoD – Books on Demand, info@bod.fr
Impression : BoD – Books on Demand, In de Tarpen 42,
Norderstedt (Allemagne)
Impression à la demande

ISBN : 978-2-3225-2373-3
Dépôt légal : Juin 2024

Pour A, H et D

CHAPITRE 1

Liane

Liane plia son journal avec une infinie précaution, prenant garde à ne pas faire ni trop de bruit, ni à laisser la marque de son passage entre ses pages. Pendant une seconde élastique, elle se demanda pourquoi la presse écrite s'obstinait à lancer des défis de dextérité à ses lecteurs, qui plus est, de moins en moins nombreux.

Puis, n'y tenant plus, elle se ressaisit des célèbres pages couleur saumon afin de lire encore une fois l'entrefilet dont elle avait un moment craint la disparition.

Pas de tour de passe-passe, pas d'encre sympathique, les quelques lignes riches d'une vie étaient toujours bien là.

Certes, se réjouir de la disparition d'autrui était un faux pas d'ordre karmique. Mais tant pis, celui-ci en valait la peine et il aurait été hypocrite de sa part d'ignorer la satisfaction honteuse qui l'envahissait. Harry était bel et bien mort.

Une petite semaine avant son soixantième anniversaire, Dieu ou plutôt le diable l'avait rappelé à lui. Il le privait ainsi, à sept jours près, des millions qu'il avait méticuleusement accumulés dans les plans de stock-options des sociétés qu'il avait dirigées et surtout dégraissées afin de rendre la mariée plus aguichante et son compte en banque inversement proportionnel à la sveltesse toujours plus vertigineuse de ses secrétaires.

– Je devine que Madame a reçu de bonnes nouvelles. Madame aurait-elle été à nouveau élue « chasseur de têtes » de l'année ?
Liane lui décrocha un coup d'œil faussement assassin.

– Colin, s'il te plaît. Arrête de me parler comme si j'étais la Belle au Bois Dormant. C'est moi, ta petite princesse, celle que tu faisais sauter sur tes genoux hier encore.

– Hier, encore ? Madame a dû rester endormie bien longtemps.

Colin était l'impeccable barman du Hemingway Bar, lieu de rencontres mythiques du palace parisien où Liane avait ses habitudes. Son véritable « chez elle » était un concept virtuel qui n'était défini que par l'endroit qui avait l'infinie chance de recevoir le paiement de ses impôts. Londres avait cet honneur pour le moment mais cela aurait pu être Paris, New York ou encore Hong Kong, îlots des mers agitées de la finance entre lesquels elle naviguait à longueur d'année.

Dans un quartier choisi de la capitale britannique, elle possédait un appartement d'apparat et d'apparence, décoré avec un goût qui n'était pas le sien mais qui avait fait le bonheur des magazines de décoration et une publicité en or à son architecte d'intérieur. Son duplex dans Kensington avait l'âme d'un show-room. Elle-même avait du mal à s'asseoir sur ses canapés de tissu grège sans chercher le plastique de protection qu'elle s'attendait à trouver, comme si elle était encore chez sa mère. Son chat, pourtant nourri et dorloté par la gouvernante philippine quotidiennement à son service, avait fini par mettre ses croquettes bio derrière lui. Il l'avait quittée pour une famille plus accueillante où les enfants lui tiraient les poils et où la maîtresse de maison lui parlait comme à son plus jeune fils. Finalement, les chats et les hommes de sa vie ne différaient pas tant que cela.

– Pardon Colin. Non, le World of Finance n'a pas encore voté cette année pour désigner le chasseur de têtes de l'année, du moins pas officiellement. Mais merci de croire toujours en moi. Qui sait, ce serait la troisième année de suite et cela serait inédit.

– Raison de plus, ma Liane. Je suis sûr que ce sera toi la première à accomplir ce prodige.

Le sourire de Colin était illuminé d'une fierté quasi paternelle et Liane se sentait pitoyable. Elle avait rougi puis baissé les yeux, dans un mouvement de gêne adolescente. D'un coup de fil, elle avait le pouvoir de faire et de défaire une carrière. Pourtant un compliment authentique, venant du fond du cœur, lui faisait toujours cet effet-là. Par chance ceux-ci étaient rares dans les hauts sommets où elle évoluait et où les sentiments, comme l'oxygène, se raréfiaient au fur et à mesure que l'on grimpait.

Colin poursuivit comme si de rien n'était :

– Accepteriez-vous, chère Madame, de goûter pour moi une de mes toutes nouvelles créations ?

Liane n'était pas un pilier de bar et l'alcool avait mauvaise presse dans sa famille où la branche paternelle avait été pratiquement éradiquée par le ratafia et le gros rouge. Mais Colin la connaissait bien, mieux que la plupart. Il avait discerné derrière son chic cool de façade quelque chose en elle qui se fissurait sous ses yeux. Entre Liane et Colin, la relation toute en retenue était fondée sur une compréhension mutuelle viscérale qui s'accommodait mieux des non-dits que de l'excès de verbe.

C'était il y a quinze ans. Elle avait franchi le seuil de l'Hemingway Bar défraîchie après un entretien d'embauche qui avait mal tourné. Au sommet d'une de ces horreurs de la Défense, un jeune cadre qui se croyait arrivé l'avait reçue les pieds sur son bureau, l'appelant « ma poulette » et lui donnant de la « gonzesse ». Les diplômes de la jeune fille d'alors, dorés à l'or fin des grandes écoles de la République, ne lui suffiraient donc jamais à être traitée en égale. Ce n'était pas tant le vocabulaire méprisant que cette certitude qui l'avait révulsée. Elle avait dû se faire violence pour ne pas lui écraser sa petite gueule de fils à papa satisfait sur son bureau de galérien des temps modernes. D'où elle venait, on ne tendait pas l'autre joue, on faisait passer à la caisse sans faire crédit.

Mais elle avait fait du chemin la petite gamine de banlieue, déjà plus chez elle là-bas et pas encore une des leurs ici. Elle avait contrôlé son geste mais son ton avait été assassin, révélant une louve au lieu de l'agnelle qu'il se préparait déjà à sacrifier. Les autres associés du prestigieux cabinet de conseil présents à l'entretien s'étaient transformés en statue de sel tandis que la jeune diplômée avait exposé avec efficacité les raisons pour lesquelles leur firme, plutôt qu'une autre, devait condescendre à accepter le sacrifice de son corps, de son sang et surtout de ses plus belles années.

Après cet épisode mémorable, elle avait fait à pied le chemin de la Défense à la Place Vendôme, économisant l'argent du transport pour s'offrir un dernier rêve. Elle était persuadée que sa carrière était morte dans l'œuf tant elle voulait ce poste. Pour la première et elle en était sûre la dernière fois, elle allait prendre un verre dans le bar mythique d'un de ses auteurs favoris. Colin l'avait accueillie sans familiarité, sans chaleur feinte mais en quelques mots bien pesés, il l'avait reconduite aux portes de ce monde qui, certes, ne lui appartenait pas de naissance mais qui la supplierait bientôt de devenir le sien.

Les années s'étaient déroulées tel un énième scénario hollywoodien, le vilain petit canard était devenu un cygne redoutable. Liane avait eu la peau et le job du prétentieux phallocrate. Elle était connue et reconnue dans les milieux de la finance internationale où son intelligence et son physique en faisaient un prédateur avec lequel mieux valait ne pas chercher le combat. Quelle surprise que le prince charmant, lui, ait persisté à faire un grand détour pour l'éviter !

— Pur Hasard, Madame. Champagne, framboises fraîches en purée, feuilles de menthe écrasées au mortier, un soupçon de liqueur de framboises… Et des secrets.

– Merci Colin. C'est tellement gentil. Je crois que c'est l'occasion ou jamais de donner une chance à ce Pur Hasard.

Colin approuva d'un mouvement de tête.

– Avons-nous une raison de célébrer ce soir ?

– Oui, Colin. Une nouvelle, la meilleure depuis bien longtemps. Harry est mort. C'est tellement bon que je vais te le redire.

Mais bien sûr, Liane n'exprima rien de cela. Le plus posément du monde, elle répondit :

– Un vieil ami vient d'être récompensé pour l'œuvre d'une vie.

Elle vida son Pur Hasard d'un trait puis félicita Colin pour ce nouveau cocktail qui deviendrait, c'est sûr, une de ses signatures. Puis, s'assurant que personne ne les observait, elle lui décrocha un clin d'œil avant d'ajouter :

– Les autres ne devraient plus tarder maintenant, comme au bon vieux temps.

Colin frémit légèrement. Tel le père qu'il ne serait jamais, son cœur battait à l'idée de retrouver sa singulière portée rassemblée sous son toit.

Baptiste

Trois heures que ce cirque durait. Réunis autour de la table Louis XV en bois de rose et marqueterie de la salle du conseil, experts, responsables associatifs et résidents triés sur le volet dessinaient, à grands coups de lieux communs, le futur de la politique d'intégration des banlieues.

– Et vous monsieur le conseiller, qu'en pensez-vous ?

Le ministre s'était tourné vers Baptiste avec un soupçon de déférence qui n'avait pas échappé aux vétérans de la cause politique présents pour l'occasion.

Depuis que Baptiste avait l'oreille du Président, plus rien ne se décidait dans les ministères sans sa bénédiction. Ses journées s'étireraient donc au rythme de réunions aussi creuses que longues. Imperturbable, son immobilité mettait ses interlocuteurs mal à l'aise d'autant plus qu'elle se déroulait sur un physique d'athlète éblouissant.

De sa mère touarègue, il avait reçu ce regard énigmatique et insondable qui voyait tout mais ne donnait rien en retour. De son père peul, il avait hérité du sourire qui se faisait d'abord enjôleur pour mieux devenir carnassier. Mais c'était surtout son allure qui faisait se retourner sur son passage, avec une égale prévisibilité, femmes et hommes. À présent qu'il était habillé sur mesure, on aurait pu mettre sur le compte de l'étoffe et de la coupe son allure sidérante mais ce n'était pas rendre justice à sa beauté. Sa peau d'un noir si beau et profond qu'elle en paraissait bleutée courait sur presque deux mètres d'une plastique parfaite avec son fameux dos, droit comme celui d'un héros grec et taillé dans de l'obsidienne. C'était d'ailleurs ce dos qui avait changé le cours de sa vie sur un escalator de la Gare Saint-Lazare.

Sous son hoodie dépenaillé, il avait fallu l'œil expert d'une talent-scout hors pair pour repérer le corail dans l'oursin de banlieue. Jeannine s'était armée de courage car, ce jour-là en particulier, Baptiste était loin d'être avenant avec son T-shirt sale, ses baskets sans lacet et cette rage qui sourdait jusqu'à la surface de son indifférence. Après tout, il venait de sortir de prison le matin même. Mais cela, Jeannine ne le savait pas. Sans doute aurait-elle renoncé à interpeller le jeune homme, mais heureusement, elle se lança.

En professionnelle de la publicité, elle avait su être persuasive et persévérante. Méfiant, il croyait à une embrouille, un truc d'escortes masculins dont ses voisins de cellule lui avaient parlé comme un moyen sûr de se faire un peu d'argent, si chevaucher la rombière ne lui faisait pas peur. Jeannine avait su trouver les mots, être patiente jusqu'à le conduire elle-même à faire quelques photos qui s'étaient immédiatement avérées prometteuses.

Le jeune homme avait non seulement du potentiel mais surtout la clairvoyance de reconnaître Dame Chance quand celle-ci s'était enfin présentée. Jeannine était devenue son Pygmalion et le succès avait rapidement été au rendez-vous. Le corps parfait de Baptiste s'étala bientôt sur les abribus de France et de Navarre et aucune fête branchée ne l'était plus vraiment sans la présence de ce corps magnifique au visage impassible de sphinx.

Quand un soir, un invité plus têtu que les autres était parvenu à le faire parler, il avait découvert que l'éphèbe savait non seulement aligner trois mots mais qu'en sus, il pouvait réciter des passages entiers des Classiques de la langue française. Ayant mis à profit ses quelques mois passés aux frais du contribuable, Baptiste avait obtenu un bac littéraire avec mention très bien. Usant de beaucoup de tact afin d'éviter le malentendu qu'un tel physique ne manquait jamais de créer, l'invité inquisiteur avait placé sa carte de visite au creux de la paume du jeune homme en le priant, respectueusement, de le retrouver à son bureau le lendemain.

Nouvellement coopté à la tête de la poussiéreuse école des Sciences Politiques, Jeffrey Darrel était un rebelle qui avait fait sa mission d'ouvrir sa vénérable mais ennuyeuse institution à la vraie vie et à ses habitants. Il avait convaincu Baptiste de se présenter à son concours d'entrée que ce dernier entreprit de réussir haut-la-main. Ce n'est qu'une fois convaincu de sa légitimité, que Baptiste s'était autorisé à devenir l'amant de Jeffrey. Quand il intégra l'ENA, ce couple paisible et heureux se maria en toute discrétion.

Le redoutable caïd de banlieue avait toujours été gay, une préférence qui aurait raccourci considérablement son espérance de vie là où il avait grandi, s'il n'y avait pas eu Liane. C'est elle qui lui avait proposé d'être, selon le terme consacré, sa « meuf ». Alors que se méprenant sur ses avances, Baptiste allait lui offrir une parade maintes fois répétée, Liane lui avait fait un clin d'œil en ajoutant :

– Tes fesses, tu pourrais en avoir besoin un jour pour autre chose que t'asseoir dessus. Les miennes aussi d'ailleurs. Alors, c'est donnant, donnant.

Elle avait tout deviné. Leur petit sketch du couple enamouré avait duré près de vingt ans, jusqu'à Jeffrey à qui elle avait passé le relais, heureuse de savoir son ami enfin assagi.

Et justement Liane était à Paris et, comme c'était un vendredi soir, ils devaient se retrouver dans leur repaire habituel.

Jetant un coup d'œil à sa Panerai, Baptiste jaugea qu'il lui restait trente minutes. Moins qu'il n'en fallait pour porter l'estocade.

Le ministre se racla la gorge, visiblement agacé.

– Monsieur le conseiller, vu votre expérience… très personnelle de ce sujet, auriez-vous l'amabilité de nous donner votre avis ?

Baptiste sembla se déplier pour soudain occuper toute la pièce. Il sourit, ce qui n'augurait rien de bon pour la partie adverse.

– Je vous remercie, Monsieur le ministre. C'est avec attention que j'ai écouté l'exposé de nos experts…

bla-bla-bla-bla bla-bla-bla… Pensait-il alors qu'il régurgitait le sirop anesthésiant des platitudes polies que les trois lascars encravatés et leur troupe bigarrée avaient répandu toute l'après-midi.

Il se sentait prêt à en découdre, ivre de lieux communs et de solutions éculées.

– Monsieur le ministre, permettez-moi d'avoir cinq minutes de votre temps et de celui de nos experts… En privé s'il vous plaît. Sous l'onctueuse politesse, Baptiste ne faisait rien de moins qu'ordonner au ministre de se retirer dans son bureau avec les interlocuteurs qu'il avait lui-même désignés.

Alors qu'un frisson d'excitation à la promesse d'une remontrance assassine faisait s'accélérer les cœurs battant sous les cravates en soie ciglée, le ministre obtempéra. Derrière les portes closes, le conseiller spécial du Président mena la charge sans plus attendre.

– Donc, Messieurs les experts, vous suggérez le lancement des dix projets pilotes dans les zones sensibles sélectionnées sur cette carte.

– C'est cela monsieur le conseiller.

L'autre allait de nouveau se lancer dans une diatribe sur le bien-fondé de son choix. Baptiste ne lui en donna pas l'occasion.

– Que vous financerez en grande partie par des dons privés rassemblés au sein des antennes locales de « Soleil d'Espoir ».

– C'est cela ! L'association « Soleil d'Espoir » est active depuis plus de vingt ans dans nos quartiers où elle fait un travail remarquable.

L'autre se tut quand Baptiste gronda.

– Nos quartiers ! monsieur l'expert, je ne vous

ferai pas l'injure de vous demander votre adresse.

L'autre enfla du torse.

– C'est une attaque personnelle, monsieur le conseiller. Être né du bon côté du périphérique ne m'interdit en rien de vouloir faire le bien pour ces pauvres gens.

Baptiste allait lui en coller une, ou tout du moins on pouvait lire dans son regard que cette possibilité n'était pas à exclure.

– Depuis combien d'années avez-vous dit que « Soleil d'Espoir » était à pied d'œuvre ?

– Plus de vingt ans, monsieur le conseiller.

– Donc, cela fait plus de vingt ans que « Soleil d'Espoir » recycle, pour ne pas dire blanchit, l'argent illégal de la drogue, fléau de « nos » banlieues. Ce secret, qui n'en est pas un pour quiconque a déjà dépassé la zone 3 du RER, a enfin franchi les portes de la capitale et est tombé dans l'oreille d'un juge moins conciliant que les autres. « Soleil d'Espoir » va être à la une des médias d'ici quarante-huit heures, malheureusement pas pour les raisons que vous auriez pu espérer, Messieurs.

Le ministre avait blêmi. Dans son regard affolé, on pouvait nettement lire qu'il n'ignorait pas que sa réputation et sa crédibilité politique fussent en jeu.

– Baptiste, vous êtes sûr de ce que vous avancez ?

Il l'avait appelé Baptiste, il avait donc besoin de lui.

Le temps d'une conversation avec la Brigade Financière, le ministre avait compris le gouffre dans lequel des adversaires avaient tenté de le précipiter. Le teint terreux et la voix tremblante de colère, il invita les futurs ex-experts et son chef de cabinet à demeurer dans son bureau. S'empressant de raccompagner son nouvel ami sur le perron, il lui donna l'accolade.

– Mon vieux, je ne vous remercierai jamais assez. Puis le fixant dans les yeux, il ajouta.

– Cela reste entre nous, Je compte sur vous.

Baptiste avait quinze minutes pour rejoindre le Hemingway Bar et prendre Liane dans ses bras. Il ne prie donc pas la peine de savourer son triomphe.

– Cela va sans dire, Jean-Pierre.

Puis il partit d'un pas léger. Encore un qui lui mangerait dans la main, tout en essayant de la lui mordre à la première occasion.

Gaspar

– Vas-y, abats-le !

Le ton de Gaspar ne laissait aucune place à l'ambiguïté.

Nella plaida.

– Je ne peux pas faire cela. Viktor est notre allié, notre ami depuis si longtemps. Ce serait le trahir, le réduire à néant. Tout cela pour une toute petite virgule.

Le temps pressait. Gaspar perdait patience mais son ton demeurait le même, doux et crémeux, comme un kolompeh aux dattes de Karman, la ville iranienne où il était né. Seule une pointe d'accent perse, d'habitude enfuie, trahissait la tension qui montait en lui.

– Abats-le ! Maintenant.

Ses yeux mélancoliques et tendres étaient devenus durs comme du silex. Nella hésitait encore. De son seul geste, elle pouvait annihiler Viktor et tout son travail en le révélant au monde entier. Dans l'univers des hackers, c'était la mort assurée.

Gaspar eut le geste vif. Il se détendit avec la précision et la rapidité du cobra, fidèle au reptile dont deux spécimens gravés à l'encre colorée se déroulaient depuis l'intérieur de ses poignées jusqu'à l'arche de son dos. Trois touches effleurées et c'était la fin. Tout le code du software de protection envoyé par Viktor se déroulait sous les yeux de Gaspar et de Nella, atomisé au fur et à mesure par le software de défense Tigre, né de leurs esprits de codeurs géniaux qui travaillaient si bien en équipe.

Nella n'eut même pas le temps d'être furieuse, de lui hurler que personne n'avait le droit de piloter son clavier, qu'il était un dangereux parano, un malade qui venait d'injecter un virus redoutable dans les machines d'un compagnon d'armes. La jeune femme allait se lever quand Gaspar lui appuya rudement sur les deux épaules.

– Tu restes et tu regardes.

Gaspar pointa une série de virgules qui se démarquaient du reste du code.

– Ces virgules sont des fausses notes, elles ne riment à rien. Elles brisent la mélodie et ne vont pas avec le reste de la partition.

– Oh ça suffit, Mozart ! C'est du code, pas une symphonie.

– Tu te trompes, ma belle. Ce n'est pas Viktor qui a écrit cette partition. Ce n'est pas son tempo, ce n'est pas son style.

Les yeux de Nella, maintenant tournés vers lui, lançaient des dagues empoisonnées.

– Tu m'emmerdes, le DJ star. Tu passes tes nuits

à te griller le cerveau dans tes soirées à cent mille balles devant des filles qui n'attendent qu'un mot de toi pour chauffer autre chose que tes platines. Tu es non seulement devenu sourd Gaspar, tu es aveugle aussi.

Gaspar inspira très fort pour mieux contrôler la rage qui le gagnait. Le milieu opaque des hackers avait eu du mal à tolérer que l'un des codeurs les plus doués de sa génération soit aussi un des DJs les plus médiatiques de la scène électro française. N'était-il pas communément admis qu'un vrai hacker devait vivre caché, retranché, misanthrope des temps modernes, épris de ses seuls écrans ? Mais voilà, Gaspar n'avait rien de commun.

Diagnostiqué haut potentiel avec un déficit de l'attention à l'âge de quinze ans, il avait fait de sa condition un atout. Au grand dam du monde médical prompt à lui dérober son individualité et à le gaver de neuroleptiques, Gaspar avait toujours refusé tout traitement chimique. Il revendiquait le droit d'avoir deux vies : DJ star la nuit et hackeur le jour, ses deux activités unies sous l'égide de son unique passion : la musique. Pour Gaspar, un code et une note sonnaient à l'identique. Si certains synesthètes associaient les chiffres à des couleurs, Gaspar percevait les lignes de code comme de véritables mélodies, aussi réelles qu'un mouvement de Dvorak dans son casque qui ne le quittait jamais.

Il entendait les fausses notes d'un code avant qu'un œil exercé ait même commencé à débusquer la moindre anomalie. Virus, résidents, chevaux de Troie sonnaient telle une abominable cacophonie qui ne le trompait jamais. Hors-norme mais tellement efficace,

Gaspar était le superhéros auquel grandes entreprises et gouvernements faisaient appel en premier lieu pour les protéger des menaces technologiques ou même parfois pour en devenir une, eux-mêmes. Souvent Gaspar refusait de mettre son art au service des puissants. De ses parents communistes qui avaient fui la révolution des mollahs, il avait gardé des idéaux et donc des principes inaltérables.

Son don devait servir le bien et combattre le mal. Au fur et à mesure des scandales révélés par les lanceurs d'alerte, si mal récompensés de leurs bonnes intentions, il en venait parfois à se demander où le bien et le mal avaient arrêté leurs frontières. Quand il ne savait plus, qu'il approchait de cet état de dégoût du monde qui annonçait une nouvelle de ses crises d'angoisse qui pouvaient l'amener au bord du gouffre, il trouvait alors immanquablement refuge auprès de son frère et de sa sœur de cœur : Baptiste et Liane, ses amis d'enfance qui ne l'avaient jamais lâché.

Ces trois-là étaient de brillantes étoiles dont chacune était indispensable au rayonnement des autres. Quand l'une palissait, le temps s'arrêtait dans leur galaxie jusqu'à ce qu'elle retrouve à nouveau le chemin de la lumière. Gaspar se sentait, à nouveau, glisser vers un trou noir qui se résorba à la sonnerie de son téléphone crypté. Il fit signe à Nella que Viktor était en ligne. S'en suivi un long silence où ne se distinguait que la voix lointaine de leur ami déversant dans un anglais haché un flot de paroles. Quand enfin il se tut, Gaspar eut juste le temps de lui confirmer « qu'ils s'en occupaient » avant de raccrocher.

– On s'occupe de quoi ? aboya la jeune femme.

– Viktor a été piraté. En détruisant le cheval de

Troie, nous avons sauvé son code source. Je vais maintenant le sécuriser.

Gaspar prit possession de ses claviers et se mit au travail. Nella, assommée puis honteuse, cherchait les mots justes pour s'excuser, un exercice auquel elle était loin d'exceller.

– Viktor…

– Ne dis rien, Nella, s'il te plaît. Tu ne pouvais pas savoir. Maintenant, excuse-moi mais j'ai du travail.

– Tu retrouves les autres, ce soir ?

Nella avait sa petite voix contrite où transpirait une goutte acide d'acrimonie. Amoureuse de Gaspar depuis dix ans, elle enviait à Liane le privilège d'être la seule femme qui ait duré plus d'une nuit dans la vie sentimentale agitée de son associé. Gaspar faisait comme s'il ne remarquait rien, une stratégie qui leur avait garanti une relation sinon sans nuage, au moins d'une loyauté inaltérable. Nella était une codeuse surdouée, un beau brin de fille et une emmerdeuse attachante mais elle n'était pas Liane. C'était là son moindre défaut.

Gaspar fut le troisième à franchir les portes de l'Hemingway Bar. Il s'apprêtait à rejoindre Liane et Baptiste quand il croisa le regard légèrement désapprobateur de Colin qui semblait chercher quelque chose juste haut dessus de sa tête. Il passa sa main dans ses cheveux et immédiatement se sentit penaud comme s'il avait dix ans. Il avait encore oublié d'enlever le bonnet informe qui sa marque de fabrique.

Il fut accueilli par ses amis avec force d'embrassades et de petites piques amicales. Même si cela faisait des semaines qu'ils ne s'étaient pas retrouvés tous les trois à Paris, tout retombait dans l'ordre, les pièces s'emboîtaient à merveille et chacun d'entre eux se sentait enfin complet, véritablement lui-même avec les autres.

C'est Baptiste qui annonça la nouvelle au dernier arrivé :

– Tu ne le croiras jamais. Cette pourriture d'Harry a cassé sa pipe hier soir.

En entendant ces mots, Colin laissa échapper un verre à Martini qui s'écrasa sur le sol à ses pieds.

CHAPITRE 2

Une heure du matin. Liane avait le bureau parisien de Morgan Richfield pour elle toute seule. Elle aurait pu y photocopier ses fesses comme nombre d'autres qui y avaient amené leurs amants pour réaliser ce vieux classique du fantasme à col blanc, personne ne l'aurait su.

Sauf que dans le cas de sa collègue Éléonore, cela s'était su et vu. Éléonore était une bonne gagneuse alors les pontes de New York avaient détourné leur chaste regard de faux derches de la côte est et Éléonore ne s'était pas fait virer. Avec deux millions de dollars d'honoraires par an, New York l'aurait même recommandée à l'Opus Dei : elle, la plus grande salope de Paris. Mais tant qu'Éléonore baisait à droite et à gauche indistinctement, elle ne se mariait pas et donc ne risquait pas de faire des enfants, ces antidotes à dollars qui en avaient stoppé plus d'une dans sa course folle. Du jour au lendemain, New York perdait des honoraires juteux qui ne viendraient plus gonfler l'enveloppe de bonus des associés. Il fallait alors identifier, former et coacher une autre pouliche prête à tout sacrifier et qui mettrait plusieurs années avant de pouvoir fournir le retour sur investissement nécessaire pour financer ce nouveau yacht ou plus modestement, cette nouvelle piscine dans une propriété du Connecticut.

Alors qu'Éléonore ait photographié son maigre postérieur alors qu'elle se faisait empaler par l'un des sexes les plus conquérants de l'Assemblée Nationale, c'était pain béni. Ce moyen de pression bienvenu permettrait de garder sous contrôle l'indomptable Éléonore et de s'assurer que Morgan Richfield demeurerait le chasseur de têtes de choix auprès de quelques députés priapiques et influents.

Jamais Liane ne s'était fait attraper à ce jeu-là, mais y jouait-elle ? Elle était un mystère et ses activités sexuelles inconnues ajoutaient à son aura. Liane était méfiante de naissance et précautionneuse d'expérience. Jamais elle n'aurait fait entrer un inconnu dans les bureaux de la place Vendôme car sur chacun des bureaux design trônait un ordinateur dernier cri qui donnait accès à la base de données de Morgan Richfield, la plus convoitée du monde des affaires.

Bien sûr ce n'était ni le MI5, ni la CIA, mais les confidences passées d'un jeune cadre montant aujourd'hui PDG d'un leader des télécoms y côtoyaient la référence codée de l'ex-maîtresse d'un jeune loup d'une banque d'affaires. La base de données de Morgan Richfield était un sphinx qu'il fallait nourrir quotidiennement de rumeurs et d'informations fraîches afin qu'il reste en vie. Et y introduire un ver aurait été se condamner à perdre l'exclusivité de l'information et donc du pouvoir.

À une heure dix du matin, le téléphone sonna.

– Bonjour Akiko, je t'attendais, tu vois.

Le recrutement que Liane et Akiko avaient mené pour un grand nom de la cosmétique nipponne les avait rapprochées. Même parcours académique brillant qui avait mené au même désert personnel désolant.

– Bonjour Liane. Le client est fou de joie et s'il n'était pas japonais, il danserait nu dans les rues de Tokyo avec ton nom badigeonné sur le corps et un écriteau à ta gloire autour du cou. Mais cela n'arrivera pas, alors va te coucher.

Akiko avait raison. À près de quarante ans, Liane avait déjà abattu plus d'heures de travail que ne le ferait jamais un employé normalement constitué dans toute sa vie. Elle commençait pourtant à fatiguer et les nuits passées au bureau sans dormir se faisaient payer de plus en plus cher.

– Tu as raison Akiko. Je rentre dormir.

Puis avec une pointe de culpabilité dans la voix elle ajouta :

– Tu sais que tu peux me joindre à tout moment sur mon BlackBerry…

Akiko soupira :

– Liane, nous ne sauvons pas des vies et c'est malheureux. Tu peux donc dormir sur tes deux oreilles et éteindre ton foutu BlackBerry. Je te promets qu'il y a des gens très bien qui le font et qui n'en sont pas morts pour autant.

Akiko assenait parfois des vérités terriblement abruptes mais qui susurrées d'une voix douce comme une étoffe de kimono, faisaient immanquablement mouche. Non seulement Liane ne sauvait pas des vies mais elle perdait la sienne à la gagner, selon la formule consacrée des magazines de développement personnel à la mode.

Elle prit soin de fermer les bureaux, mit l'alarme et salua le gardien de nuit. Le vent frais qui l'accueillit sur les pavés de la place Vendôme l'accompagna sans ménagement jusqu'au perron de l'hôtel comme pour s'assurer qu'elle ne ferait pas demi-tour. Elle se démaquilla comme tous les soirs avant de s'effondrer dans un mauvais sommeil dont elle émergea le ventre serré.

Depuis l'accident, tous ses réveils se ressemblaient

et même la présence d'un autre corps chaud à ses côtés n'y aurait rien changé. Elle le savait, elle avait essayé. Il y avait même des matins où elle se réveillait, prise d'un tremblement incontrôlable, alors qu'une boule acide se formait dans son ventre pour mieux le labourer. La partie de flipper qui se jouait dans ses entrailles ne s'arrêtait que lorsqu'elle était aux commandes de son bureau, juste après sept heures du matin, quel que soit le fuseau horaire. Elle consultait alors le planning de la journée : rendez-vous, interviews de candidats, briefing client, déjeuner et dîner d'affaires qui ne lui laisseraient aucune minute pour penser. Penser à quoi d'ailleurs ? À la vie, à elle-même, à l'accident, à cette silhouette derrière la paroi vitrée du bureau de Harry qui la contemplait alors qu'elle gisait à terre, brisée… Elle ne connaissait personne, sain d'esprit cela s'entend, qui se plaise à contempler des ruines.

Mais ce matin était un samedi et, fidèles à des coutumes ancestrales, aucun de ses collègues français n'aurait accepté de venir travailler un week-end. Celui-ci était donc à elle.

Encore au lit, elle consulta sa boîte mail avec l'espoir d'y trouver de quoi occuper son temps libre. Rien, c'était la déception. Aujourd'hui elle ne manquerait à personne. Tout en bas de la page un courriel clignotait de la part d'un certain Robert Berger. Des Robert Berger, elle en connaissait des tas. C'était un de ces noms qui appartenaient à toutes les langues : français, anglais ou allemand. Tout le monde connaissait un Robert Berger. Dans la famille Robert Berger, je demande… Elle ouvrit le mail un peu comme on ouvre une enveloppe à la loterie de la fête foraine. Qui avait-elle gagné ? Elle resta interdite. Paul Habber, caché derrière un alias, lui envoyait un petit message anodin. Comme si de rien n'était.

Posant son ordinateur portable, elle composa le numéro du portable de sa mère. Essayer de l'attraper à la maison était une cause perdue d'avance.

Après trois tentatives, sa mère décrocha alors que derrière elle le bruit d'ambiance rappelait plus la Fête de l'Humanité, où elle avait d'ailleurs traîné Liane l'année dernière, qu'un atelier « tricot tantrique » à la MJC du quartier.

– Ma biboune, j'étais en train de dire à Raymond qu'il nous faudrait plus de tracts et je ne t'ai pas entendue.

Liane préféra ne pas en demander plus et marqua une pause d'hésitation gênée avant de se lancer.

– Maman, je peux venir passer le week-end chez toi. Je sais, c'est un peu à la dernière minute mais j'ai besoin de te parler. Non rien de grave, je me sens juste un peu seule.

Voilà c'était dit. L'éléphant caché dans la pièce pouvait gambader librement. Liane adorait sa mère autant qu'elle l'admirait, un sentiment entièrement partagé par cette dernière qui n'était que bienveillance pour sa fille unique, si douée mais que le bonheur s'évertuait à éviter. Elle aussi avait connu une première moitié de vie difficile et qui l'aurait été encore plus si elle n'avait pas effacé du bout menaçant de son 22 long rifle l'erreur de casting qu'était le père de Liane, le jour où pour la première fois, cette pourriture avait tenté de s'en prendre à la petite. Par la suite, elle avait su leur créer une vie riche et joyeuse malgré une existence de labeurs. Quand sa retraite était arrivée, elle s'était alors armée de pinceaux qu'elle avait dégotés au vide grenier dominicale du parking du Super U local et avait entrepris de donner de la couleur à sa vie. Elle s'était lâchée et avait rattrapé les années perdues à coups de voyages improbables, de stages saugrenus et de spiritualité débridée. Elle était à soixante-dix ans capable de traverser les Andes en autobus local pour apprendre à peigner l'alpaga ou de se retirer dans un monastère zen sur le plateau du Ladhak pour y créer un potager bio à même la rocaille.

– Paul Habber m'a écrit ce matin.

– Sacré Paul, je l'ai toujours bien aimé.

– Et lui aussi, maman.

– Ma biboune, tu viens quand tu veux. En plus j'ai organisé une soirée de prières, comment te dire… Ce sera divin. En tous les cas, cela te fera le plus grand bien.

Liane se racla la gorge, prête à lui rappeler que ne croyant à rien, « sa petite soirée » ne lui ferait que le bien de la bonne rigolade qu'elle allait immanquablement lui causer. Bonne fille, elle se tue.

Une heure plus tard, Liane arpentait le hall de la gare Saint Lazare où son train tardait à s'afficher. Sac de voyage au luxe discret au bras, jeans et veste sur mesure, l'art d'être maquillée comme si elle ne l'était pas, c'est sûr qu'elle dépareillait. Mais elle en avait l'habitude. Jeune boursière de quinze ans, elle avait emprunté, quotidiennement pendant des années, ce même trajet. De la banlieue jusqu'au prestigieux lycée de la capitale qui l'avait accueillie à bras ouverts, le curseur était en état de grand écart permanent. À naviguer entre ces deux extrêmes, elle ne s'était jamais arrêtée sur un point d'ancrage qui lui convienne. À force de n'être bien nulle part, elle en était arrivée à avoir l'air de conformer partout.

Elle prit enfin place dans le train bien fatigué qui l'emmenait vers la grande banlieue. Si le gratin du monde des affaires qu'elle côtoyait l'avaient vue assise sur les sièges maculés, il en aurait sans doute avalé le capuchon de leur stylo en laque. Ce trajet, c'était son passé, c'était son secret.

Une bande de jeunes encapuchonnés s'approcha d'elle, goguenards et jouant des épaules. C'était une saynète qu'elle connaissait par cœur et dont la répétition était devenue usante. Mais ce matin, elle se sentait d'humeur joueuse.

Étape un, ils allaient envahir son espace pour l'impressionner. Jambes écartées marquant dix heures dix, attributs à la dérive dans leurs pantalons trop grands, sillon fessier apparent exposant un paysage vallonné de gras et de peau distendue, ces garçons ne pouvaient même pas excuser leur bêtise par un physique attrayant. Deux se postèrent dans les sièges face à elle, le reste dans le carré situé de l'autre côté du passage. Liane décida de leur faire plaisir. Le regard perdu dans le vague pour mieux éviter le leur, elle jouait à merveille le rôle de la proie, faisant tout pour ignorer que quelque chose de très désagréable allait inexorablement lui arriver. La bande de voyous se délectait.

Étape deux, ils lui demanderaient des cigarettes qu'elle n'aurait naturellement pas. Puis fondu enchaîné sur l'étape trois où ils se feraient carrément menaçants et lui taxeraient son portefeuille et son téléphone.

Tout se déroulait comme prévu dans l'ignorance totale des autres voyageurs qui soudain se trouvait frapper du syndrome d'Helen Keller, née aveugle, muette et sourde, sans en acquérir ni son courage, ni son intelligence.

Les petites frappes, persuadées que leur victime était à point, en rajoutaient. Sur leur territoire et en surnombre, leur assurance était à l'égale de leur lâcheté. Tout pouvait déraper et Liane jugea que le moment était venu de faire cesser la plaisanterie. Elle s'adressa à sa future victime, le petit teigneux qui faisait office de meneur, dans un langage fleuri qui le fit se rasseoir encore plus vite qu'il ne s'était levé pour la menacer. Évidemment, venant d'une femme en blazer bleu marine, cela sonnait bizarrement. Il faut dire qu'elle y avait mis l'intonation, celle qu'elle s'était donnée tant de mal à perdre. Elle trouvait que cela faisait plus authentique.

– Comme ça, t'es la meuf à Baptiste, espèce de mytho ! Moi j'te dis que tu connais même pas la mère de Baptiste, tu connais même pas son chien. Bitch !

– Approche, petit. Tu vas mourir moins bête.

D'un geste vif, elle prit son long carré de soyeux cheveux bruns à pleine main et dégagea sa nuque. Un minuscule tatouage niché à la base de l'occiput arracha un juron au petit caïd qui fit signe à son gang devenu soudain pitoyable de dégager le terrain. Le regard mal assuré sorti à peine du trip d'herbe du matin, la peau aussi grise que leurs rêves, ces gosses lui faisaient pitié. Elle rangea ce noble sentiment de côté car, jaugeant sa montre, sa bague et son sac, ceux qui n'avaient pas aperçu le tatouage en salivaient encore.

Elle aboya.

– Tu joues avec ta vie. Barre-toi.

Le train marqua un arrêt à l'une de ces gares au nom sémillant et à la réalité flasque. Tel un seul homme, la bande dégagea du train non sans avoir copieusement insulté Liane depuis la sécurité du quai tandis que leur meneur les faisait taire. Au klaxon qui indiquait la fermeture des portes, ces condisciples voyageurs levèrent enfin le nez de leur gratuit, manifestant là un courage qui avait dû plus d'une fois leur avoir sauvé la vie. Ils devaient se sentir bien minables le soir au fond de leur lit.

Mantes-la-Jolie. Liane y avait grandi, dans un petit pavillon écrasé par les barres d'immeubles. Quand son père était parti, il leur avait au moins laissé cela, assorti d'un emprunt sur vingt ans. Sa mère s'était trouvé un emploi comme secrétaire dans une grande société d'assurance dont le président était le noble cousin d'un de ses collègues de Morgan Richfield à Paris. Quelle ironie ! À sa retraite, elle avait revendu le coquet, lire « minable » pavillon pour une vieille maison pleine de charme au pied de l'église de Vétheuil.

Liane sauta dans l'unique taxi qui attendait à la sortie de la gare et de son bistro attenant. Quinze minutes plus tard, sa mère l'accueillait en sarouel et liseuse multicolores. Cette dernière s'était dévêtue de ses frusques grises d'employée modèle le jour de ses soixante ans et depuis ne se parait plus que d'arc-en-ciel. Elles se serrèrent fort.

– Entre Liane. Je te prépare un thé. Les autres n'arrivent qu'à dix-sept heures. Tu auras tout le temps pour me raconter.

Elle recula d'un pas et, comme toutes les mères du monde, conclut.

– Tu as une petite mine, ma fille. Il faut que tu manges plus et que tu te reposes.

Il faisait bon chez Mathilde Montigny. Cela sentait l'encens et les vitres plein sud laissaient passer une douce chaleur. Dans la théière en fonte japonaise que Liane lui avait ramenée de Tokyo, sa mère versa l'eau à 70° sur son thé vert préféré.

Sur le buffet, Liane s'arrêta devant la photo de Baptiste et d'elle enlacés au bal annuel d'HEC riant de leur supercherie et celle, plus ancienne, des trois amis dans leur année de CM2, déjà inséparables. À défaut de famille, elle avait bien choisi ses amis.

Mère et fille étaient assises à la table de la cuisine, la même qui avait été le témoin d'heures de devoirs studieuses au son de la radio grandes ondes, ses heures de travail industrieuses qui avaient ouvert à l'élève surdouée, les portes du meilleur collège, du meilleur lycée, de la meilleure classe préparatoire et enfin de la meilleure Grande École.

– Harry est mort, Maman.

– Je suis heureuse que cette ordure ait enfin décampé de ce monde. Je vais prier le ciel afin qu'il n'y revienne jamais.

– Je sais maman. Moi aussi, cela m'a fait plaisir même si je sais que je ne devrais pas.

– Taratata ! Mais raconte-moi, Paul…

Le visage de Mathilde s'était illuminé. Après qu'il ait quitté Liane sur un coup de tête, Paul était revenu la tête basse et l'avait demandée en mariage. Elle avait refusé, consciente qu'épouser un électron libre n'était pas la recette du bonheur conjugal. Il ne s'était jamais marié, elle non plus et sa mère gardait toujours le secret espoir de réécrire leur histoire avec une fin plus heureuse. Docteur en biologie marine, Paul avait créé un site d'information sur le climat parmi les plus vocaux. Ardent défenseur de la planète, cet introverti avait développé un réseau tentaculaire qui savait qui influencer quand une espèce, un village, un homme était en danger. On ne savait jamais où était Paul Habber mais lui savait toujours vous retrouver.

– Alors, Paul ? Interrogea à nouveau sa mère

– Je n'en sais pas plus que toi. Mais cela fait bien deux ans que je n'avais plus entendu parler de lui et près de dix ans que je ne l'ai pas vu. Alors pourquoi maintenant ?

Le carillon de la porte retentit.

– Déjà l'heure ! Je n'ai pas vu le temps passer avec toi.

Puis se levant pour aller ouvrir à ses invités, la mère de Liane ajouta :

– Je suis sûre que mes amis te plairont.

Un joyeux brouhaha fit suite à des bises claquantes et de chaleureuses embrassades. Liane s'attendait à rencontrer un gentil couple vêtu de ponchos et sentant bon la chèvre. C'était un célèbre animateur de télévision et sa talentueuse compagne, une actrice tout en finesse, qui se trouvaient debout devant elle. Ils lui souriaient d'ailleurs avec chaleur et sincérité. C'était sûr, elle allait se réveiller.

– Liane, votre maman nous a tant parlé de vous. Alors qu'il l'enveloppait chacun dans une douce accolade, elle se sentit fille prodigue, accueillie enfin par les siens. Ce sentiment d'abandon et de plénitude ne lui était pas familier mais il était bienvenu et elle se laissa faire.

Elle n'avait pas encore refait surface que d'autres invités s'annonçaient suivis d'autres encore, tous manifestement ravis de se retrouver réunis. Un footballeur, qu'elle aurait calomnieusement classé dans la catégorie des décérébrés à chignon discutait de Saint Thomas d'Aquin avec l'ancien proviseur du collège local. Cet homme jadis gris et desséché semblait avoir été colorisé pour l'occasion. Un chef réputé, un marchand de fleurs, un fonctionnaire, une avocate… Que faisait cette liste de Prévert dans le salon de sa mère ?

L'avocate se tourna vers elle. Elles étaient du même âge et son allure faisait écho à sa réussite. Mais ce qui brillait le plus chez elle n'était pas tant sa montre en or rose que son regard.

– Quel bonheur d'avoir rencontré votre maman au

cours de notre week-end Alpha. Nous étions des centaines mais notre groupe de prière improvisé s'est uni d'une façon phénoménale.

– C'est vrai, ajouta l'actrice. Nous avons même reçu des messages en langues.

En langues ! Mais quelle langue ? Et de quoi parlait-il tous ? De foi, de parole divine, de miracle d'amour et d'Alpha. Où sa mère s'était-elle encore fourrée ? D'habitude, sa spiritualité avait des arrière-goûts de curry et d'encens mais là, elle n'avait eu qu'à traverser la rue pour rencontrer Jésus. Liane connaissait de renom le parcours Alpha, ce séminaire d'introduction à la Bible qui avait ses racines dans le quartier de Brompton Road, voisin du sien à Londres.

Au début elle l'avait jeté dans le panier de crabes évangéliste, imaginant des prêcheurs en chemise et col « pelle à tarte » haranguant le chaland naïf et déboussolé. Bientôt, des centaines de fidèles avaient pris d'assaut chaque dimanche la petite église de quartier au point qu'il était devenu impossible pour les mécréants dont elle faisait partie de garer leur voiture à moins d'un kilomètre à la ronde. L'église étant voisine des temples mercantiles Harvey Nichols et Harrods, nombre d'accros au shopping s'en étaient plaints. Le pasteur, un théologien remarquable dont l'érudition n'avait d'égal que le charisme et l'écoute, leur répondait toujours aimablement. Les accros au shopping finissaient immanquablement à la messe plutôt qu'à la caisse.

Rapidement, telle la dernière esthéticienne à la mode, le nom d'Alpha s'était échangé sous le manteau dans tous les dîners en ville. Une collègue avait un jour suggéré à Liane de l'y accompagner, c'était juste après sa séparation de Harry. Elle l'avait arrêtée net. Elle ne mangerait pas de ce pain-là, aussi béni fût-il. C'est donc contre toute attente et à son corps défendant qu'elle se retrouvait à présent au milieu d'une bande de ravis de la crèche aussi éloignés que possible de l'image de crédules paumés qu'elle s'en était faite.

Le carillon de l'entrée résonna à nouveau. Liane se leva. Elle avait besoin d'une excuse pour prendre l'air. Au milieu de ces gens lumineux et joyeux, elle ne se sentait pas à sa place et d'ailleurs elle les enviait même un peu.

Ce qu'on remarquait d'abord chez l'homme sur le pas de la porte, c'était son regard, bleu glacier, franc. La musculature sèche et le costume gris anthracite qui le serrait aux entournures la firent pencher pour un officier militaire. Alors qu'elle s'apprêtait à lui donner du « Général », son regard s'arrêta sur une toute petite croix en métal à son revers. La cerise sur le gâteau…

– Veuillez entrer, père…

Il lui tendit une poignée de main ferme et chaleureuse. Elle s'était plutôt attendue à ce qu'il lui broie la main.

– Merci, je suis le père Francis. Et vous devez être Liane.

Il lui sourit. Cet homme était une caricature vivante de la bienveillance.

Le père Francis fut accueilli par le petit groupe tel, son boss, le Messie. Le footballeur sortit sa Gibson et, de prières en chants, de larmes en éclats de rire, la soirée se déroula aussi divinement que sa mère le lui avait promis. Quand il fut temps de se séparer, Liane se demanda si elle avait rêvé ce moment aussi parfait. Une conversation qu'elle surprit dans le vestibule renforça l'irréalité de la rencontre.

L'homme de télé tenait les deux mains du père Francis :

– Père, êtes-vous sûr de vouloir repasser en Syrie la semaine prochaine. Je sais que nos frères chrétiens ont grand besoin de votre aide mais celle-ci sera tout aussi précieuse si vous les guidez depuis Paris.

L'homme d'Église le serra dans ses bras :

– Xavier, je sais que vous et Constance vous inquiétez beaucoup pour moi. Mais il ne faut pas. Je suis guidé par notre Seigneur. Et puis, les généraux qui vont au combat à l'abri de leur bureau font rarement des miracles. Et ce sont des miracles dont nos frères d'Orient ont besoin. Ma place est sous les bombes à leurs côtés. Le Saint-Père ne voudrait pas qu'il en soit autrement et je partage sa juste vision.

Xavier prit un air déterminé :

– Puisqu'il en est ainsi père Francis, je continuerai à lever les fonds et à les acheminer.

– Le nerf de la guerre, cher Xavier. Avec la foi, bien sûr.

Les deux hommes se séparèrent, émus alors que se réveillant de sa torpeur, Liane revenait à ses premières impressions. Ce père-là tenait plus du templier que d'un brave pasteur.

Épuisée mais sereine, Liane alla se coucher dans son lit de jeune fille où elle dormit merveilleusement bien. Le dimanche qui suivit se passa telle une douce journée de fin d'hiver à cueillir, avec sa mère, les dernières pommes oubliées sur les arbres après les premiers gels. Alors qu'il était bientôt temps de rentrer à Paris, un coup de klaxon vigoureux vint la surprendre et interrompit ses pensées qui lui disaient de rester là, à Vétheuil.

CHAPITRE 3

Mû par ce sixième sens qui ne leur avait jamais fait défaut, Baptiste était là sur le perron ; le moteur d'une voiture improbable tournait.

– Bonsoir, belle princesse. Dineriez-vous en ma compagnie ce soir ? Je me disais qu'une soirée entre copines nous ferait le plus grand bien.

Il fit une pause devant l'air admiratif de son amie.

– C'est un sacré sabot que je t'ai déniché là. Plus moche que cette épave, tu meurs. Elle fait terriblement cliché, je sais mais je déteste conformer. Car tu as remarqué dans le verbe conformer, il y a le préfixe…

Dans ce cas précis, le qualificatif de « tas de taule » n'était pas usurpé pour l'équipage de Baptiste dont une des blagues favorites était de se présenter dans les établissements les plus en vue de la capitale avec les véhicules les plus minables possibles. Cela faisait bien rire les voituriers blasés par des engins souvent aussi prétentieux que leurs propriétaires et Baptiste était devenu leur chouchou. Il y avait toujours une place pour son épave au milieu des bolides rutilants.

C'est à son bord que le couple improbable embarqua pour une autre de leurs soirées mémorables.

Arrivés devant leur brasserie préférée, Enzo le concierge éclata d'un rire tonitruant.

– Eh bien monsieur Baptiste, vous vous êtes surpassé là. Mon pourboire à lui seul vaudra plus que cette…

– Poubelle. Tu peux le dire que c'est une poubelle mais une poubelle tout ce qui a de plus officielle. Et tu as vu la cocarde ? Maintenant les flics m'ouvrent la route…

– Comme vous parlez mal, monsieur Baptiste. Enfin, c'est sûr, cela doit vous changer !

Les deux hommes éclatèrent de rire dans un high five qui leur ôta instantanément quinze ans d'âge mental. Le saisissant par le bras, Liane l'embarqua vers leur table attitrée. Demain elle partait pour New York et ce soir, elle avait envie de légèreté. Un de ses portables vibra. C'était à nouveau Paul. Ce type avait plus cherché à lui parler dans les dernières vingt-quatre heures que dans les dix années précédentes où un silence radio type Triangle des Bermudes avait régné la plupart du temps. Elle montra l'écran à son compagnon qui, assis face à elle, consultait la carte. Il haussa les épaules.

– Celui-là, il veut quelque chose.

Liane se fit féline et câline, un vrai pitre.

– Mais oui, mon beau, il se languit de moi.

Puis ronronnant,

– Depuis dix ans qu'il pleure tous les soirs devant ma photo, il n'en pouvait plus.

La jeune femme referma l'étui de son portable dans un geste théâtral qui eut l'effet escompté de faire rire Baptiste aux éclats. Depuis que Jeffrey les avait quittés un soir d'hiver, fauché par une crise cardiaque que ni son âge ni son hygiène de vie irréprochable n'auraient pu laisser prévoir, une tristesse sourde et insondable habitait Baptiste. Il ne montrait rien, en parlait encore moins, mais ceux qui l'aimaient véritablement s'accordaient à le trouver changé. Même si le deuil dans lequel il semblait se complaire avait rajouté une gravité à son personnage politique et rassuré l'entourage du Président qui s'inquiétait de sa jeunesse et de son parcours de chien fou, il y avait maintenant prescription. Liane était bien décidé dès ce soir à le tirer, même à son corps défendant, sur la ligne de départ d'une nouvelle vie.

– Tu penses à Jeffrey ?

– Chaque jour, chaque minute, chaque seconde.

Elle se saisit de sa main, paume contre paume, espérant que leurs peaux unies laisseraient passer vers lui tout l'amour de la vie qui coulait encore et malgré tout en elle et qui faisait si cruellement défaut à son ami. Celui-ci poursuivit :

– Je sais, cela fait plus de cinq ans maintenant. Jeffrey, tu le connais, me botterait les fesses s'il le pouvait de là où il est.

– Pas seulement Jeffrey. Gaspar et moi sommes fin prêts aussi.

– Je te promets que cela va mieux chaque jour et je sens que je vais le rencontrer bientôt.

– Qui ça, Baptiste ?

– Celui que Jeffrey va m'envoyer.

Liane soupira tandis que Baptiste devenait plus volubile. Il avait fait des rêves, des coïncidences ne trompaient pas.

– À la fin de l'été, je serai maqué. On parie une caisse de Dom Pe ?

La jeune femme éclata de rire mais lui tapa dans la main. La soirée fila entre leurs doigts. Ils étaient uniques l'un pour l'autre car les hautes sphères qu'ils avaient atteintes n'accueillaient, que contraintes et forcées, ceux qui n'étaient pas de leur sang, pour mieux les précipiter du haut de leur Olympe. Ils n'avaient pas d'autres amis, à part Gaspar. Ils ne s'en plaignaient pas. C'était ainsi, c'était le prix. Demain matin, les combats reprendraient.

Au petit matin, Liane se retrouva à Charles De Gaulle, Terminal 2E. Le premier vol décollait à huit heures trente-huit pour arriver vers dix heures vingt à l'aéroport JFK de New York où une limousine l'attendrait pour l'emmener dans les bureaux de Morgan Richfield sur Park Avenue où une deuxième journée de travail commencerait. Dans l'avion, elle reverrait les dossiers, préparerait les rapports sur les candidats de son choix et quand il serait l'heure de terminer une journée de travail parisienne normale, elle embraierait sur une seconde, new yorkaise celle-là. Qui avait dit que les journées n'avaient que vingt-quatre heures ?

Liane voyageait en Classe Affaires, détestant le côté « maître de l'univers » de la Première. Ses collègues se moquaient d'elle. Vu ses honoraires et la fréquence débridée de ses sauts de puce transatlantiques, elle aurait sans doute pu exiger de voyager sur les genoux du pilote. Mais voilà, elle trouvait déjà que la Classe Affaires était un luxe inouï après les tapes fesses auxquels sa mère et elle avaient été abonnées au gré de leurs expéditions estivales. Depuis qu'elle avait dix ans, sa mère avait tenu à ce qu'elles partent en vacances. Tunisie, Baléares, Grèce, le luxe ! C'est sans doute ce qui avait forgé son rêve de voyage qui ne l'avait jamais quitté ; jusqu'à ce qu'elle le réalise au rythme effréné que sa carrière imposait.

À quinze ans, elle se voyait, brushing au vent, sautant d'une passerelle d'avion à une autre entre New York, Paris et Hong Kong. Aujourd'hui, cette perspective lui donnait la nausée. Son cauchemar le plus fréquent prenait place dans un aéroport tentaculaire où elle ne trouvait ni son hall de départ, ni son vol. Pour couronner le tout, elle avait développé depuis Harry et l'accident, une phobie des formalités de voyage. Le traumatisme crânien dont elle avait souffert aurait dû lui être fatal mais à la place de rencontrer la grande faucheuse, elle avait dû tomber sur un douanier du paradis retors qui lui en avait clairement refusé l'accès. Depuis elle entrait en transe dès qu'elle devait présenter un passeport ou une carte d'embarquement. Le personnel au sol qui avait la malchance de tomber sur elle était, aléatoirement, face à une furie courroucée ou face à un être hagard incapable de répondre à la moindre question. C'était la loterie.

– Avez-vous fait votre valise vous-même ? Attirait au choix un aboiement : « Oui évidemment ! Je ne suis pas Marie-Antoinette ! » ou un regard vide et des balbutiements inintelligibles. Elle, qui avait tenu la dragée haute à des officiers de police bien plus coriaces lors des innombrables séjours de Baptiste au commissariat de police de leur jeunesse, devenait liquide face à l'uniforme mal coupé d'un employé d'une compagnie aérienne.

Sonia, une belle plante jadis volante mais à présent amarrée au sol par un mari jaloux et une meute recomposée et piaillante, avait eu pitié d'elle le jour où Liane l'avait appelée monsieur malgré son sculptural décolleté 95 D. Depuis, elle ou un de ses collègues s'emparait de Liane dès qu'elle franchissait les portes automatiques du hall des départs pour la déposer, comme une fleur fragile, sur son siège dans l'avion. L'arbre de Noël du personnel d'Air France avait même une branche à son nom tant Liane, ivre de reconnaissance, avait contribué aux bonnes œuvres de la compagnie.

– Bonjour Liane, c'est un plaisir de vous accueillir à nouveau.

À partir de ce moment, tout devint flou autour d'elle, les sons se mirent en apnée et il se passa plus d'une heure pour que la voyageuse s'extirpe de sa torpeur pour fixer un regard, enfin revenu à lui-même, sur Richard, un de ces merveilleusement attentifs chefs de cabine. Il mit fin à son état hypnotique grâce à la même formule consacrée.

– Bonjour Madame, c'est un plaisir de vous accueillir à nouveau.

– Richard, c'est moi Liane. Arrêtez de m'appeler Madame où je vais croire que la nuit où nous avons dansé jusqu'à l'aube sur les tables du Downtown Beyrouth n'était qu'une illusion charmante.

Le beau brun réprima un petit rire enfantin et jouant les majordomes à la Anthony Hopkins, il se fendit d'un obséquieux :

– Bien sûr, Mademoiselle Liane.

– Arrête Richard, Mademoiselle Liane, cela fait un peu tenancière de bastringue, non ?

Son magnifique postérieur s'éloigna en la gratifiant d'un petit coup de reins invisible des autres passagers. Le vol s'annonçait bien.

Huit heures plus tard, elle sortit son nez de la paperasse alors que le copilote annonçait un atterrissage proche et sans encombre. Le passage auprès des autorités douanières ne s'annonçant pas glorieux, Richard fit signe à sa voyageuse préférée de l'attendre. C'est donc à son bras que Liane se présenta au douanier américain qui la laissa passer après une consultation prolongée de son passeport et les questions d'usage auxquelles elle répondit dans un salmigondis effroyable. Au bruit sourd du tampon du visa s'abattant sur son passeport, elle retrouva un anglais quasi-shakespearien comme par magie.

Un chauffeur en livrée brandissait une pancarte avec son nom dans le hall d'arrivée et se chargea de son bagage. Au-dehors, elle respira l'air vivifiant soudain aspirée vers le ciel bleu violet. New York lui faisait toujours cet effet-là. Pas étonnant que Superman ait été une fierté locale. Elle se sentait prête à en découdre avec les requins, mâles et femelles, du bureau américain de la Morgan Richfield dont on ne savait s'ils la jalousaient plus qu'ils la détestaient. Depuis que les frites n'étaient plus françaises et qu'elle leur avait arraché leurs meilleurs clients, Liane ne s'attendait ni à une Marseillaise, ni à une haie d'honneur.

« We'll catch a plane to New York and a cab going down, cross the bridges and tunnels straight into town ».

Qui se souvenait aujourd'hui des paroles de cette chanson géniale des années quatre-vingt. Une musique synthétique, des notes éparses et un anglais pas aussi léger qu'il n'y paraissait. Il faudrait des années avant que la rebelle new-wave de cet été 1986 en découvre les richesses sémantiques. Une infaillible méthode peaufinée depuis des générations garantissait, en effet, à l'écolier gaulois une incapacité quasi insurmontable à commander en anglais, ne serait-ce qu'un café, après plus de quinze années de dur labeur scolaire.

Mais voilà, l'adolescente têtue avait fantasmé à l'envie ce rêve américain promis dans la chanson et chaque fois l'entrée dans New York par le Queensborough Bridge lui faisait le même effet. Pendant quelques secondes, Liane surfait sur une ligne de crête que plus d'un de ses amis traders au nez poudré lui auraient enviée.

Son portable sonna. Sur l'écran, un numéro qu'elle ne reconnut pas. Elle le prit tout de même car sa carrière de chasseuse lui avait enseigné qu'il ne fallait pas craindre l'inconnu.

– Liane, a voice from the past. Je pensais que tu ne voulais plus me parler.

Elle aurait reconnu cette voix entre toutes : impérieuse, moqueuse avec une pointe d'accent d'outre-Rhin qui avait le don de la mettre sur ses gardes. Trois ans d'une relation « jokari », ce jeu où le joueur frappe avec force à l'aide d'une raquette pleine en bois sur une balle attachée à un élastique, l'avaient rendue méfiante. Paul était plus dur que le bois et son cœur à elle avait eu, par le passé, la consistance d'une balle de caoutchouc. Plus le coup était violent, plus la balle partait loin mais plus vite elle revenait à son point d'amarrage. En résumé, Paul lui en avait fait baver jusqu'à ce qu'elle trouve le courage de sectionner le maudit élastique.

– Paul, je descends de l'avion. J'allais t'appeler.

Son ton prenait un tour défensif mâtiné de déférence, elle se détestait.

– Tu voyages toujours commercial. How cheap !

– Eh oui, toi mieux que personne connais les dommages que les jets privés causent à l'environnement.

Liane s'arrêta net, son ton raisonneur lui fit horreur mais elle dut reconnaître qu'il avait encore le don de la pousser dans ses retranchements.

– Je plaisante, ma chérie. Où es-tu ?

– New York, notre ancien terrain de jeu.

Cela faisait presque quinze ans qu'ils s'étaient quittés et il y avait donc prescription. Liane continua donc d'un air enjoué sans toutefois en faire trop.

– Cela me fait plaisir de t'entendre. Comment vas-tu ? Je suis avec intérêt les travaux de ta fondation sur le climat.

Paul l'interrompit avec impatience, ce n'était clairement pas la direction qu'il souhaitait faire prendre à la conversation.

– Je suis à New York, moi aussi. Quelle coïncidence.

Dînons ensemble ce soir, comme au bon vieux temps.

En effet c'était une drôle de coïncidence qu'au moment précis où il l'appelle pour la troisième fois en dix ans, ils se retrouvent justement dans la même ville. Soit !

– Ce soir, c'est impossible mais demain serait parfait.

– Retrouvons-nous chez monsieur Georges à dix-huit heures trente. J'ai ton numéro au cas où j'ai un empêchement.

– Et moi je t'appelle sur celui-ci si, moi également, j'ai un empêchement ?

Liane avait insisté avec lourdeur sur le « moi également » juste au cas où Paul ait progressé dans sa pratique de la conjugaison sociale et qu'il ait dépassé le « je » pour y intégrer le « tu » ou, inimaginable, le « nous ».

Sa question ne rencontra qu'un silence interloqué. En quinze ans, Paul Habber n'avait toujours pas appris que la terre ne tournait pas autour de lui.

– À demain donc ! Il avait déjà raccroché.

CHAPITRE 4

Les bureaux de Morgan Richfield s'étendaient sur plusieurs étages d'un gratte-ciel de Midtown, pas loin de la gare de Grand Central. La réception occupait l'espace dévolu à un huit pièces parisien et, en sus de deux splendides potiches, elle s'enorgueillissait d'un impressionnant piano à queue entier Steinway. Jamais âme qui vive n'avait même caressé son clavier mais vu les honoraires faramineux de l'accordeur, déduits de l'enveloppe des bonus du petit personnel chaque année, il aurait pu accueillir un concertiste de premier rang au pied levé.

– Liane, comme c'est gentil d'être venu nous voir ! Couina Barbie numéro un tandis que Barbie numéro deux ajoutait :

– Je vais prévenir Brian de votre arrivée. Il va être ravi.

Ouah la menteuse ! Liane savait que Brian l'aurait étranglée avec les cordes du Steinway dans la seconde s'il avait été assuré d'éviter la prison. Bien sûr, elle sourit chaleureusement et ne dit mot. Jamais elle n'avait rencontré Américain qui partageât son sens de l'humour.

– Liane, so good to see you !

Brian l'embrassa sur les deux joues comme il l'avait appris dans son cours d'initiation aux cultures étrangères qu'il avait fallu lui dispenser après quelques bévues d'ampleur internationale qui avaient coûté plusieurs beaux projets à la firme. La jeune femme, professionnelle, mentit effrontément tout en esquivant des lèvres baveuses.

– Brian, quel plaisir de te voir…

– Alors comme cela, Debrah et Hanna t'emmènent à la Richardson Brown ce matin.

À l'abordage ! Cela commençait en fanfare. Brian ne supportait que le PDG de la troisième banque cotée en bourse au monde appelle la vilaine grenouille de Paris pour lui soumettre son plus gros mandat de recrutement depuis dix ans. D'autant plus qu'il avait ouvertement snobé Debrah et Hanna, les demi-sœurs de Cendrillon et pouliches maison de Brian, qui officiaient à deux avenues et cinq kilomètres à vol d'oiseau de son siège social.

Il fallait réagir, et vite. Liane devait marquer son territoire et uriner virtuellement sur les murs richement tapissés du bureau new-yorkais au plus vite.

– Mais Brian, c'est moi qui suis ravie d'emmener Debrah et Hanna avec moi pour rencontrer Peter Brown III. J'espère qu'elles ne seront pas trop impressionnées. Ce sera une grande première pour elles deux…

À ces mots, Anastasia et Javotte, comme les appelaient en secret Liane, apparurent et étreignirent la Française en réprimant un haut-le-cœur.

– Liane, ton avion était à l'heure.

Liane brûlait de leur rétorquer : Eh oui, malgré vos incantations et sacrifices humains, je suis là en chair et en os… Mais elle se contenta d'un bref :

– Les filles, je vais me doucher, me changer et on y va ! Et vous n'allez pas essayer de m'enfermer dans les toilettes comme la dernière fois, ah ah ah.

Un éclat de rire nerveux parcourut l'assemblée. Non, elles n'oseraient pas cette fois-ci.

Quand Liane apparut dans son costume pantalon

noir parfaitement coupé, elle en jetait comme aurait dit sa chère maman, utilisant là un vocabulaire d'un autre siècle pour décrire l'allure terriblement élégante de sa fille. Perchée sur des talons au statut iconique, sa taille et sa présence étaient celles d'une top-modèle prête à en découdre avec le podium. Certes elle n'avait ni l'âge, ni la beauté des reines des magazines mais longiligne et énergique, elle attirait les regards. Elle le savait sans pour cela en retirer aucune satisfaction mais elle était suffisamment intelligente pour en jouer si besoin était.

A contrario, Javotte et Anastasia s'étaient dépassées pour l'occasion. Le rayon Beauté d'un des prestigieux grands magasins des alentours avait dû être dévalisé et un joaillier de la Cinquième Avenue toute proche devait être un commerçant heureux. Elles étaient sur leur trente et un, prêtes pour le bal dans l'espoir de séduire le prince de Wall Street, Peter Brown III. Ces deux-là seraient prêtes à se crêper le chignon, si nécessaire, pour en obtenir les faveurs. Elles avaient repéré leur proie dans les pages people du New York Daily et reniflé l'odeur du sang. Mais avec le beau Peter, elles avaient les yeux plus grands que le ventre. Cela, Liane le savait, mais elles s'apprêtaient à le découvrir. La Française se contenta donc de se taire afin de ne rien gâcher du spectacle à venir.

Quelques minutes plus tard, confortablement installées dans la limousine aux vitres teintées de Morgan Richfield, elles roulaient lentement vers Wall Street et le siège de la Richardson Brown. On se serait cru dans un palanquin transportant deux concubines royales. Debrah ouvrit le feu. Carrée et brusque, c'était un bulldozer et un bulldozer célibataire en chasse de surcroît.

– Que peux-tu nous dire sur Peter ?

Liane lui déroula le laïus biographique. Héritier de la famille Brown détentrice minoritaire à dix pourcents des parts d'une des banques les plus prestigieuses au monde, il avançait un pedigree impeccable et donc terriblement ennuyeux. Il était passionné de voile, jouait du piano à ses heures perdues et était le bienfaiteur du nombre requis de fondations et autres organisations caritatives. Il n'était certes pas bête et il détestait, par-dessus tout, être pris pour un demeuré parce qu'il était bien né.

– Il est divorcé, non ?

Hannah, tout en os, avait fait la fortune d'un chirurgien esthétique de l'Upper East Side. En la regardant de plus près, Liane se demandait si elle serait capable de se retrouver dans les traits de ses propres enfants, si par malheur, elle en avait.

– Peter est fraîchement divorcé. Son ex-femme, d'une fortune égale à la sienne, l'a quitté pour un artiste de RnB à la renommée montante.

– Un noir ! laissa échapper Debrah avec un haut-le-cœur.

– Tout ce qu'il y a de plus noir, rétorqua Liane, qui ne cherchait même plus à dissimuler son agacement. Que cette garce soit raciste de surcroit, elle aurait dû s'y attendre. Décidément, elle ne l'aimait pas, celle-là.

Arrivées à bon port, deux Barbie, sans doute clonées dans le même laboratoire que celles de Morgan Richfield, les installèrent dans une salle de réunion palatiale avec vue sur l'Hudson.

Ornée de lambris de bois précieux du sol au plafond, elle arborait cet air vulgaire qu'a le neuf quand il cherche à se parer de la respectabilité de l'ancien. En somme, elle allait à merveille avec Javotte et Anastasia, impériales dans leurs épais sièges en cuir. Debout, Liane faisait face à l'Hudson quand la porte s'ouvrit pour laisser place à Peter Brown qui s'étira de toute sa musculature féline pour lui serrer la main par-dessus la table du conseil, ignorant ouvertement les deux autres consultantes.

– Liane, ravi que vous soyez venue.

Le remerciant de son invitation, Liane tenta de présenter ses collègues qui peinaient à recouvrer leurs esprits devant tant de prestance, de pouvoir et surtout de dollars concentrés en un seul mortel. Peter n'écoutait pas et l'interrompit sans même s'en rendre compte.

– Je n'irai pas par quatre chemins. Comme vous le savez peut-être déjà, notre directeur financier a demandé à être relevé de ses fonctions pour raisons personnelles et nous devons donc le remplacer. Raisons de santé et projets personnels étaient parmi les noms de code pour « se faire virer » dans ces milieux-là.

Liane ne cilla pas tandis que des dollars s'affichaient dans les prunelles écarquillées des deux autres. À trois millions de dollars la tête, les honoraires se monteraient à un demi-million de dollars au bas mot. Cela en faisait des visites chez l'artiste du bistouri. Liane qui connaissait la réputation de Peter Brown savait déjà que la mission ne serait pas facile si elle achevait de le convaincre de les engager afin de lui trouver chaussure à son pied. Ces tout premiers petits chaussons avaient dû être du sur-mesure et depuis, il s'était habitué à exiger le mieux et l'exclusif tout en trouvant cela tout à fait normal.

Debrah commença à lancer les noms de candidats potentiels, tels des harengs aux otaries du zoo du Bronx. C'était la mauvaise stratégie. Peter Brown ne mangeait certainement pas de ce fretin-là, surtout s'il était faisandé. D'ailleurs à l'observer de plus près, on aurait dit qu'une odeur putride était venue offenser ses délicates narines.

– Debrah, c'est Debrah n'est-ce pas ? Vous n'êtes pas le premier cabinet de chasseurs de têtes que je rencontre aujourd'hui. Cela fait donc exactement la quatrième fois que j'entends les noms de ces pauvres hères et autres rebuts de seconde classe prononcés devant moi. Je n'aime que l'exceptionnel, l'hors-norme et c'est ce que je cherche pour mon équipe. Un directeur financier hors du commun et que je ne connais pas encore car si je le connais déjà et qu'il ne travaille pas pour moi, c'est que je ne l'en crois pas capable.

Hanna allait ouvrir la bouche mais un sursaut de conscience allié à un souci de préservation la lui garda fermement close. Tous les regards se portaient vers la Française qui prétendait rester calme alors qu'un acide pur coulait dans ses veines. Le monde dans lequel elle baignait était fait de ces combats où le client, un homme souvent mais pas toujours, défiait une femme, souvent mais pas toujours, pour le plaisir de l'écraser. Docteur Sigmund en aurait eu des choses à dire à ce sujet : argent, pouvoir, sexe soit la sainte trinité des rapports humains. Le client payait, il avait le droit de s'amuser un peu, de faire montre de son pouvoir pour un instant. Liane le laissa faire quelques secondes puis botta en touche :

– Peter, j'aimerais que vous m'aidiez un peu ici. Un directeur financier, nous savons faire mais un directeur financier extraordinaire… J'ai besoin d'indices.

– Je le reconnaîtrai quand je le verrai.

On parlait ici d'un type qui ferait les comptes et s'occuperait des virements pour simplifier, pas d'un coup de foudre entre deux quadragénaires consentants et sains d'esprit. Il la fatiguait et elle décida d'y aller franco.

– Peter, je suis consultante en recrutement, pas la

fée Clochette. Si vous ne me dites pas ce que vous voulez, il y a peu de chance que moi ou même un autre vous le ramène. En revanche, si ce dont vous rêvez, c'est d'un Frederick Marx ou alors d'un Arun Khan, alors là je comprends mieux.

Il resta silencieux, partagé entre la colère d'avoir été découvert et l'admiration pour celle qui lui résistait. Enfin il s'anima.
– Frederick Marx, pourquoi est-il allé chez Hogson Pearson et pas chez moi ? Et Arun Khan, à la China Commerce Bank ? Pourquoi ?
Il allait taper des pieds tant sa frustration était grande de ne pas avoir reçu ces beaux jouets tout neufs à la place de ses ennemis jurés et concurrents dévoués Pal Olmer et Chris Wood, les PDG respectifs de la Hogson Pearson et de la China Commerce Bank.
– Parce ce que vous ne leur avez pas demandé. Et comme c'était moi qui avais les mandats, c'est moi qui les ai amenés à mes clients.
– C'était donc vous, Liane ?
Il mentait mal avec son faux air surpris. Ces faits d'armes qui avaient époustouflé la City et Hong Kong, habitués à recycler toujours les mêmes profiles, devaient à Liane d'être invitée aujourd'hui par Peter. C'était très clair.

Frederick Marx était le plus talentueux des directeurs financiers recrutés en Europe depuis des années. Intègre, efficace et ambitieux, il avait réglé en à peine six mois plus d'un scandale et d'un délit d'initiés à la Hogdson Pearson. De plus, les autorités réglementaires lui faisaient confiance car il n'était pas issu du cénacle. Il était sorti de nulle part ou presque, d'une petite banque coopérative allemande où il perdait son temps après avoir été le précurseur de la défense de l'accès à l'eau potable à travers le monde grâce à une remarquable ONG qu'il avait créée et gérée lui-même pendant plus de dix ans. Les clients de Liane avaient fait confiance à son choix et ils ne l'avaient pas regretté.

Quant à Arun Khan, il était à peine revenu d'une expédition au large d'Hawaï où il avait rassemblé du matériel sur le septième continent que Liane l'avait rattrapé au collet pour lui proposer la direction financière de la China Commerce Bank. Cette jeune perle des marchés asiatiques avait aussi grand besoin d'intellect et de probité. Comment avait-elle trouvé ces oiseaux rares, c'était un secret autour duquel circulaient de nombreuses légendes. La vérité était banale tout en tenant du miracle : ils lui étaient tombés du ciel, l'un à une conférence, l'autre dans le salon de départ d'un aéroport. Son instinct de chasseuse avait fait le reste.

Et ce même instinct lui disait que quelque chose dans les couloirs de la Richardson Brown avait des relents d'écurie d'Augias. Peter le bien né avait grand besoin d'un as du nettoyage plus blanc que blanc, pour faire le sale boulot à sa place.

– Je veux mon Frederick Marx ! Je veux mon Arun Khan !

À ce moment précis, Peter Brown avait cinq ans.

– Alors nous le trouverons pour vous mais à condition que nous ayons un mandat exclusif et un accès direct et constant à vous, Peter. Et seulement à vous. Vous me sortez aussi les ressources humaines des pattes. Peter sentit le vent de la flatterie gonfler la voile de son ego.

– C'est entendu. Rien que vous et moi. Envoyez-moi votre proposition et je la signerai dès ce soir mais c'est vous et seulement vous, Liane, que je veux en charge du projet.

Debrah et Hanna n'avaient jamais porté la Française dans leur cœur mais là, cela allait confiner à la haine. Elle se dit qu'il faudrait désormais qu'elle fasse attention à ne jamais leur présenter son dos.

Revenue dans le hall de la banque, elle trouva un coin tranquille et composa le numéro de téléphone de Gaspar.

CHAPITRE 5

Les trois femmes rentrèrent au bureau dans un silence buté. Certes il n'était pas aisé de parler lieux communs à deux poupées blêmes de rage sur le point de se transformer en Chucky à tous moments. Cependant, en adultes raisonnables c'est-à-dire faux culs, toutes trois se mirent à se congratuler mutuellement une fois arrivées dans les bureaux de Morgan Richfield, gloussant telles des dindes hystériques pour marquer leur triomphe qu'elles voulaient faire le plus remarqué possible.

Une fois les derniers assauts de Brian serrant Liane dans ses bras osseux terminés, elle coupa court à cette débauche d'hypocrisie et de sentiments assassins pour se réfugier dans un bureau d'où elle sortit une proposition de services en bon et due forme juste à temps pour la faire parvenir à Peter Brown. Il la lui renvoya signée dans la demi-heure. Un tel empressement, sans passer par le filtre de ses avocats, était du jamais vu.

Liane en profita pour savourer, encore une fois, la beauté des lumières de New York dans le noir. La nuit ne traînait pas pour s'installer dans la ville qui ne dormait jamais. Quinze ans auparavant, grâce à une bourse d'études, elle avait étudié à la prestigieuse université de Columbia. Depuis, elle revenait à Manhattan chaque fois que son travail l'y appelait et jamais elle ne se lassait de ce spectacle malgré le blues qu'il faisait naître en elle. Le titre « Memories » de la comédie musicale Cats vint en musique de fond à son spleen. Il était temps de se bouger pour ne pas finir engluée dans le gris de l'esprit.

Il était vingt heures à New York soit une heure du matin à Paris. Surtout il lui fallait résister au sommeil si elle ne voulait pas être debout avant l'aube le lendemain matin. Il n'y avait qu'une solution : Beyrouth.

Liane passa à son hôtel pour se changer, se démaquiller, quitter ses habits de lumière pour un jeans noir, un T-shirt blanc et un blazer Joseph de crêpe noir gansé de satin. L'ensemble décidément rock'n'roll était fini par des bottes noires. Personne ne l'aurait reconnue et pourtant c'était dans cette tenue qu'elle était elle-même. Son téléphone sonna : Baptiste.

– Alors en route pour Beyrouth ?

– Ça y est, j'en ai la preuve. Tu me fais suivre et nous ne sommes même pas mariés.

– Et pas près de l'être à mon grand regret. Alors la bataille contre le décalage horaire est déclarée ?

– Ne m'en parle pas.

– Écoute, je viens de parler à un de mes amis. Tu ne le connais pas, et devine quoi ? Il était justement en route pour Beyrouth. Quand tu arrives, demande à Curtis de te l'indiquer. Il t'attend. Il s'appelle Xeo.

– Xeo ? Pardon, Baptiste mais tu veux que j'aille parler à un mec qui porte un nom de guerrier d'une saga à deux balles alors que je n'ai pas dormi depuis presque vingt-quatre heures.

Elle sentait la colère lui monter au nez. Fatiguée, elle était en route pour s'abrutir la tête de musique, pas pour faire causette avec un inconnu.

– Liane, je t'en prie. Fais-moi confiance. En plus, il est comme toi, Xeo.

– Ce qui veut dire ?

– Que même si tu brilles de mille feux, ta couleur c'est le noir…

Sur ce, il se mit à entonner un hymne New Wave, sombre à souhait, tout droit sorti du Manchester des années quatre-vingts et Liane se sentit prête à l'étrangler.

– D'accord, j'y vais. Merci d'avoir ruiné ma soirée que je vais passer avec Xeo le Ninjago.

– Tu ne diras pas ça demain.

Il raccrocha alors que Liane plongeait dans le métro new-yorkais qui allait la conduire jusqu'à Alphabet City et le Downtown Beyrouth, un des meilleurs clubs de musique alternative qui soit.

Héritier des années soixante-dix et quatre-vingts qui y avaient vu s'y produire Joy Division et autres The Smith, la caverne inspirée était devenue le repère de Liane depuis l'époque malheureusement révolue où se rendre à l'est de Tompkins Square équivalait à jouer à la roulette russe.

La ville était alors éventrée, les gangs qui expérimentaient avec le crack étaient si déjantés qu'ils se livraient bataille à coups de mortier. Certains quartiers en arrivaient à ressembler à la capitale du Liban, alors siège de tous les outrages de la guerre. C'était donc naturellement que le club s'était nommé le Downtown Beyrouth. Entre ses murs peints en noir où les lumières agressaient les regards tels des tirs de roquettes dans la nuit et où la musique vomissait la rage d'être à seulement quelques kilomètres de Wall Street sans parvenir à la détruire, Liane était chez elle. Enfant soldat du capitalisme le jour, membre d'une tribu de rebelles résistants la nuit, elle vivait en équilibre sur ce paradoxe insoluble qui perdurait depuis sa jeunesse.

Quand elle en franchit le seuil, tous ses sens furent assaillis puis violentés : l'odeur de moisi mêlé à la bière, les lumières aveuglantes braquées sur l'entrée et le son, les beats morbides sur lesquels son cœur se synchronisait. Curtis, le maître des lieux, lui fit un signe de la tête puis la guitare de Bernard Sumner attaqua l'intro de son morceau fétiche. L'effet fut immédiat. Liane se sentit exploser de bonheur sur ses paroles écrites à l'encre noire nuit. Elle était vivante après tout, plus vivante qu'elle ne l'avait été quelques heures plus tôt alors qu'un demi-million de dollars étaient tombés du ciel de Wall Street dans son compte en banque.

Comme s'il dansait avec une ourse, Curtis la serra maladroitement dans ses bras, puis désigna de l'épaule une forme avachie dans une des alcôves qui s'alignaient autour de la pièce. Liane la salua d'un bref signe de la tête faisant le tour des habitués, passant d'une épaule à l'autre, saluant d'un high-five, d'un baiser ou d'une tape dans le dos, les silhouettes qui balisaient le parcours jusqu'à son mystérieux rendez-vous.

Quand elle parvint enfin à l'ombre qui se dépliait maintenant dans le coin obscur. Épaules et tête jetées en arrière contre le dos de la banquette, jambes écartées fermement ancrées dans le sol, un éclair stroboscopique frappa Liane, à moins que cela soit la foudre. En cette seconde, elle le trouva magnifique, un terrain d'opposés, le fils caché d'une bassiste de rock alternatif et d'un concertiste classique. Même les cheveux brun foncé en bataille et le teint légèrement mat contrastaient avec les yeux gris-vert qui l'avaient clouée net.

L'homme aux airs adolescents ramena sa longue carrure bien droite, s'arrachant à la débauche de basses, pour tendre à Liane une main protocolaire qu'elle serra. Il en profita pour la guider vers la banquette où elle se laissa choir à ses côtés. Le club était le pire endroit du monde pour une première rencontre. Non seulement on n'y voyait rien mais de plus, on ne s'entendait pas.

Des premières paroles de Xeo, Liane ne retint que sa bouche, belle et fine sans être outrageusement sensuelle, une bouche pour parler rauque et à voix basse, pensa-t-elle. Liane était tout à son petit discours intérieur quand Curtis vint les interrompre pour leur tendre la clé ou plutôt La Clef, celle de son antre, seul refuge silencieux dans ce lieu où toute tentative de conversation venait se fracasser contre un mur de sons. C'était un privilège que Curtis ne réservait qu'à ses plus proches, un privilège auquel Liane, elle-même, n'avait jamais osé prétendre. Xeo remercia Curtis et regarda sa montre puis se levant, il invita Liane à le suivre. Les tympans de Liane étaient encore hors d'état de fonctionnement quand Xeo entama :

– Bonjour, Liane. J'ai quelque chose pour toi de la part de Gaspar.

Sortant de la poche de sa veste de cuir une enveloppe de taille moyenne, il en extirpa un pavé fin entouré d'un tissu de haute technologie noir.

– Pas facile à faire passer à la douane. Enfin, bon… C'est pour toi. Salut.

Alors qu'il tournait les talons, il se gratta le crâne comme s'il luttait pour se souvenir de quelque chose.

– Oui, c'est ça. J'ai un message de la part de Gaspar aussi. C'est un téléphone crypté de dernière génération. Il m'a dit de te dire de surtout n'utiliser que celui-là pour lui parler à partir de maintenant.

Après trois pas vers la porte, il revint encore une fois vers elle.

– J'allais oublier les codes.

Il sortit une sorte de porte-clés de la poche de son

jeans noir.

– C'est un scan. Va sur le site de Gaspar et mets le scan en route, tout sera indiqué. Une fois le téléphone activé, attends que Gaspar t'appelle en premier. Il doit le tester d'abord.

Jamais Gaspar n'avait pris de telles précautions avec elle et cela l'interpellait. Elle se contenta donc de remercier Xeo, l'esprit déjà en action.

En lui montrant la porte, Xeo lui indiqua son départ imminent. Elle n'avait pas décroché plus de dix mots. Il devait croire qu'en plus d'être une cruche muette, elle était aussi sourde qu'un pot. Sur ses lèvres Liane put cependant lire un « je t'appelle demain » qu'elle fut quasi sûre d'avoir imaginé.

Néanmoins, elle acquiesça de la tête et s'arrêta au bar, sentant intuitivement qu'il serait malvenu qu'elle le suive jusqu'en dehors du club alors qu'il se dirigeait vers la rue. Étrangement, elle avait peur de se retrouver à ses côtés dans le silence de la nuit et tomber dans le commun des premières rencontres, les platitudes qui pavent le chemin d'une possible intimité. Demain, elle verrait s'il l'appellerait … ou pas.

Même le cœur pouvait être sujet à des hallucinations. Trouvant refuge dans le contact rassurant du goulot de sa bière tiède, elle se laissa aller encore quelques minutes à la musique avant d'embrasser Curtis et d'aller se coucher.

CHAPITRE 6

Le lendemain matin, Liane se réveilla aux aurores. Le vacarme qui venait de trente étages plus bas était une cacophonie de klaxons, de sirènes de police et de poutrelles métalliques qui se heurtaient dans l'assemblement d'un nouveau gratte-ciel encore plus pharaonique que les autres. La seule chose qui manquait était le son de l'Homme : nul cri, salutations ou interpellations mutuelles. Cette ville n'était pas humaine, elle en avait la confirmation.

Après une douche presque froide, un savant maquillage, elle enfila ses habits de scène : un tailleur-pantalon identique à celui de la veille, un tee-shirt en coton blanc, bijoux, foulard de soie et escarpins affichant les dix centimètres réglementaires mais dont la semelle n'était pas vermillon. Cela aurait été trop prévisible.

Adolescente, elle avait entendu parler d'un roi du rap qui, ayant fait fortune étrennait quotidiennement une nouvelle paire de chaussures de sport. Certains devaient se contenter de leur pain quotidien, lui, c'était sa basket collector quotidienne. À l'époque, elle avait été choquée par une telle gabegie. Puis elle avait été témoin de débauches bien plus vertigineuses. Comparée à la sienne qui consistait à collectionner les T-shirts en coton blanc qu'elle déposait au recyclage dès qu'ils viraient au gris, c'était une petite joueuse.

Prête à endosser son rôle de cadre supérieure

ambitieuse et motivée, elle salua le portier de l'hôtel d'un pas décidé, comme elle l'avait vu faire dans les spots publicitaires, et se glissa dans l'ouverture d'une portière noire appartenant à la limousine qui était dévolue aux meilleurs clients de l'hôtel. Genario, son chauffeur, la connaissait presque mieux que sa propre famille qu'il ne devait pas voir bien souvent, vu les horaires auxquels sa fonction l'astreignait.

– Bonjour Genario. C'est gentil à vous d'être là si tôt ce matin. Je vais finir par penser que vous dormez dans votre voiture.

Il sourit. C'était sans doute le cas.

– Petit crochet chez Starbucks, comme d'habitude Madame ?

Liane était accro au thé chaï latte extra-fort et aux muffins à la pêche et à la framboise super-light de l'enseigne. C'était sa petite honte, son vice connu dans toutes les villes où elle menait carrière. Un jour, un de ses clients particulièrement satisfait lui avait offert des actions de la société dont l'une, encadrée de bois précieux, trônait dans son bureau de Londres.

Quelques minutes plus tard, les petits-déjeuners achetés pour Genario et elle-même parfumaient la limousine tandis que le chauffeur la déposait aux pieds de Morgan Richfield. Que le spectacle commence, se dit-elle à mi-voix.

Sa première journée à travailler sur le projet de la Richardson Brown allait se dérouler comme une opération militaire : précision stratégique et charge fantastique.

– Bonjour Londres, bonne nuit Hong Kong. Merci d'être restés éveillés si tard. Ordre de mission pour la chasse Richardson Brown, mettez vos meilleurs limiers sur le coup. Je veux la Bible, Ancien et Nouveau Testaments, Épîtres et tout et tout, le catalogue complet de tout ce qui se fait de mieux en directeurs financiers sur la planète. Déterrez-moi le catalogue de la recherche Hogson Pearson et celui de la China Commerce Bank mais, par pitié, nettoyez-le-moi cette fois-ci. Les candidats qui sont derrière les barreaux auront beaucoup de mal à se présenter aux interviews. Tout comme ceux qui reposent six pieds sous terre…

Il y eut des rires nerveux dans les téléphones. Liane ne plaisantait pas. Au début de sa carrière, une assistante de recherche ambitieuse mais totalement dépassée par l'ampleur de sa tâche avait cru bon de présenter au client de Liane, sans lui en toucher mot auparavant, le profil d'un candidat certes excellent mais mort depuis une bonne quinzaine jours. Liane avait failli perdre le compte et la jeune louve avait, elle, perdu son boulot.

– On livre le catalogue dans deux semaines. Je veux un premier jet d'ici une semaine. N'essayez pas de me refiler vos tocards locaux, je les connais ! C'était dit sur le ton d'une plaisanterie qui n'en était pas une.

La préparation de la cartographie complète d'un marché de candidats était le passage obligé du monde de la chasse de têtes. Les assistants de recherche allaient passer des centaines d'appel, interroger des dizaines de base de données pour livrer un pavé où tout ce que le globe comptait comme directeurs financiers serait détaillé, leurs parcours décortiqués, leurs moindres manies analysées et leur linge sale étalé. Liane détestait cet exercice mais cela faisait plaisir aux clients. « Information is Power » et le pouvoir était leur ultime came. Ils ressentaient un bonheur intense en croisant un autre maître de l'univers, sachant tout de ce dernier alors que l'autre ignorait qu'il avançait à découvert. La taille d'un bonus, un problème d'alcool ou avec qui il partageait une dernière maîtresse : la suprématie du ragot les grisait. C'était de la presse people à la puissance vingt et ils s'en régalaient tous.

Malheureusement, nul n'était dupe chez Morgan Richfield. Cet exercice titanesque ne servirait à rien car Liane connaissait déjà le nom des dix proies sur lesquelles elle allait jeter son dévolu. Elle était une chasseuse, pas un éboueur de la nature humaine.

Elle avait déjà écrit les dix noms dans le carnet d'écolier qui ne la quittait jamais et passa le reste de la journée à mettre au point sa traque. Une bonne chasseuse prépare ses armes, se renseigne sur le terrain et surtout ne laisse rien au hasard. Elle posa son téléphone mobile encore fumant d'un dernier appel. L'Europe et l'Asie dormaient à présent et elle les enviait.

Aussitôt, profitant de ce répit, sa sonnerie de téléphone lasse sans doute de quelques minutes d'inaction auxquelles elle n'était pas habituée, se fit entendre. C'était un numéro qu'elle ne connaissait pas.

– Bonjour Liane, c'est dommage de passer sa vie au téléphone. Tu sais, il y a de vraies gens, là dehors.

Interloquée, elle mit quelques secondes à retrouver ses esprits Elle ne connaissait pas cette voix mais elle en aima le ton gentiment moqueur qui lui rappela celui de Gaspar ou de Baptiste.

– Xeo, c'est toi ?

– Gagné ! Comment vas-tu Liane ? Pas trop décalée ?

Voulait-il parler du décalage horaire ou de celui qui séparait son image à l'instant de sa réalité d'hier soir ?

– Non ça va. J'ai l'habitude.

Il ne lui répondit rien, attendant qu'elle reprenne.

Il aurait pu attendre longtemps car elle, qui savait parler avec une égale aisance à tout le spectre des êtres humains qui passaient à sa portée, elle qui masquait sa timidité sous une abondance de faconde amicale, elle ne trouva rien à lui dire. Leur dialogue aurait pu être écrit par un scénariste de cinéma d'art et d'essai dépressif et à court d'encre.

– Je sens que nous avons beaucoup de choses à ne pas nous dire, Liane. On se retrouve ce soir ?

Oui, oui, oui mais non. Son esprit s'emballait.

– Non, ce soir je ne peux pas mais demain, si tu peux ?

– Je peux et je veux. Je viens te prendre à ton hôtel vers dix-sept heures. Passe une bonne soirée, Liane.

À peine le téléphone raccroché, Javotte et Anastasia accompagnées de Brian le désossé dans le rôle du prince Jean firent irruption dans son bureau.

– Liane, nous venons d'apprendre que tu as déjà lancé la mission Richardson Brown sans nous consulter. Nous avons gagné ce projet ensemble, tu ne peux pas jouer les francs-tireurs ainsi. Brian, l'air faussement courroucé, jetait des œillades désespérées dans la direction de la Française. Il savait qu'il s'en eût fallu de peu pour qu'elle volât dans les plumes de ses deux dindes.

Elle inspira un grand coup.

– Anastasia, je veux dire Hannah. Reprenons. Hannah et Debrah, n'ayez crainte, vous aurez votre part du gâteau. Cependant c'est moi et moi seule qui vais le préparer. Essayez juste de vous restreindre et de pas tenter de pirater mon mot de passe ou d'effacer mes contacts sur l'intranet. Cela fait désordre.

La pomme d'Adam de Brian fit un aller-retour tortueux le long de sa trachée.

– Liane, comment peux-tu accuser tes collègues, intègres et dévouées, de telles vilenies. Nous ne sommes pas chez les barbares ici.

Liane tapota sur son clavier.

– Non, tu as raison Brian. On est chez les faux culs. Voici le rapport informatique d'il y a une heure et comme tu peux le voir, des petites mains indiscrètes ont essayé de pirater mon compte mail dès six heures ce matin. Elles ont aussi tenté de transférer mes contacts de la mission Hogson Pearson sur un nom de collègue créé de toutes pièces, afin que je ne puisse plus y avoir accès. Pas très malin non plus de la part de ces amateurs d'utiliser leur ordinateur privé pour se livrer à de la flibuste informatique ! Avec le virus que cette chère Élise, mon assistante de notre bureau de Paris, leur a envoyé pour leur peine, il va marcher beaucoup moins bien.

Malgré son ton badin, Liane écumait de rage. Son coup de fil passé à Gaspar à la sortie de son meeting avec Peter Brown avait été bien inspiré. Les deux harpies à la solde de Brian avaient essayé de la court-circuiter au risque de faire échouer une des plus belles missions de Morgan Richfield.

Debrah rougit tandis que Hanna devenait blanche comme un linge.

– Brian, ai-je ta parole que plus rien de tel ou y ressemblant de près ou de loin ne se produira à nouveau ? Ou dois-je en avertir notre conseil d'administration ?

Brian suait à présent.

– Liane, tu as ma parole.

Pour ce que cela valait ! Elle rassembla ses affaires avant de se planter devant lui et d'utiliser la grosse voix qu'elle réservait d'habitude à la fratrie désordonnée de Baptiste.

– Ceux qui ne sont pas avec moi sont contre moi.

Pourquoi fallait-il toujours parler comme un mauvais acteur dans un médiocre western spaghetti pour se faire respecter de la fine fleur de Wall Street ?

CHAPITRE 7

Sa journée lui parut beaucoup plus calme après cela et elle s'étira sous fond d'interviews ennuyeuses dans les cafés du coin jusqu'à dix-huit heures, heure à laquelle elle se mit en route pour retrouver Paul Habber. Elle n'était même pas nerveuse.

Paul et elle s'étaient rencontrés sur les bancs de Columbia. De dix ans son senior, ce n'est pas cette décade d'expériences si importante à leurs jeunes âges qui les séparerait ultimement mais ces myriades de petites déceptions plus ou moins cruelles qui, un jour, font culbuter l'autre, idéalisé, du haut de son piédestal. Et la chute de Liane avait été subite et violente.

Plutôt quelconque avec son sourire mal aligné et ses petits yeux myopes, Paul parvenait malgré tout à être terriblement séduisant. Fort en thème de la promotion de MBA de cette année-là, tout lui semblait aisé. Il avait pour habitude de déposer ses vérités cinglantes au pied du corps professoral avec le même naturel qu'il enfilait son sempiternel vieux sac à dos qui jamais ne le quittait quand ses condisciples arboraient attachés cases et porte-documents siglés. Cette vieillerie sans forme ni couleur contenait un butin de livres de classe écornés, de notes d'analystes semi-confidentielles et de coupures de magazine qui n'étaient qu'un prétexte à son véritable Graal : des carnets de moleskine noire qu'il noircissait de sa petite écriture de fouine. Paul savait tout sur tout, tous et toutes et il se servait de ces informations sans apparente méchanceté mais avec une redoutable efficacité. Lors de la bataille pour l'élection du poste très convoité de président de promotion, on avait vu ses concurrents s'effondrer les uns après les autres au cours de débats publics lors desquels il les enterrait d'une référence à un acte passé peu glorieux ou à une prise de position maladroite. Il les achevait alors d'un sourire d'enfant pris en faute. Il s'excusait presque avant de porter l'estocade. Cela marchait à tous les coups et nul ne lui en tenait trop grief.

La jeunesse de la Française et sa naïveté lui avaient plu tandis qu'il se régalait de son passé atypique. Il l'appelait « son oursin du caniveau » et pendant trois ans, il fut un Pygmalion qui s'acharna à l'en sortir. Quand il s'agit de passer aux choses sérieuses, il disparut de sa vie alors qu'elle venait de s'installer à Londres où il devait la rejoindre pour y vivre ensemble. Du jour au lendemain, il s'était évanoui dans l'éther. Son téléphone sonnait dans le vide, ses adresses électroniques n'étaient plus opérationnelles et son employeur avait subi le même sort que sa fiancée : largué. Liane pleura beaucoup puis entreprit un beau matin de reconstruire sa vie ex nihilo dans la ville de la peste et du grand incendie.

Avance rapide, quinze ans plus tard.

Ils se retrouvaient sur le terrain de leurs premières amours pour dîner en gens civilisés qu'ils étaient devenus. Après des passages éclair chez les plus grands noms du monde de la consultance et des nouvelles technologies, Paul avait fait fortune modérément mais suffisamment pour créer une fondation dédiée au climat. Communicateur né, il parcourait les conférences du monde entier où ses interventions, généreusement rémunérées, permettaient de concilier les choses qu'il aimait le plus au monde : le pouvoir et la cause écologique. Est-ce que Liane lui en voulait encore ? Évidemment. Elle n'était pas une sainte et sûrement pas en voie de le devenir.

Ils avaient rendez-vous au restaurant « Chez monsieur Georges », le dernier endroit branché où la crème de la finance s'encanaillait avec la fange du RnB, à moins que ce ne soit le contraire. En tout cas, cela faisait un beau, sinon bon mélange.

Liane ne s'était pas changée et arborait son tailleur-pantalon strict pour arpenter l'avenue des souvenirs. Son message était sans ambiguïté. Elle n'était pas là pour tenter une reconquête mais pour satisfaire sa curiosité.

Arrivée à l'adresse indiquée, la porte du restaurant se faisait remarquer par son absence totale de marque de reconnaissance. Seul un carré en aluminium marqué d'une empreinte de main était incrusté dans un énorme panneau coulissant, semblant sortir tout droit de Star Trek. Liane y apposa sa main, espérant qu'une trappe ne s'ouvre pas sous ses pieds. La solide porte de bois brut glissa sur elle-même pour laisser apparaître Madame Spock. Immense, coiffée d'une mini-frange noir corbeau et maquillée à la Malevitch période carré noir sur fond blanc, c'était Hadès version transgenre.

Même si Madame Spock ne leva pas la tête, Liane discerna un frémissement d'oreille :

– Liane, Paul est déjà arrivé et vous attend à sa table.

L'hôtesse avait sa photo sur un écran tactile monté en montre connectée. Tant de prétention donnait envie de fuir et de rejoindre le bruit, la sueur, et les poignées de mains viriles du Downtown Beyrouth. Mais, bonne fille, Liane se fendit de son plus beau remerciement, distant mais respectueux de l'honneur qui venait de lui être fait en l'intronisant en ce lieu d'exception, avant de se mettre en route vers son passé.

Le sourire n'avait pas changé mais Paul avait bien grisonné.

– Liane ! Pourquoi aussi longtemps ?

Il se leva de la banquette qu'il avait déclarée sienne contrairement aux usages de la galanterie et la serra dans ses bras. Elle se laissa aller contre lui, brièvement. Dans la pénombre, le fidèle petit sac à dos se découpait sur la banquette juste à côté de lui. Quels secrets d'État devait-il contenir ces jours-ci ?

L'étreinte de Paul était comme une vieille robe de chambre qui ne plaît plus mais que l'on n'arrive pas à jeter. Elle faisait partie de Liane, de son histoire et elle s'y était enveloppée avec abandon, par réflexe. Elle n'était pas la seule car les petits yeux myopes de Paul avaient retrouvé cette rare tendresse qui leur donnait plus que de l'humanité : un éclair de bonté.

Un sursaut, initié par l'un ou l'autre dans un souci de préservation, les rappela de concert à l'odieuse réalité. Ils s'étaient aimés au temps où la jeune diplômée ne brillait pas encore assez, alors que l'ambition du trentenaire dévorait déjà tout sur son passage. Il l'avait quittée alors qu'elle venait de laisser sa famille et plus grave encore, son premier job à Paris où elle avait cumulé les promotions éclair, pour le rejoindre à Londres dans une ville où elle ne connaissait personne. D'un coup de fil qui ne vint jamais, d'une absence sur un quai de gare à Waterloo Station, il l'avait dépecée des derniers attributs de l'innocence. Puis il était revenu presque une année plus tard pour la supplier de l'épouser, lui et ses projets de grandeur. Nous formerons une équipe du tonnerre avec de grands desseins, lui avait-il promis. Devant cette émouvante déclaration, elle avait eu l'intelligence de décliner sa proposition. Le cœur moins que l'ego de Paul en avait été brisé temporairement. Ils étaient donc quittes, même si la partie n'était pas finie entre eux.

Paul l'observa sans lâcher sa main alors qu'ils prenaient place.

– Pourquoi n'as-tu pas fait retirer ton horrible tatouage ?

Aiguilleur du ciel, Paul aurait causé des hécatombes. À près de cinquante ans, il n'avait toujours pas appris qu'il fallait laisser ses condisciples atterrir en douceur et ne pas les écraser au sol comme de vulgaires mouches bleues.

Rares étaient ceux qui étaient dans le secret de Liane qui portait sous sa chevelure ce petit tatouage qui faisait fuir la racaille : la marque des Fondateurs, le gang de Baptiste. Une légende urbaine, ce dernier était composé d'une dizaine de membres, nettement moins si on comptait ceux qui étaient encore en vie. C'était, autant dire, une marque au fer rouge sociale que Liane arborait avec fierté et dont elle ne s'était jamais séparée.

La trentenaire mature qu'elle s'efforçait de devenir choisit d'ignorer la pique et fit le geste de se saisir du sac à dos.

– Mais qui vois-je là ? N'est-ce pas ce bon vieux rucksack.

Elle avait utilisé le terme allemand, ce qu'il honnissait, comme ses origines prussiennes qu'il drapait du voile de la neutralité de son passeport helvétique. Un éclat menaçant traversa subrepticement son regard. Personne ne s'approchait jamais de ce sac gris et noir au tissu encore plus délavé que dans ses souvenirs. C'était sa patte de lapin, son premier sou porte-bonheur grâce auquel il avait érigé sa fortune sur les bases boueuses des secrets des autres.

Des ordinateurs portables hypersécurisés avaient dû remplacer les carnets de moleskine noire. Liane se rappela qu'elle l'avait aidé à choisir son premier modèle dans le tout nouveau magasin à la pomme de Soho, une semaine avant qu'il ne la quitte.

Les forces en présence ayant établi leur campement, elles pouvaient maintenant se détendre. C'est exactement ce que Paul proposa et ils passèrent un moment délicieux. Il était un cuisinier hors pair et il avait ratissé la terre en détail. Voyages et bonnes tables, ils auraient de quoi combler le temps jusqu'à ce que Liane découvre enfin pourquoi il l'avait rappelée dans sa vie.

Habilement, il l'amena sur le terrain d'un grand capitaine de l'industrie pétrolière dont on murmurait le départ proche. Les fonds de pension n'avaient pas apprécié ses déclarations un peu trop vertes, un peu trop propres. Cela sentait trop bon dans les couloirs de cette société qui d'habitude puaient la drogue, les pots-de-vin et la duplicité qui asservissaient et empoisonnaient les populations. Avec ses bonnes intentions nouvellement acquises, ce Saint Paul de la cause écologique allait leur faire perdre beaucoup d'argent.

Son ex lançait son fil de pêche pour alpaguer quelques informations juteuses mais le fil était décidément bien trop gros. Cela ne lui ressemblait pas d'être aussi facile à lire. Généralement, il délestait sa victime de ses plus profonds secrets tel un pickpocket des âmes, sans que celle-ci ne se rende compte de rien. Il était déjà trop tard quand le malheureux mesurait l'ampleur de son indiscrétion et que le remord se mettait à le tarauder d'avoir trahi auprès d'un quasi-inconnu de précieuses confidences.

Liane, toujours aux aguets, n'eut pas le loisir de s'étendre sur le sujet car le regard de Paul était déjà parti en mission dans son dos et il dardait son irrésistible sourire à un individu qu'elle ne voyait pas encore.

– Ron Del Toro, je ne le crois pas !

Liane non plus ne le crut pas. Paul se leva de table pour accueillir d'une étreinte virilement teintée d'émotion, Éros. L'homme qui s'était approché derrière elle et dont elle n'avait ressenti que le souffle divin du passage n'aurait pas dépareillé dans une publicité pour déodorant masculin ou pour une boisson gazeuse trop bien connue. Physiquement, il était juste parfait et il y en avait pour tous les goûts : grand, large d'épaules sans être une caricature, des yeux eurasiens mais bleus, un sourire carnassier mais avec une mignonne cicatrice sur la lèvre inférieure, une chevelure auburn combinant mèche à la Hugh Grant et tignasse de lendemain de fête. Il rendit à Paul son accolade.

– Paul, cela fait plaisir de te revoir.

Même la voix était posée et douce, du grégorien des temps modernes.

Alors que l'apparition se penchait vers Liane pour la saluer, Paul fit les honneurs :

– Ron, permets-moi de te présenter Liane, mon amie.

Ron s'inclina vers elle. Dans les films, c'était là où le temps défilait lentement, très lentement tandis qu'une musique de fond qui aurait un peu trop forcé sur les violons se vautrait dans le sirop sucré. Inconscient de ses charmes, Ron la salua de quelques mots polis, tandis que Paul poursuivait en la fixant du regard :

– Liane, si cela ne t'importune pas, on pourrait inviter Ron à se joindre à nous ?

Bien sûr, Paul n'avait rien dit de tel mais elle connaissait cet air contrit quand ses yeux myopes cherchaient les siens comme s'il s'agissait de sa dernière bouée de secours. Par le passé, ces fréquentes intrusions dans leurs rares tête à tête avaient conduit à bien des disputes mais là, c'est elle qui aurait pris les devants s'il ne l'avait pas fait. Soudain très curieuse de tout savoir sur cet homme qui sortait de nulle part, elle sentait dans ses tripes que son physique ne serait que les prémisses d'une découverte encore plus fascinante. Les instincts en éveil, la chasseresse se réveillait.

D'un cillement de paupières, elle fit comprendre à son compagnon qu'il n'y avait aucun inconvénient à ce que Ron partagea leur soirée déjà bien entamée. Paul signala au maître d'hôtel et ce faisant, guida Ron par le coude vers le fauteuil qu'on apportait à leur table :

– Ron, tu ne vas nulle part. Je ne te laisserai pas t'envoler aussi facilement. Tu prends un dernier verre avec nous. N'est-ce pas Liane ?

– Absolument Ron, Vous devez rester !

Si Paul et Liane n'avaient pas été aussi irrémédiablement compétitifs, ils auraient pu faire une belle équipe à défaut d'un couple parfait ou même tolérable. Ron eut la délicatesse de marquer un instant d'hésitation avant d'accepter avec timidité. Gauchement, il glissa sa carrure dans le fauteuil qui semblait trop étroit avant de se tourner vers la Française. Paul intervint :

– Ron, permets-moi de te présenter Liane, ma belle chasseresse et ma plus belle prise. Je plaisante Liane, ma Liane, est la plus célèbre associée du non moins célèbre cabinet Morgan Richfield et une amie de longue, très longue date.

Ron montra un signe d'admiration polie :

– Alors Frederick Marx, c'était vous ?

Décidément la presse avait bien effectué son travail, ce qui agaçait prodigieusement la jeune femme. Un bon chasseur n'épingle pas sa photo sur tous les arbres de la forêt avant la battue. Liane sourit et renvoya la balle. Manier le questionnement était devenu son art. En vraie professionnelle, elle appuya son menton sur son poing en enveloppant le beau Ron d'un regard qui excluait tout autre : homme, bête ou même Madame Spock qui lançait des œillades appuyées vers leur table depuis quelques minutes déjà.

– Ron, dites-moi tout…

Plan séquence intitulé : « vous me passionnez déjà ». Pause accompagnée d'un soupir appuyé et battement de cils au ralenti avant d'ouvrir une bouche étonnée.

– Comment avez-vous connu cette fripouille de Paul ?

Pas dupe pour un sou, Ron décrocha son sourire le plus innocent.

– En crachant dans son masque, je le crains.

Paul fit entendre un rire timide, qui beaucoup plus que ses sourires de façade, avait l'avantage d'être authentique.

– Laisse-moi te raconter !

Liane apprit tout de leur rencontre dans un stage de plongée à l'autre bout du globe, de leur coup de foudre amical. Ron était issu d'une prestigieuse université américaine dont il avait reçu le sempiternel MBA mais plutôt que d'emprunter comme ses condisciples le chemin qui mène aux coffres-forts de Wall Street, il s'était engagé dans l'humanitaire et la cause écologique. Depuis lors, il œuvrait en tant que directeur financier de riches fondations pour y soutenir les projets les plus louables de sauvegarde de l'humain et de son environnement. Comme ces fondations étaient éparpillées à travers le globe dans un plumetis de petits états bienveillants envers les philanthropes, Ron était un citoyen du monde habitué à opérer dans l'ombre, avec efficacité et discrétion.

Un peu gêné par ce portrait flatteur, Ron interrompit Paul d'une petite tape amicale.

– Tu sais Paul, tu devrais écrire mon curriculum vitæ. Tu le ferais mieux que moi et d'ailleurs je crois que je vais en avoir besoin.

Paul s'arrêta net, interloqué.

– Ron, je ne comprends pas. Tes projets sont financés pour nombre d'années à venir et les nouveaux philanthropes de la Silicon Valley te supplient de les aider à gérer leurs propres projets sur le terrain. Tu ne cherches tout de même pas un travail ? Si tu as un problème, pourquoi ne m'as-tu pas appelé tout de suite ?

– Parce qu'il y a… Il marqua une pause pour regarder sa montre… Il y a quatre heures je n'étais pas au courant que j'allais devoir changer de vie à cause d'une…

Ses traits durs à présent firent ressortir une colère froide.

– Ma femme me quitte parce qu'elle ne supporte plus de vivre dans les plus beaux endroits du monde encore sauvage avec un raté qui ne ramène même pas un million de dollars par an à la maison. Elle veut que cela brille, que son mec en jette. Cela, ce n'est pas moi. Mais elle a des exigences financières bien au-dessus de mes revenus actuels. Si je veux voir ma fille, je dois déménager, m'installer et sacrifier mon âme à New York.

Même Paul semblait compatir et tous trois demeurèrent silencieux un long moment. Liane s'exprima la première :

– Vous croyez dans le pur hasard ?

Ron et Paul la regardaient, surpris. Elle poursuivit :

– Ron, accepteriez-vous de me rencontrer à mon bureau demain à quatorze heures. Je souhaiterais vous parler d'un projet.

Des cartes de visite furent échangées et rendez-vous fut pris pour le lendemain puis Ron s'excusa pour la soirée.

– Trop d'émotions pour aujourd'hui ! J'ai besoin de dormir pour avoir l'esprit clair demain.

Paul passa le reste de la soirée à parler de ses projets, de sa fondation. Sauver l'Arctique, arrêtez la fonte des glaciers, tout cela était bien noble mais Liane peinait à réconcilier le Paul d'avant, couteau entre les dents, sans pitié dans sa quête de pouvoir et le Robin des Bois mâtiné de Grand Bleu qui étalait ses rêves d'un monde meilleur devant elle, en lui prenant la main. Pouvait-on changer à ce point ? Non bien sûr était la réponse du bon sens et pourtant la femme, l'amoureuse d'antan voulait y croire pour exorciser la cynique qu'elle était devenue à force de fréquenter les puissants, à commencer par Harry.

– Tu rêves, ma Liane. Tu dois être fatiguée, je te raccompagne.

Oui, elle était fatiguée, pire elle se sentait intoxiquée, incapable de reprendre ses esprits. Sa tête tournait, ce qu'elle attribua à la musique assourdissante, refusant de s'avouer que c'était son instinct qui lui disait de fuir cet endroit prétentieux et ce type qui lui cachait quelque chose.

Liane se leva lessivée, essorée et toute fripée avec l'impression distincte d'avoir dormi dans la machine à laver industrielle de la buanderie de l'hôtel. Après une douche fraîche, elle s'habilla avec soin car avec une aussi sale tête, il valait mieux forcer sur le décorum. Elle eut la main leste avec ses fards. Riche des tutoriels édifiants dispensés par les blogueuses de la planète, elle se créa de nouveaux contours : un nez plus fin, des cernes moins bistres et des pommettes quasi slaves. Bref, elle ne se ressemblait plus mais, au moins, elle ressemblait à quelque chose.

Deux chaï superchargés plus tard, sept heures sonnaient à la cathédrale Saint Patrick quand elle pénétra, triomphante, dans le lobby de Morgan Richfield avant d'aller s'écrouler derrière son bureau. Anastasia et Javotte n'étaient pas encore arrivées, ce qui lui donnait de précieuses minutes pour se remettre en selle.

Aux grands maux, les grands remèdes. Elle s'enferma dans les toilettes où pendant cinq minutes, elle se planta en pose dite de la montagne, flashant son plus beau sourire à la porte mélaminée blanche soigneusement barricadée. Elle avait appris ce truc à dix sous auprès d'une copine strip-teaseuse. « Ça fait monter les endomorphines et après tu te sens la reine du monde, ma chérie ».

Sept heures quinze, Liane était prête à repartir à la conquête de la Richardson Brown, de son directeur financier futur et de l'heureux élu qui ignorait encore qu'il accéderait bientôt à l'un des postes les plus convoités de la planète « gros sous ».

Hannah et Debrah arrivèrent sur le coup de huit heures, dépitées de ne pas avoir été là les premières ce matin pour mettre en pratique un de leurs sortilèges informatiques. Même les « hello » acides de ces deux sorcières qui avaient troqué leurs balais pour des baskets très « working girl » ne purent atteindre sa bonne humeur.

Elle passa la matinée à revoir la bible que lui concoctaient ses collègues à travers le monde. Le briefing de la veille avait porté ses fruits et les quelques centaines de pages se lisaient dès à présent tel le Who's Who du gratin bancaire mondial. Que du beau monde, mais du beau monde un peu trop connu.

Inexplicablement ses clients, qui avaient une connaissance très limitée de leurs concurrents, étaient persuadés de tout savoir sur eux. Ultimement et après avoir exigé à corps et à cris de la chair fraiche et des profils inconnus, ils étaient rassurés quand on pêchait dans la mare familière de leur entourage proche. Candidat au même poste chez un concurrent immédiat ou, comble du snobisme, chez un concurrent plus grand, plus prestigieux, ils n'allaient jamais bien loin de leur zone de confort. À un inconnu brillant, ils préféraient immanquablement un médiocre connu.

Au chasseur de têtes ensuite d'approcher les candidats potentiels, de les harponner, de les séduire puis de les mettre à nu sur la place publique. Tous leurs petits secrets étaient alors étalés comme le proverbial linge sale afin que le client fasse son marché. Une fois l'élu, trop rarement l'élue, désigné ; c'étaient encore les chasseurs de têtes qui négociaient, arrondissaient les angles, tempéraient les propos jusqu'à amener les fiancés à l'autel où une fois le contrat signé, leur confortable commission tombait. Puis telle une mère maquerelle ayant placé sa plus belle fille, ils étaient congédiés sans même un merci jusqu'à ce que l'une ou l'autre des parties connaisse les affres du défroquage professionnel et ait à nouveau besoin d'eux.

Avec Peter Brown III, c'était différent. Peter Brown voulait être étonné et étonner. Le tome de la taille d'un honnête « Guerre et Paix » lui apporterait la preuve que les équipes de Morgan Richfield s'étaient mobilisées juste pour lui, avaient fait leur travail de recherche avec diligence, passant au peigne fin l'univers de talents potentiels dans les quatre coins du monde.

Cependant Liane et lui-même savait bien que l'heureux élu ne se trouvait pas au creux de ces pages. Peter voulait que Liane lui sorte un beau lapin blanc, tout neuf, de son chapeau et c'est pour cela qu'il avait embauché une magicienne. Les pensées de Liane furent interrompues par une sonnerie inconnue. Après quelques secondes de recherche frénétique, il s'avéra que le téléphone crypté prenait vie pour la première fois. C'était Gaspar à qui Liane avait demandé de continuer à surveiller ses messageries et ses accès aux réseaux pour parer aux velléités funestes des deux vipères qui nichaient à son étage.

– Bonjour Gaspar. Déjà debout ?

Au vu de ses activités parfois obscures, Gaspar ne suivait pas la même horloge solaire que le commun des mortels. Une pause se fit entendre à la place du jacassement habituel de son geek préféré :

– Bonjour Liane. Tu as regardé la télé hier soir ?

La jeune femme sentit immédiatement que quelque chose clochait. Gaspar n'utilisait le bonjour formel que lorsqu'il y avait une crise ou qu'il était de très méchante humeur. De plus il n'ignorait pas qu'elle ne regardait jamais la télé, qui plus est aux États-Unis où les spots publicitaires sur les médicaments disputaient le temps d'antenne à ceux sur les assurances. Comment s'étonner que des nations entières, qu'on avait convaincues qu'elles étaient à la fois malades et en danger imminent, deviennent de grandes dépressives ?

Elle garda un ton badin afin de voir où cela les menait.

– Non Gaspar, pas hier soir. Je suis sorti avec mon vieux copain de promo de Colombia, Paul Habber.

– Paul Habber ? Cela me dit quelque chose, Liane.

Gaspar connaissait intimement Paul, dont il avait sécurisé toutes les bases de données et pour lequel il avait même hacké avec abandon. Gaspar craignait donc qu'ils soient sur écoute malgré son cryptage minutieux.

– Tu as des plans pour ce week-end ?

La banalité de leur conversation aurait dû endormir ceux, s'il s'avérait qu'il y en ait, qui se seraient invités sur la ligne. Pendant un quart d'heure, ils échangèrent des platitudes de vieux couple sur le quartier de leur enfance dont il ressortit que Gaspar la convoquait à Paris ce samedi et qu'il passerait la prendre chez sa mère à 21 heures.

Mais pour avoir compris ce message, il aurait fallu savoir qu'il s'agissait là d'un rituel qui s'était répété pendant toute leur adolescence. Une chose était sûre : plus aucun des moyens de communication dont elle dépendait au quotidien n'était fiable puisque Gaspar voulait la voir en tête à tête. Le message était clair mais Liane refusa de se laisser aller à la paranoïa. Gaspar s'en chargeait très bien pour elle.

Elle s'occupa donc comme elle le pouvait en attendant quatorze heures et l'arrivée de Ron Del Toro. Elle ressortit les dossiers de Frederick Marx et de Arun Khan, ces recrutements surprise de parfaits inconnus qui avaient fait la une de la presse financière et le bonheur des grandes banques qui les avaient ferrés.

Ron Del Toro ne dépareillerait pas à côté de ce duo de prodiges qui, après de brillantes études, avaient jeté aux orties des carrières toutes tracées pour se consacrer l'un à une fondation dédiée à l'accès à l'eau potable pour tous et l'autre à une O.N.G. spécialisée dans la recherche sur le traitement des déchets marins. Leurs contributions respectives avaient été remarquables et si l'effondrement d'un barrage pour le premier et le décès d'un mécène généreux pour le second n'y avaient pas mis terme de façon aussi violente que prématurée, ils n'auraient sans doute jamais quitté leur existence de dévouement. C'était à cette croisée de leur chemin de vie que Liane les avait rencontrés.

L'automne et ses tempêtes de pluies rendaient l'aéroport de Francfort encore moins avenant qu'à l'accoutumée. Tétanisée comme à son habitude, Liane avait été déposée par l'équipe d'escale dans un coin du salon de la classe affaires dont elle ne bougeait pas. Un Frederick déphasé en correspondance depuis Jakarta pour Munich s'était assis à côté d'elle et avait entamé la conversation. À travers la brume de leurs états seconds respectifs, ils s'étaient découvert des connaissances communes. Il lui avait confié son désarroi de devoir revenir travailler en Europe dans la voie qu'il avait si savamment évitée jusqu'à présent. Elle avait offert de l'aider et ce n'avait pas été un vain mot. Quand la Hogson Pearson s'était retrouvée à poil dans la tourmente, elle avait tout naturellement fait appel à Liane pour lui trouver un directeur financier et une nouvelle virginité. Un appel, une dizaine d'entretiens, un grand oral devant le conseil d'administration et il était devenu la nouvelle coqueluche de la City et le plus beau recrutement de Liane jusqu'à ce que, quelques mois plus tard, elle fasse la connaissance d'Arun Khan.

Avec ses airs de fils des rues de Calcutta éduqué dans les meilleurs pensionnats anglais, il inspirait naturellement la sympathie. S'il pouvait rejouer des pans entiers des séries cultes de Bollywood, à faire hurler de rire les habitués de son pub local, il n'en était pas moins un esprit parmi les plus aiguisés qu'elle connaisse. C'est son profil qu'il lui offrit tout d'abord, impassible et absorbé par les orateurs de la conférence sur le réchauffement climatique à laquelle ils assistaient tous deux. Les clients et les collègues de Liane auraient succombé à des spasmes de rire s'ils l'avaient rencontrée en jeans et sans une once de maquillage dans ce genre d'endroit. Mais il y avait aussi peu de chances de tomber sur l'un d'entre eux que de voir un de ses collègues associés du bureau new-yorkais voter Démocrate. C'était son jardin secret, comme ce reste de conscience humaine qui lui faisait donner dix pourcents de tous ses honoraires à des fondations dédiées à l'enfance maltraitée. Cette conférence n'avait rien d'une grand-messe où on se rendait pour se faire voir. Il n'y avait que des activistes discrets et efficaces dans ce bled paumé du Montana, parmi les plus engagés, des chevaliers de l'ombre croyant à un monde meilleur, des « Anonymes ».

Entre deux intervenants, ils avaient échangé leurs impressions. Celles-ci se transformèrent en un dîner passionnant au cours duquel il lui parla de sa passion pour le recyclage des déchets plastiques qui étouffent les océans et leurs splendides habitants. Ingénieur du MIT, il avait également acquis un MBA à Stanford, « histoire de mieux connaître l'ennemi » lui confia-t-il dans un éclat de rire. Leur connivence se construisit lentement à travers les fuseaux horaires et franchit à sauts-de-mouton les pays et les semaines.

Quand le jet privé de son mécène explosa au bout de la piste défoncée d'une république pétrolière en perdition, Liane fut la première que Arun appela. Sa fondation n'existait plus puisque son mécène avait toujours souhaité garder son engagement caché des siens. Capitaine d'industrie, pirate de l'or noir, sa réputation en aurait pris un coup s'il avait été révélé qu'il avait non seulement un cœur mais aussi une conscience. La raison d'être d'Arun s'était consumée dans des flammes de kérosène, il n'en restait plus rien.

– Plus rien, certainement pas. L'avait-elle rassuré quand il se présenta les yeux rougis, mal rasé et vêtu de vêtements fatigués dans le bureau de Morgan Richfield, place Vendôme.

Il était diplômé des plus grandes universités. Il parlait sept langues, avait tenu les rênes financières d'une fondation très argentée, ceci avec prudence et discernement. Par-dessus tout, il avait la rage devant l'injustice de sa situation. C'est ce qu'on appelait dans le jargon un « walking fee », un beau paquet d'honoraires ambulant, de ceux qu'on introduisait au plus offrant seulement, comme on le faisait avec les plus gros diamants bruts avant de les tailler.

Plus un employeur était prêt à payer pour la perle rare, plus les miettes du festin étaient généreuses pour celle ou celui qui avait introduit cette dernière. Il n'était pas question pour Liane de s'abaisser à de telles pratiques. Arun était destiné à un employeur d'exception.

La China Commerce Bank, première banque du continent asiatique et septième en taille au niveau mondial était de cet acabit. Son directeur financier venait juste de se sauver avec la caisse, une infime partie des richesses de la jeune institution financière certes, mais qui s'énonçait quand même à l'aide de huit chiffres, à laquelle il avait ajouté la liste noire de richissimes clients privés chinois qui étaient prêts à payer la rançon de l'anonymat plutôt que de finir dans les griffes des procureurs du regretté Mao. Son remplaçant se devait donc d'être irréprochable et d'une probité hors norme.

Quand Liane les avait rencontrés à Hong Kong, les dirigeants de la banque lui avaient demandé un tour de passe-passe. Leur futur était lié au recrutement d'un autre Frederick Marx, mode asiatique. Avant même la fin du rendez-vous, la recruteuse savait qu'elle tenait son homme en la personne de Arun Khan. Après deux mois d'une cour effrénée, la China Commerce Bank embauchait son protégé et les deux parties étaient heureuses comme des jeunes mariés.

Liane referma les deux dossiers avec l'impression d'avoir été diablement chanceuse deux fois déjà et dans le monde où elle vivait, c'était deux fois de trop. Alors jamais deux sans trois…

Justement, son troisième lapin blanc était arrivé à la réception où elle décida de le laisser mariner un petit temps. Elle savait l'effet qu'il y ferait. Elle entendait déjà le bruit des mâchoires qui tomberaient dans le silence médusé des boxs de verre qui menaient en enfilade de la réception à son bureau.

Anastasia et Javotte qui avaient déjà reniflé l'odeur du sang s'affairaient autour du vieux fax de la réception qui n'avait plus connu autant d'attentions depuis le passage à l'an deux mille. Liane, décidée à abréger les souffrances de Ron, visiblement très mal à l'aise, le conduisit vers son bureau ne pouvant lui éviter un long diaporama de visages ahuris.

Avec attention, elle lui offrit de prendre place confortablement. La table basse agrémentée de ses larges fauteuils au design italien accueillait un service à thé d'où le parfum apaisant d'un breuvage chaud se distillait. Il ne restait plus à Ron qu'à parler de lui. C'était une offre alléchante à laquelle peu résistaient, tant le cadeau d'une oreille réellement attentive était devenu une rareté.

Ron la promena sans s'étendre exagérément au travers des méandres de sa vie. Né d'une mère finlandaise et d'un père cherokee, il avait grandi au gré des transhumances bohèmes de ses parents. L'Australie, le Laos, l'Inde bien sûr, la Jordanie, la Macédoine, il avait tout vu, tout visité jusqu'à l'âge de quinze ans quand, lassé de cette vie sans racine, il s'était émancipé, pour s'installer au Brésil où il avait obtenu un prestigieux diplôme d'ingénieur. C'est au Brésil qu'étaient nés son amour fou des forêts et sa vocation pour les sauver. Après l'université, embrigadé par une grande société de conseil, il y avait rongé son frein jusqu'à obtenir une bourse d'étude pour la prestigieuse université de Harvard. Il s'y était régalé de tous les cours de finance et séminaires sur le développement durable qu'il pouvait y trouver. Mais, à peine avait-il jeté en l'air sa coiffe carrée à pompon qu'il pénétrait dans la jungle de Bornéo pour en ressortir quinze années plus tard.

Bien sûr, entre-temps il y avait eu son mariage « so romantic » à la Robinson Crusoé avec une climatologue new-yorkaise qui avait tout abandonné pour le suivre dans ses arbres. Lui Tarzan ! Elle Jane ! Depuis hier soir, il connaissait l'issue fatale de ce conte de fées écolo. Tout n'était pas si rose sur la canopée.

Bien sûr, il avait aussi parcouru le monde afin de lever des fonds pour ses projets de défense des ressources forestières. C'est lors de l'une de ses incursions dans le monde des économiquement dépendants qu'il avait rencontré son improbable mécène, un cacique de l'industrie pharmaceutique suisse. Celui-ci, impressionné autant par ses talents de financier que par les idéaux qui l'animaient, lui avait confié cent millions de dollars. Mission à Ron de les faire fructifier, quatre-vingts pourcents des profits lui reviendraient de droit, le reste viendrait récompenser les bons sentiments du mécène.

Ron montra à Liane les chiffres de ses performances financières et la liste de ses interlocuteurs dans le monde de la banque, des fonds à risque et des grandes entreprises. Celle-ci comptait exclusivement du beau monde qui brillait comme autant de promesses de dollars. Il lui expliqua que pour la plupart, il n'avait jamais eu à rencontrer ces gens. Les recommandations que l'on s'échangeait sous le manteau et la vidéo conférence avaient fait le reste. Pour la bonne mesure, Liane lui posa quelques questions techniques sur les états financiers bancaires, les flux monétaires et les problèmes de liquidités qui pouvaient faire disparaître une banque et mettre en danger le système bancaire tout entier du jour au lendemain. Cela s'était vu.

Il paraissait extraordinairement à la pointe. « Connais ton ennemi » me lâcha-t-il dans un éclat de rire qui lui rappela brièvement Arun Khan. Il passa en revue les scandales majeurs qui avaient entaché les milieux financiers au cours des vingt-quatre derniers mois. Là aussi, il était très au fait, les disséquant avec le regard froid et analytique de l'acteur extérieur. En résumé, il n'était pas né de la dernière pluie et Bornéo n'était pas non plus de l'autre côté de la lune. Excellent financier doté d'un réseau impressionnant, Ron n'avait trempé dans aucune des sales affaires qui vous entachent une réputation de façon indélébile. Il était blanc comme neige, un lapin de rêve pour la magicienne.

Liane décida qu'il était temps d'abattre ses cartes qu'elle avait gardées couvertes. En professionnelle, elle lui déballa son laïus sur la Richardson Brown : beau nom, beau job, salaire extraordinaire. Son œil s'alluma et son sourire en dit long mais il hésitait encore. Peter Brown atteignait le zéro absolu sur l'échelle de ses valeurs personnelles mais, après un exercice de persuasion tout en douceur, il accepta de rencontrer celui qui, Liane en était convaincue, allait tomber en pâmoison au premier regard. Quand elle se leva pour le raccompagner vers les ascenseurs, leur entretien avait duré deux heures mais le charisme de Ron était tel qu'elle n'avait pas vu le temps passer.

– Ron, je vous rappelle dès que le secrétariat de Peter m'aura proposé des dates de rendez-vous pour la présentation de notre bible des candidats potentiels. Je peux déjà vous assurer que je ferai tout ce qui est en mon pouvoir afin que vous fassiez partie du carré des finalistes et qu'il accepte de vous rencontrer. En attendant, vous permettez que je passe quelques appels pour prendre des références sur vous ?

– Mais, bien sûr, faites ! Je comprends tout à fait. Les réputations sont si fragiles de nos jours et il suffit d'un menteur parfois…

Sur ces paroles et une franche poignée de mains, Ron s'engouffra dans l'ascenseur.

Ce que Liane ignorait encore est que ce qu'elle prenait alors pour une formule de politesse aurait un jour proche valeur de prophétie.

CHAPITRE 9

Il était dix-sept heures quand Liane descendit enfin de son petit nuage. L'angoisse qui l'étreignait à chaque nouvelle chasse, celle de rentrer bredouille après avoir retourné ciel et terre, se faisait un peu plus légère. Si Liane s'infligeait depuis des années une telle pression, c'était pour être aimée par ses clients, ces substituts au père qu'elle n'avait jamais eu. N'importe quel idiot en stage de développement personnel, à commencer par ses clients eux-mêmes qui en profitaient sans vergogne, l'aurait compris.

Un coup d'œil à sa montre lui rappela enfin qu'elle avait rendez-vous avec Xeo dans trente minutes alors qu'elle en était encore à construire des châteaux en Espagne dans lesquels Ron vivrait heureux et aurait beaucoup de dollars. Le sac à l'épaule, le manteau à moitié sur le dos et ses oreillettes en spaghetti pendouillant autour de son cou, elle ferma soigneusement l'accès à toutes ses messageries ainsi qu'à sa base de données. Après le coup de fil cryptique de Gaspar, mieux valait sécuriser ce qui pouvait encore l'être.

Ascenseur, taxi, hôtel, tout s'embraya dans la foulée. Une douche puissante sonna le départ de la transformation. Il n'y aurait pas de maquillage, juste une touche de mascara ; il n'y aurait pas de bijoux mis à part le fin anneau d'or rose qu'elle s'était offert le jour où elle avait jeté Harry en dehors de sa vie. Son parfum, lui, demeurait le même quelles que soient les circonstances mais il était secret. Elle enfila son vieux jeans noir, un T-shirt blanc, sa veste et ses boots noires. Quand la porte de l'ascenseur s'ouvrit sur le lobby, un effet miroir lui renvoya l'image au masculin d'elle-même. Nonchalant et souriant, Xeo était vêtu à l'identique. Face l'un à l'autre, ils ne purent s'empêcher d'en sourire.

– Bonjour Agent Smith !

Liane se sentait bien avec Xeo et puis il la faisait rire. C'était sans doute parce que, dans son inconscient reptilien, son amitié avec Baptiste et Gaspar faisait de lui un membre de leur tribu. Cette explication, dans toute sa mauvaise foi, lui plut.

– Tu as faim ?

– Pas terriblement, non. Je n'arrive pas à sacrifier à la coutume locale du dîner à dix-huit heures.

– Un bar alors. J'en connais un qui devrait te plaire.

C'était à côté, à quelques blocs de rues qu'ils traversèrent dans un soleil doré de fin de journée. Le bar la séduisit tout de suite avec son entrée discrète derrière les locaux de l'association du barreau de New York, un cocon de murs lambrissés caressé par un éclairage discret comme une excuse. Le piano était doux et entêtant tel un morceau de chocolat amer que l'on fait fondre sous la langue. Une alcôve en était suffisamment éloignée pour permettre la conversation sans rien perdre de l'ambiance veloutée. Au barman qui leur fit signe, ils commandèrent tous les deux un Manhattan en l'honneur de la ville qui les avait réunis.

– Sais-tu que je fais le tour du monde à la recherche du Manhattan parfait ?

Xeo sourit.

– Étonnant. Ton favori ?

– Je ne l'ai pas encore rencontré mais je cherche avec assiduité.

L'image de Xeo, le visage auréolé de ses cheveux sombres emmêlés, penché sur le liquide ambré dans lequel il trempait ses lèvres avec lenteur, éveilla en la jeune femme des pensées qu'elle n'avait pas invitées. Elle les chassa vite de l'autre côté de la ville, derrière la planète Mars. Il lui fallait reprendre les rênes et maîtriser la horde de chevaux fous qui menaçait son train-train émotionnel, poussif mais acquis de haute lutte face au plus redoutable des adversaires : elle-même. Avec difficulté, elle repoussa le curseur sur le mode « bon copain, il n'y aura jamais rien entre nous ».

– Comment as-tu rencontré Baptiste ?

Allait-il se prêter à l'exercice des faux aveux du premier soir ? L'homme était discret, secret même ; cela se sentait.

– J'ai commencé par être son avocat, il y a plus de dix ans quand son passé aurait pu lui causer des ennuis, à sa sortie de Sciences-po. J'y avais moi-même suivi des cours et des amis communs lui ont suggéré mon nom. Je suis spécialisé en droit pénal mais…

Il cherchait ses mots, tiraillé entre s'arrêter là ou franchir le pas de la vraie confidence. Son regard, perdu loin derrière Liane, se fit dur et intense. Il se mit à parler comme on allonge son va-tout.

– Je m'occupe surtout des rebelles au système qui se battent contre l'ordre établi, surtout quand il est pourri.

Voilà qui était direct ! Xeo était donc capable non seulement de formuler une phrase entière, mais de le faire avec une passion qui débordait de la couverture de tiède détachement qu'elle lui avait connue jusqu'à cet instant.

– Alors tu défends aussi les hackers ?

– Gaspar, tu veux dire ? Oui, je défends les hackers qui défendent ma liberté d'information, les pirates qui coulent les bateaux de ceux qui piratent nos ressources personnelles. Je défends ceux qui exposent les criminels qui utilisent le système financier pour asservir les hommes et les nations.

– Le scandale sur la manipulation des prix de l'or ?

– Oui, en effet c'est moi qui défends Peter Bloom, le lanceur d'alerte dont tes clients veulent la peau.

Elle décida d'ignorer l'attaque à peine déguisée.

– Donc c'est aussi un peu grâce à toi que j'ai tant de travail en ce moment à trouver des remplaçants à tous ces fruits pourris.

Xeo ne semblait plus plaisanter plus alors qu'il plantait ses yeux silex dans les siens.

– J'espère que tu ne te tromperas pas dans tes choix, alors !

Ils trinquèrent à nouveau.

– Je l'espère aussi, Xeo. Mais j'ai des… doutes.

Malgré le ton badin qui masquait la profondeur de leurs échanges, les mots et leurs sortilèges étaient lâchés. Ils leur faisaient face tels des ectoplasmes fantasques qui se refusaient à retourner d'où ils étaient venus. Du poil à gratter s'était glissé dans l'esprit de la jeune femme, donnant matière au sentiment diffus qui la taraudait depuis sa rencontre avec le beau, le plus-que-parfait Ron. Son instinct lui murmurait en boucle « trop beau pour être vrai » alors qu'un sentiment de doute venait poser un filtre flouté sur la confiance habituelle qu'elle plaçait dans son instinct de chasseuse.

– Au doute ! cet allié inséparable du progrès humain !

Ils firent tinter leurs verres à martini, trempèrent leurs lèvres dans les calices qu'ils vidèrent en succession paisible. La soirée se déroula dans une symbiose parfaite. Ils appréciaient et détestaient les mêmes choses, riaient aux mêmes blagues vaseuses et regardaient les mêmes séries ringardes : Friends, Fraiser et même l'impayable Muppets Show. Puis vinrent les questions que ni l'un ni l'autre n'avaient oser poser.

Fermant la porte aux confidences du premier soir pour laisser entrer celles moins reluisantes de fin de soirée, ils s'y engouffrèrent tous deux, brassant les remugles d'un égout débordant qui n'attendait que cela pour se déverser. Ils se livrèrent sans fard l'un à l'autre le plus naturellement du monde et à leur grande surprise. Le barman sonnait la dernière tournée quand enfin, Xeo lui posa l'ultime question.

– Tu as quelqu'un dans ta vie ?

Elle eut un petit rire mais tardait à répondre.

–À ton avis ?

– Je crois que quelqu'un t'a brisé le cœur et que depuis tu t'es jurée de ne plus laisser personne s'en approcher. Il fit une pause. Garçon ou fille ?

Là, il l'avait prise de court. C'était direct et bien résumé.

– Un homme, Harry. Mon plus gros client à l'époque. Un banquier hors pair, un requin, un grand chasseur aussi. À la place des trophées, il épinglait le cœur de ses victimes afin qu'il ne puisse plus jamais battre pour un autre.

– Et cela a marché ?

– Je ne sais pas, cela fait deux ans maintenant. En tous les cas, jusqu'à présent, plutôt bien.

Liane pausa puis fit le signe d'un verre supplémentaire au barman.

Xeo doucement arrêta son geste.

– Viens je te ramène à l'hôtel.

Tout le long du trajet de retour, il la guida délicatement par le bras. Elle se serait envolée vers les nuages de sa tristesse tel un ballon d'hélium à moitié dégonflé s'il n'avait pas été là pour la garder sur terre, par le fil ténu de sa main dans l'angle de son coude.

Gentleman jusqu'au bout, il la reconduisit jusqu'à sa chambre sans qu'aucun malentendu vienne pointer son vilain nez et se retira sans même qu'une once de parfum d'occasion manquée ne vienne troubler leurs adieux.

CHAPITRE 10

Quand Liane se réveilla le lendemain matin, seule demeurait la trace de son passage dans les effluves du fauteuil où Xeo avait brièvement posé sa veste, la veille au soir. Un rayon de soleil qui était parvenu à franchir l'acier des gratte-ciels vint frapper l'endroit exact où elle posa sa joue pour sentir encore un peu de sa présence. Elle y vit un signe, la journée s'annonçait belle ; la vie aussi peut être pour la première fois depuis si longtemps.

La semaine déjà bien entamée passa vite, entre interviews de candidats et longues conversations téléphoniques avec ses clients, et elle attaqua le vendredi sur les chapeaux de roues.

Elle salua la réceptionniste de Morgan Richfield réjouie par la perspective de son week-end parisien :

– Bonjour Barbie… Barbara. Je quitte le bureau pour l'aéroport en fin d'après-midi. Pouvez-vous me commander une limousine pour dix-sept heures s'il vous plaît ?

Le mardi suivant, elle présenterait le travail de recherche de ses équipes à Peter Brown et elle décida donc que ce matin, elle prendrait ses références ! Liane adorait cela. Londres déjeunait, Paris prenait un petit café et les office men tokyoïtes envahissaient Roppongi, le quartier de la fête et de la nuit, pour oublier que leurs vies passaient au large de leurs bureaux.

Elle décida de commencer par l'Asie. Elle avait à peine dix heures pour mener à bien son travail de détective. Si Ron avait parlé avec sincérité de son parcours, elle voulait entendre la version de ceux qui l'avaient côtoyé. Un peu à la Seurat, elle composerait un nouveau portrait de Ron Del Toro par touches de conversations confidentielles ayant su réveiller chez ses interlocuteurs la langue de pute universelle qui sommeillait en eux.

Si la maïeutique était l'art d'accoucher les esprits, la prise de référence était un processus quasi chirurgical qui libérait les flots de bile et perçait les abcès douloureux du ressentiment et de la jalousie. Ses clients adoraient cela car depuis Balzac, on savait combien le bourgeois, petit ou grand, est friand de ragot.

Liane établit donc une liste de quinze noms disséminés à travers le monde, susceptibles d'après ses calculs, d'avoir connu, pratiqué ou même forniqué avec Ron. La base de données de Morgan Richfield, nourrie de quarante années d'informations, était la fille cachée de Matrix et de la NSA. Elle n'eut aucun mal à mettre la main sur les numéros privés de ses cibles. Même si certains de ces individus ne l'avaient jamais rencontrée, ils connaissaient sa réputation. Quand ils seraient frappés par l'adversité qui ne manquait jamais d'endeuiller une carrière, ces bons samaritains seraient les premiers à lui rappeler qu'ils lui avaient rendu un petit service quand ils auraient besoin des siens. Résultat des courses : il n'y avait que les jeunes imbéciles ou les grognons dans leurs placards qui lui raccrochaient au nez. Les autres se révélaient intarissables et il lui fallait l'habileté d'un orpailleur armé de son tamis pour tirer le vrai du faux, les suppositions des faits et les « on-dit » des « j'ai vu ».

Elle s'attaqua donc aux cinq banquiers, financiers et avocats qui résidaient en Asie, afin d'occuper sainement leur vendredi soir. À chaque reprise, elle tomba sur leur boîte vocale. Elle procéda de même avec l'Europe pour faire également chou blanc, aboutissant sur les mêmes messages, plus polissés qu'un monologue du répertoire classique, énergiques, accrocheurs et bien entendu, en anglais. Liane tournait telle une lionne en cage frustrée par une si inhabituelle malchance quand un premier référent, un avocat basé à Tokyo, la rappela. Courtois, précis, il s'assura qu'elle était bien qui elle disait être et elle lui rendit la pareille s'assurant de son identité en jetant à la volée le nom de connaissances communes. Bon joueur, il les attrapa au vol, plantant ses crocs dans l'appât. Tout allait bien, ils étaient entre gens du même monde. À part se renifler le derrière, il n'y avait pas de meilleures techniques de reconnaissance tribale. Le remerciant de prendre son appel, elle lui garantit une confidentialité qui appelait la réciproque.

– Je souhaiterais prendre quelques minutes de votre temps afin de solliciter votre avis sur les qualités de Ron Del Toro pour un poste pour lequel je recrute.

Généralement, la curiosité étant certes un vilain défaut mais un défaut fort répandu. Son interlocuteur se mettait à l'interroger sur le rôle en question dans un jeu étrange de ni oui, ni non où elle avançait alors en terrain miné. Si elle en disait trop, son interlocuteur astucieux devinant le nom de son client, soit proposait sa candidature dont elle n'avait que faire, soit devenait mutique afin de ne pas rendre service à un concurrent détesté.

Cette fois-ci, son avocat sut restreindre sa curiosité mais pas ses propos admiratifs à l'égard de Ron.

– Un génie de la finance aux valeurs remarquables, qui a porté sa fondation à bout de bras pour en faire un centre d'excellence dans le domaine caritatif. L'homme qui murmurait aux oreilles des politiques sans toutefois en être un.

Elle l'arrêta :

– Rarement ai-je eu le privilège d'entendre un tel concert d'éloges. C'est un homme parfait que vous me décrivez là et vous et moi…

Il compléta

– Savons que cela n'existe pas. Liane, êtes-vous une cynique née ou la vie vous a-t-elle salement maltraitée ?

Ce type lui plaisait bien.

– Un peu de Ying dans tout ce Yang ?

– Malheureusement oui, les femmes ou plutôt sa femme. Il a épousé une bécasse qui a réussi à se faire mettre enceinte et comme c'est un homme qui assume ses erreurs… Il n'a pas rigolé avec elle, toujours à lui rappeler qu'il perdait son temps avec la fondation et qu'il ferait mieux d'aller gagner dignement sa vie sur Wall Street.

Il se vautrait dans le marigot familier de la médisance. Mais pas pour longtemps car il s'arrêta net.

– On dirait, d'après votre appel, qu'elle est enfin parvenue à ses fins, conclut-il.

– Peut-être mais pas de la façon dont elle l'avait espérée.

– Il y a donc une justice !

Le temps était venu de mettre fin à la conversation et le remerciant chaleureusement, elle lui rappela qu'elle lui était redevable.

– Venez donc manger des sushis avec moi lors de votre prochain passage à Tokyo.

Cela demandait réflexion, tout comme ce torrent de compliments qu'il avait déversé sur Ron. C'était rare, lui avait-elle dit. Tout comme Ron, lui avait-il répondu.

Elle n'eut pas que peu de temps de s'appesantir quand déjà un autre appel en provenance de Hong Kong clignotait sur son écran. C'était Hugh, un vieux briscard, banquier à la dent dure qu'elle connaissait assez bien. Sous ses dehors de vieil amiral de Sa Majesté, c'était un forban qui prenait à l'abordage tout ce qu'il y avait le malheur de passer dans son sillage et d'être à son goût : sociétés, immobilier, femmes. Sa relation avec Liane était exclusivement téléphonique et donc platonique. Elle lui avait rendu quelques menus services et il lui avait retourné la pareille dans une partie de ping-pong bon enfant où rumeurs et ragots étaient leurs balles amicales pour l'instant, fatales si mal lui en prenait de se mettre en travers du chemin de ce vieux requin.

— Liane, comme je suis heureux de t'entendre. Je suis en train de prendre un drink sur la jonque de la China Commerce Bank. Tu ne peux pas imaginer tout le bien qu'ils pensent de toi. Arun te fait ses amitiés.

— Hugh, c'est charmant. Navrée de te déranger un vendredi soir mais tu penses bien que si ça n'était pas aussi urgent et confidentiel…

— Vas-y, Liane, j'adore quand tu dis confidentiel. Cela me rappelle mes jeunes années au service de Sa Majesté. Va droit au but, s'il te plaît.

Il était curieux comme une vieille fille.

— Ron Del Toro, ça te dit quelque chose.

— Ne me dis pas que tu as réussi à mettre la main sur lui. Ne me dis pas…

La curiosité laissait la place à l'instinct du fauve. Liane était en train de lui annoncer qu'elle lui avait subtilisé une proie avant même qu'il ait eu une chance d'entamer la chasse.

– Hugh, mon ami, je n'ai rien fait de la sorte. C'est juste que Ron a des soucis et que j'essaye de l'aider.

– Bullshit ! Pourquoi est-ce qu'il n'est pas venu vers moi ?

– Parce que tu n'as pas de business à New York et que toi et moi savons pourquoi.

À ces mots, Hugh avait le choix entre lui raccrocher au nez ou battre en retraite, ce qui lui était plus que pénible.

– Il y a des fois où il faut savoir perdre une bataille pour gagner la guerre. D'accord pour cette fois, Liane. Qu'est-ce que tu veux ?

– Tout, Hugh. Je veux tout sur Ron. Le bon, la brute et le méchant…

Elle était étonnée de la facilité avec laquelle Hugh lui avait cédé la main mais il fallait lui laisser cela, l'homme avait surfé avec aisance sur les vagues des gouvernements au fur et à mesure que Hong Kong passait de protectorat quasi-colonial à la poigne de fer de Beijing.

– L'homme est un saint, doublé d'un génie de la finance et pour couronner le tout, il est incorruptible. Un soupir conclut sa tirade.

– Je vois le tableau. Et comment, s'il te plaît, es-tu parvenu à cette conclusion ?

– Tout simple. Ce gars aurait pu faire une fortune, ici, en Asie avec l'accès qu'il a à toutes sortes de matières premières forestières. Quelques kilomètres carrés de forêt abattus par-ci, par-là… Qui s'en serait rendu compte ? Jamais, il n'a voulu. Jamais ! Pire, il a utilisé ses immenses qualités de financier pour monétiser les désastres écologiques présents et à venir. Ces modèles étaient si puissants qu'ils sont devenus inattaquables. Et quand tu dis à un type que sa forêt à Bornéo vaut trente milliards de dollars et que chaque année il brûle l'équivalent de sa banque centrale pour dégager des terres médiocres destinées à produire pendant un temps limité quelques millions de dollars en huile de palme, même le président le plus corrompu et le plus abruti est à l'écoute.

– Et c'est ce qui s'est passé ?

– Tout à fait Liane. En même pas six mois, toutes les autorisations de défrichage ont été annulées dans quatre pays de la région.

– Tes clients ont été très fâchés.

– Tu l'as dit mais nous n'avons rien pu faire malgré nos considérables moyens. Incorruptible, je te dis. Immunisé contre les menaces et avec des amis tellement haut placés que tu hésites deux fois avant de lui envoyer ton comité d'accueil.

– Je vois Hugh. C'est très parlant. Et le talon d'Achille de ce demi-dieu ?

– Il est incorruptible je t'ai dit, et je déteste cela.

Il était temps de conclure. Hugh était un homme pressé.

– Merci, Hugh. Je t'offre un verre lors de mon prochain passage à Hong Kong. Je te laisse à présent. Les glaçons de ton whisky ont déjà dû fondre à cause de moi.

– Cela ne fait rien. J'en rajouterai d'autres. Mais je me réjouis de la promesse de rencontrer enfin la mystérieuse Liane en chair et en os… Surtout en os d'après tes dernières photos !

Hugh ne pouvait pas s'empêcher d'appuyer là où cela faisait mal. Liane avait perdu de ses belles rondeurs depuis Harry mais personne n'osait jamais la confronter sur le sujet. Aujourd'hui, elle remerciait toutes les poupées affamées de la côte ouest des États-Unis grâce auxquelles la taille 00 avait été créée.

– Moi aussi je t'aime, Hugh. Profite bien de ta soirée et à très bientôt.

Il raccrocha juste à temps pour laisser place à un autre appel, depuis Djakarta celui-ci, toujours à propos de Ron Del Toro. Elle saisit son stylo, mit son interlocuteur sur haut-parleur et entama une nouvelle prise de référence. Il y en eut cinq en tout, l'une à la suite des autres, dans une parfaite chorégraphie. Tel un chœur unanime vantant les vertus du héros, il n'y avait aucune fausse note. Chacun à sa façon se détachait du groupe pour son solo qui consistait à éclairer une facette de Ron inconnue des autres. Leurs maigres critiques ne faisaient que dévoiler d'autres qualités et il était clair que Ron en avait pléthore. Telle était sa réflexion quand Barbara lui annonça que sa limousine pour l'aéroport était arrivée et l'attendait au sous-sol. Dix-sept heures déjà, elle n'avait rien mangé depuis ce matin, pas repris son souffle de la journée et il était temps de prendre son envol pour Paris.

Elle quitta Manhattan, le visage contre la vitre, absorbée dans la contemplation des gratte-ciels que mille vies illuminaient. Petite française dans une limousine traversant New York, elle l'avait rêvé ce moment de détachement en clair-obscur, preuve d'une réussite dont la certitude ne l'avait jamais lâchée, blottie sous les draps de coton frais de son lit d'adolescente. Pour une fois, elle ne pensait pas à Harry et la familière tristesse oublia de descendre sur elle. Du bout du doigt, elle écrivit trois lettres sur la buée de la vitre, trois lettres qui seraient peut-être assez fortes pour effacer deux immenses blessures.

CHAPITRE 11

Le soleil se levait sur Roissy quand son vol entama sa descente. Elle ne ressentait rien si ce n'est l'étonnement toujours renouvelé qu'un paysage aussi hideux recelât la plus belle ville du monde. Rien n'aurait pu le laisser deviner : ni la banlieue miteuse et sale qui s'étendait au-delà de l'aéroport, ni l'aéroport à l'architecture passée, ni la mine renfrognée de ceux qui accueillaient les voyageurs. Nicole, la cheffe de cabine, la conduisit jusqu'au hall des arrivées. Malgré sa fatigue, elle papotait pour calmer les angoisses de Liane et la déposer en lieu sûr, près de la file des taxis.

– En grève! Welcome to Paris.

Les taxis manifestaient. Autant dire qu'il serait impossible de se déplacer en voiture pour encore quelques heures.

– Nicole, je prends le RER. Cela me rappellera de bons souvenirs. Tu viens avec moi ?

– Liane, tu n'es pas sérieuse ?

– Tu paries ? D'une façon ou d'une autre on n'a pas le choix.

Une heure plus tard le train de banlieue les déposait au centre de Paris d'où elle attrapa sa correspondance pour Mantes, sans avoir une seule fois eu à dévoiler son fameux tatouage. Autres temps, autres mœurs !

Sa mère l'accueillit avec le même naturel que si elle arrivait de la supérette du coin. Elles papotèrent autour du thé que Liane faisait livrer à sa mère depuis Londres par wagons entiers.

Soudain, celle-ci se frotta les tempes :

– Je savais bien que j'avais oublié quelque chose. Baptiste est passé hier soir et il a laissé une petite surprise pour toi, dans ta chambre.

Baptiste était coutumier du fait, il adorait la costumer. Liane s'était ainsi retrouvée en Catherine version Jeanne Moreau avec Baptiste et Gaspar en Jules et Jim décalés ainsi qu'en Alice Hartford, jupe crayon et bustier noir, dans une interprétation très parisienne de Eyes Wide Shut. Baptiste l'associait toujours à la mise en scène de ses fantasmes cinématographiques. Réalisateur contrarié, elle était sa muse consentante. Il l'arrachait à son réel et elle contribuait au sien.

Sur le dessus-de-lit en toile de Jouy rose s'étalait une tenue de motard haut de gamme : pantalon et blouson de cuir renforcés, t-shirt noir, chaussettes épaisses, bottes et même lingerie. Baptiste avait vraiment peaufiné le scénario. Un mot écrit de sa main l'invitait à déposer dans une jolie boîte à cadenas, ses bijoux, le contenu de son sac à main et son portable. Pour faire court, elle était à poil. « Je m'en voudrais s'ils s'abîmaient dans une chute ». C'était encourageant.

La mère et la fille passèrent une autre journée complice et après un dîner à base des produits qu'elles avaient choisis au marché fermier voisin, Liane monta se changer.

Quand elle redescendit dans l'étroit vestibule, Mathilde Montigny se signa en la voyant tandis que

Gaspar, arrivé en catimini, se voyait promettre toute sorte de malédictions s'il arrivait malheur à sa fille. Il mentit sur sa vie que rien ne pourrait leur arriver, tandis qu'il guidait Liane fermement vers la sortie.

Devant la porte les attendait une bête d'acier noire au guidon de laquelle il s'installa, tout en lui tendant un casque intégral.

– Mais je ne vois rien avec ce truc !

– C'est l'idée, Liane.

Au moins, ce heaume était-il équipé d'un module de communication où elle s'exprima tout son saoul.

– Gaspar, qu'est-ce que c'est que ce cinéma. Si tu crois que cela m'amuse d'être arrimée à toi, dans le noir, sans savoir où tu m'emmènes.

– Crois-moi, c'est mieux ainsi ! Plus vite tu te tais, plus vite on arrivera à destination. Accroche-toi.

C'est exactement ce qu'elle fit. Elle avait peu d'autres choix alors qu'elle sentait la moto vibrer, épouser les courbes, prendre de la vitesse et puis stopper net avant de repartir sous elle. Harry lui bandait parfois les yeux dans leur intimité. D'un battement de paupières, elle relégua cette pensée à sa juste place, dans les poubelles de la mémoire. Enfin l'engin de mort ralentit pour emprunter une descente. Une porte automatique sembla s'ouvrir avant de se refermer derrière eux. Gaspar éteignit le moteur, descendit de son monstre et la libéra avec précaution de son masque de fer. La lumière vive lui piqua ses yeux déjà éprouvés par le long vol de la nuit mais avant même qu'ils ne s'accoutument aux néons, elle se jeta sur son fidèle ami, non pas pour l'étreindre mais pour l'étrangler.

– Gaspar, mais bon Dieu qu'est-ce qui t'a pris ?

– Liane, pardonne-moi. C'était nécessaire, tu vas comprendre.

Il avait l'air tellement sérieux qu'elle arrêta de le bourrer de coups de poing. Son visage de gamin des rues de Téhéran, d'habitude si malicieux, était devenu très sérieux.

– Gaspar, tu me fais peur.

Elle regarda autour d'elle. Ils étaient dans un petit parking souterrain de dix places au maximum où le bruit d'une soufflerie agaçait les tympans. Le garage était vide et n'avait pour seule issue qu'une porte coupe-feu vers laquelle Gaspar se dirigea.

– Bon, allons-y.

Il ouvrit la porte anonyme par reconnaissance optique et lui fit signe de la suivre. Elle n'avait pas encore recouvré tous ses esprits.

– Cela existe vraiment ces trucs-là. Je croyais que c'était juste dans Mission Impossible.

– Ma chérie, la réalité rattrape parfois la fiction et parfois la dépasse même. Tu vas voir par tes propres yeux.

Il la conduisit dans un dédale de couloirs qui ressemblait à une chaufferie urbaine. Autre porte coupe-feu, autre reconnaissance high-tech. Elle se retrouva finalement dans une pièce de grande taille plongée dans un noir profond que seule la lumière de dizaine d'écrans éclairait. Dans la pénombre elle reconnut Nella qui, la mine absorbée, lui fit signe de la main.

– Liane, bienvenue dans mon quartier général. C'est de là que j'opère mes surveillances. Je te présente mes trois amis ici qui veillent avec moi. Tu connais Nella, et voici Ivan et Léo. Liane était prête à parier cent contre un qu'il ne s'agissait pas de leurs vrais noms.

– Tu surveilles, eux veillent. Tout cela légalement, rassure-moi ? Je vais rappeler à ton immense mémoire une belle histoire pas si ancienne que cela. Il était une fois un garçon surdoué qui avait fait de grosses bêtises en voulant combattre de bien vilains dragons qui se repaissaient des informations personnelles dérobées au petit peuple.

Ce brillant hacker, qui se tient ici devant moi, étant aussi mon bien aimé copain d'enfance. Si j'ai réussi à lui faire éviter la prison, c'est en payant de faramineux frais d'avocat. En retour, il m'avait promis sur la sainte Bible qu'on ne l'y reprendrait.

Gaspar ne souriait pas, il avait même l'air très remonté.

– Rien n'a changé, Liane. Je me bats toujours contre ce qui est pourri et ceux qui essaient de restreindre nos libertés. Simplement, on me paie pour cela. D'ailleurs, même si on ne me payait pas, je le ferais quand même.

– C'est beau, c'est noble, Gaspar. Moi, là-dedans ?

– Tu m'avais bien demandé de garder un œil sur ton ordinateur…

– Tu veux dire que tu m'as amenée ici pour me parler de ces deux pestes ?

– Non justement, pas seulement Liane. Mais d'abord, assieds-toi et écoute-moi, sans m'interrompre.

Il installa deux fauteuils face à un triptyque d'écrans, prit un clavier sur ses genoux et pianota. Au bout d'un instant, la page d'accueil du système informatique de Morgan Richfield apparut. Deux secondes plus tard, elle vit sa boîte mail, ses relevés téléphoniques et l'intégralité de la base de données se dérouler sur l'écran. Puis, chacune des fenêtres se mit à vibrer comme une possédée avant de se teinter de rouge.

– Ça, c'est ton écran tel que tu le vois depuis ton bureau de New York. Le rouge te montre les parties de ton système qui ont été piratées. Dans ton cas, c'est la totale.

– Gaspar, tu peux élaborer s'il te plaît ?

– Cela veut dire que non seulement quelqu'un de très futé surveille tes moindres faits et gestes mais qu'il contrôle également les informations que tu envoies et celles que tu reçois. Tu cherches un nom dans ta base de données, c'est lui qui te répond ; tu envoies un mail, toujours lui qui l'intercède, le change, l'envoie en ton nom. La réponse lui arrive en premier naturellement, et il en fait ce qu'il veut, avant de te la faire suivre.

– Donc, selon toi, il y a quelque part, quelqu'un, par qui tout ce que j'écris, lis, dis ou entends, transite. Un quelqu'un qui me fait avaler tout ce qu'il veut.

Elle hésitait entre le déni et une colère volcanique.

– Ce n'est pas tout. Quand tu appelles depuis la base de données…

– En cliquant sur le numéro de téléphone de mes contacts,

– Il intercepte tes appels, choisit de les faire aboutir ou pas. Ensuite il peut même te rappeler avec des voix de synthèse imitant le type que tu penses avoir au bout du fil.

– Mais c'est de la science-fiction, Gaspar. C'est une blague.

– Non, Liane. C'est de la technologie de très, très haut vol. Quelqu'un se donne beaucoup de mal pour tisser une toile de mensonges autour de toi. Sans Javotte, Anastasia et leurs bricolages d'amateurs, jamais cela n'aurait été découvert. C'est vraiment du grand art !

- C'est pour ça que tu as confisqué mon mobile ce soir et que tu as décidé d'activer plus tôt que prévu le téléphone crypté que je t'avais demandé de me fournir quand j'ai appris que j'allais devoir me coltiner les deux vipères de New York sur la mission Richardson Brown.

À ce moment, ils furent interrompus par Nella qui s'était levée.

- Gaspar, j'ai les données du mobile de Liane. C'est pourri.

- Pourri, comment ?

-Localisation, duplication des données, interceptions des appels entrants et sortants. Pourri, je te dis !

Gaspar la remercia avant de se tourner vers Liane.

- On dirait que quelqu'un est en train de le dupliquer, lui aussi. Impossible pour le monde extérieur de faire la différence entre lui et toi. Et pour toi, impossible à l'heure actuelle, de discerner le vrai du faux. Quand je t'appelle, c'est peut-être moi ou c'est peut-être lui.

Nella les interrompit à nouveau, parlant fort mais semblant ne s'adresser à personne.

- Le crypté est propre, les gars. Elle peut recommencer à l'utiliser sans problème.

Liane prenait graduellement la mesure de la situation. Gaspar, redevenu plus humain, lui prit la main et la tira vers elle.

- Liane, c'est grave mais on va s'en sortir. La première chose à découvrir c'est pourquoi quelqu'un s'en prend à toi avec des moyens aussi pointus. Il va commettre une erreur, même minuscule. Là, on ne lâchera plus. Il va falloir te protéger. Je crains qu'il ne réagisse très mal s'il découvre que tu es au courant. On va le coincer, ce salaud, et je lui ferai moi-même la peau. En attendant, tu ne changes rien.

– Sauf que tout a changé. Je sais.

– Exactement Liane, toi tu sais mais lui ignore que tu sais. Donc tu observes et, à la moindre erreur de sa part, au moindre doute, tu nous appelles depuis ton téléphone crypté.

– Nous ?

– Moi, Baptiste ou Xeo.

À la mention de ce dernier, elle ne cacha pas sa surprise.

– Xeo ? Un type que je connais depuis seulement une semaine.

– L'avocat dont tu payas jadis les honoraires quand tes deux brigands préférés étaient dans de très mauvaises passes dont il les a sortis avec brio. Tu peux lui faire confiance. Le téléphone crypté que je t'ai fait remettre ne doit jamais te quitter. Tu dors avec, tu te douches avec et quand tu fais ce que je ne veux même pas savoir, tu le fais avec. Jamais tu ne le quittes des yeux et dans les aéroports, tu le glisses là-dedans.

– Mais c'est la coque d'un vieux Nokia !

– À chacun ses déguisements.

Sous le regard noir de Nella, Gaspar serra Liane dans ses bras avant de la reconduire vers la sortie.

– Je ne pense pas que tu aies des micropuces sous-cutanées. En tout cas, nous n'en avons pas détectées. Tu peux donc parler ouvertement quand tu es en présence physique d'une personne, c'est à peu près tout. Mieux vaut avoir tes conversations dans les lieux publics. Au moins tu es sûre que les murs n'auront pas d'oreilles et que, s'ils en avaient, elles n'entendraient pas grand-chose avec le brouhaha. On est en train de vérifier tes bureaux de New

York, Paris et Londres ainsi que ton bel appartement de Londres. Pour les chambres d'hôtel où tu sembles vivre depuis l'accident, je te donne ce jouet.

Cela ressemblait à un diffuseur de parfum qui, une fois branché, détectait les micros les plus avancés et se mettait à clignoter en rouge. Si Liane avait cherché à enlever les micros, celui qui l'espionnait s'en serait rendu compte et aurait changé de stratégie. Par contre, en appuyant sur un joli petit bouton agrémenté de mignonnes petites notes de musique, elle lui balançait une sauce d'enfer mélange de dialogues débiles préenregistrés et d'émissions de téléréalité affligeantes. Elle pourrait alors parler librement.

– Merci pour ces bonnes nouvelles ! Je n'ai pas de puces.

L'ironie était devenue son dernier rempart avant la déferlante du désespoir.

– Une dernière question, Gaspar, avant que tu me ramènes chez ma mère sur ce détestable engin. Qui sont ces « on » amis qui sont en train de passer mes bureaux, mon appartement et que sais-je d'autre au peigne fin ?

– « On » aime mieux rester anonyme.

– N'oublie pas de les remercier. Toi aussi, Nella. Tu as beau me détester, je te trouve brillante. Gaspar ne te mérite pas.

Elle envoya un baiser du bout des doigts à l'équipe des geeks qui demeura interdite. Seule Nella retira son casque en signe de salut.

Tard dans la nuit, de retour à Vétheuil, Baptiste l'attendait. Il était visiblement au courant et la prit dans ses bras. Lovée dans l'écrin si familier de son étreinte, Liane laissa court à son envie de pleurer.

– C'est bien, ma Liane. Tu restes avec moi à Paris. Mathilde pense que c'est une excellente idée d'ailleurs. Tu seras en sécurité sous les ors de la République et je te déposerai à l'Eurostar demain soir.

L'échine courbée, Liane retourna se changer dans sa chambre, jetant un regard d'adieu à ses téléphones mobiles et autres ordinateurs portables, ses inséparables compagnons de chasse, des mouchards.

Au petit matin, dans une alcôve de leur restaurant préféré, elle osa enfin poser la question qu'il attendait :

– Parle-moi de Xeo.

Le temps d'une interminable pause, Baptiste la fixait sans répondre.

– Gaspar m'a dit de me tourner vers seulement trois personnes en cas de danger : toi, lui et Xeo que je viens juste de rencontrer. Alors mettre de ma vie entre les mains d'un homme que je connais à peine, on peut craindre le pire vu mon manque de discernement dans ce domaine.

– C'est bizarre, il m'a posé exactement la même question sur toi. Xeo a rencontré Jeffrey sur les bancs de Sciences-po où il étudiait le droit international, quelques années avant moi. Je viens de Mantes, lui de Neuilly. Ma famille n'a de bleu que le chèche de mon père, le sang de la sienne ruisselle azur depuis le Moyen Âge, époque depuis laquelle elle sacrifie un de ses malheureux rejetons par génération, pour la gloire du royaume de France. Tu vois le tableau. Malheureusement, la génétique, les dieux ou le « pas de bol » sont joueurs. Quand je me suis fait agresser en pleine rue pour mes prises de position LGBT et que certains policiers mafieux se sont mis à proposer sous le manteau des copies de mon peu reluisant casier judiciaire, il m'a défendu. Il s'était déjà fait renier par ses pairs de

France et de Navarre. Nous étions faits pour nous entendre.

– Tu ne m'as pourtant jamais parlé de lui.

– Un homme sage ne parle pas de sa maîtresse à sa femme.

Liane sentit les picotements de la jalousie lui monter au nez et son souffle s'accélérer.

– Touché ! C'est vrai Baptiste. J'ai été peut-être un peu trop exclusive par le passé. Mais j'ai grandi maintenant.

– Bien sûr, ma chérie. Mais depuis que Xeo vit à New York et voyage à travers le monde pour défendre les penseurs libres, on se voit peu.

– Il est marié, il a des enfants ?

– Ce que tu peux être conventionnelle. Quinze ans chez les bons pères ne laissent pas indemne. Xeo préfère les femmes, je peux te l'assurer mais je ne l'ai jamais vu amoureux. Maintenant il cache peut-être bien son jeu mais je respecte son besoin d'intimité. Et tu devrais en faire autant !

– Et ce nom à coucher dehors : Xeo.

– Xavier Emmanuel d'Ornement de la Chaisière Saint Plomb. Ne cherche pas, tu ne le trouveras pas dans ta base de données.

Le reste de la nuit et le dimanche qui suivirent se passèrent comme tant d'autres, avant eux. Baptiste fut sage ce week-end, pas de bals estampillés latex ou de spectacle burlesque dans des cabarets improvisés comme cela avait été occasionnellement le cas dans sa prime jeunesse. Depuis qu'il était devenu « monsieur le conseiller spécial », il lui fallait faire attention où il mettait les pieds à moins de prendre grand soin d'effacer ses traces. Surtout, il avait aimé Jeffrey au point de préférer le sens de l'honneur à celui de la fête. Quand il la déposa à la Gare du Nord pour l'Eurostar rituel des dimanches soir, Liane ne ressentit pas cette vive excitation qui la gagnait quand elle franchissait le seuil de cette gare de paradoxes. D'un côté, les usagers de trains qui rejoignaient parmi les banlieues les plus déshéritées d'Europe. De l'autre, les transfuges de la City qui regagnaient les rangs de la flibuste financière après un week-end de bon père de famille dans leurs hôtels particuliers du seizième arrondissement de Paris. Entre ces deux camps qui jamais ne se côtoyaient, les groupes de touristes japonais, puis coréens, chinois à présent se déplaçaient tel des bancs de sardines, tristes de quitter Paris, excités de découvrir Londres.

Ce soir, c'était différent. La jeune femme n'éprouvait plus la vaniteuse fierté d'être passée du côté des nantis. Quelqu'un était en train de kidnapper sa vie. Son téléphone mentait, les murs familiers avaient des oreilles malveillantes, ses écrits étaient décortiqués et quelqu'un éditait pour elle ce qu'elle devait lire et entendre. Quelqu'un se faisait passer pour elle, ce qui était gonflé alors qu'elle-même ne savait plus qui elle était depuis longtemps.

– Liane c'est vous ? Comme je suis heureux de vous voir. Vous devez venir dans mon compartiment. J'ai ramené un champagne qui n'attendait que vous. Cela fera passer les « papillons du dimanche soir » comme disent nos amis anglais.

Rufus d'Entrecourt était un de ces banquiers surdoués dont elle avait trouvé le poste actuel, en qui elle avait cru quand ses collègues faisaient la fine bouche. Trop « vieille France », trop carré, trop si, pas assez ça. Différent, en somme. « Tous les hommes se jugent les uns les autres :

Tribunal d'idiots outrecuidants ! » François Henri Amiel avait vu juste.

Les Anglais l'adoraient et il mariait clients et spécialistes financiers avec la verve d'une entremetteuse et la poigne d'une douairière. Liane sourit, le voyage allait passer en un éclair. Ils rirent beaucoup et il s'en serait fallu d'un battement de paupières en signe d'approbation pour qu'ils finissent la nuit ensemble.

« Ne chie pas où tu manges » disait le proverbe anglais. Liane avait franchi la barrière une seule fois et cela ne lui avait pas porté chance. Elle s'abstint donc. Dans le creux de son dos, la main de Rufus était chaude et puissante comme le reste sans doute, si elle en croyait la saillie que dessinait la fermeture éclair de son pantalon.

Après deux heures d'un délicieux voyage, l'Eurostar entra dans les faubourgs de Londres qui, à la nuit tombée, se teintaient des couleurs de la nation arc-en-ciel qui en faisait sa richesse. Les enseignes criardes dans des langues inconnues annonçaient des délices régionaux exotiques tandis que les blasons éclairés de pubs centenaires rappelaient la tradition anglaise, embrassée par tous ceux qui avaient la chance de vivre dans cette capitale que Liane aimait profondément. Pendant des années, elle s'était sentie enfin chez elle au milieu de millions de citoyens du monde qui, soit par indifférence, soit par respect, se fichaient éperdument de ce que faisaient leurs voisins. Un respectable professionnel le jour pouvait se muer en irrésistible drag-queen une fois la nuit tombée. Et alors ? Il eut été de très mauvais ton de ragoter à son sujet. De même, un jeune homme à capuche et jeans en lambeaux pouvait être un universitaire de renom spécialisé dans les langues anciennes. Son allure n'enlèverait rien à la reconnaissance que son talent méritait.

Avant de plonger dans le long tunnel qui amènerait le train à sa destination de Londres Saint Pancras, Liane goûtait la vie de ces quartiers populaires qui déroulaient leur quotidien bariolé et où, pourtant, elle n'avait jamais plus le temps de mettre les pieds.

L'arrivée se passa tout en douceur et dans un bruit de vérins pneumatiques qui indiquait l'ouverture de ses portes, le convoi déversa son lot de voyageurs.

Dans le hall des taxis, Rufus lui embrassa le bout des doigts alors que son chauffeur personnel prenait son sac.

– Liane, vous ne pourrez pas me fuir éternellement.

Alors qu'elle allait donner l'adresse de son appartement à Holland Park au chauffeur du taxi dans lequel elle était montée, elle se ravisa. L'idée de réintégrer son beau logis froid, dénué d'âme et truffé de micros lui fit monter des sueurs froides.

– Au Sofitel Saint James', s'il vous plaît. Ce soir, elle lui préférerait l'hôtel où Graham, le concierge, lui trouverait bien une chambre et où le bar tendu de flanelle rayée noire et grise lui offrirait le refuge dont elle avait besoin.

CHAPITRE 12

Un lundi gris comme de l'étain s'installait sur Londres et elle n'eut qu'à parcourir deux rues pour atteindre le bureau de Morgan Richfield situé sur Jermyn Street. Ses pairs ne la voyaient plus aussi souvent depuis l'accident, mais tant que ses honoraires continuaient d'alourdir leur compte de résultat, ils ne s'en plaignaient pas.

La réunion du lundi matin à huit heures était un pensum mais il avait le double avantage de s'assurer que les troupes ne s'octroieraient pas un début de semaine tardif et qu'un esprit de compétition malsain, auquel le week-end aurait pu rendre toute sa relativité, reprendrait sa digne place d'honneur sans tarder, au cœur du cabinet. Dès les premières minutes, la sacro-sainte messe où tous et toutes venaient chanter leurs propres louanges battait son plein : nouveaux mandats arrachés de haute lutte, recrutements prodigieux aux honoraires riches de cinq zéros, nouveau client potentiel, véritable poule aux œufs d'or qui n'attendaient qu'à être ramassés... Liane gardait le silence. Sa mère disait souvent que les bateaux les plus vides font toujours le plus de bruit. Quand vint son tour, elle laissa le soin au chef du bureau de Londres de s'extasier de concert avec les autres associés sur le nouveau projet Richardson Brown.

– Un ou deux millions de dollars d'honoraires ! Liane, est-ce possible ?

– Tout à fait possible, mais le plus important est de trouver le bon candidat. À cet égard, toutes vos propositions sont les bienvenues.

C'était une niaiserie mais elle avait l'avantage de détourner les projecteurs loin d'elle. Une frénétique foire aux noms où chacun y allait de son idée saugrenue s'engagea, tous caressant l'espoir secret de faire mouche et de décrocher la timbale, soit dix pourcents des honoraires de Liane, s'il s'avérait être le premier à prononcer le nom du candidat final. Deux cent mille dollars pour cinq minutes de travail un lundi matin, il y avait pire comme job. On se serait cru au marché aux poissons de Rungis avec la passion du produit en moins.

Malgré ce qui lui en coûtait, Liane passait régulièrement par Londres. Elle y avait recruté une équipe de jeunes femmes de tous horizons qui lui ressemblaient du temps où elle croyait encore qu'elle avait un métier important. Le vieux sage de Hampstead, Sigmund le torturé, aurait parlé de transfert. C'était exactement cela. Elle voulait tout leur transmettre pendant qu'il en était encore temps : les clients, les candidats, les erreurs et les succès. Elle voulait croire qu'avec ses conseils, ces brillantes jeunes femmes s'en sortiraient. S'il n'y en avait même qu'une et une seule d'entre elles qui, un jour, parvenait à être une femme épanouie et une professionnelle équilibrée, cela aurait valu la peine de subir sans broncher ces comédies du lundi matin et leurs ronds de jambe de roitelets plaqués or.

Après une journée à revoir toutes les informations rassemblées pour le dossier Richardson Brown, elle était persuadée que Ron Del Toro était son homme. Bien sûr la sélection de son équipe se lisait comme la carte du ciel, ne manquant pas d'étoiles mais dont aucune ne brillait avec autant de magie que celle de Ron. Les filles étaient excitées mais Liane ne leur parla pas encore de sa découverte fraîchement sortie de Bornéo. Elle les remercia pour les solides candidats qu'elles avaient rassemblés. Même si sa gratitude n'était pas feinte, elle savait que ni les mots, ni les fleurs, ni les bonus à six chiffres ne sauraient racheter les nuits et les week-ends passés à trimer. Quand leurs gentils petits fiancés d'université se lasseraient de les attendre, ils seraient remplacés par de vieux grands méchants loups, prêts à accepter que leurs jeunes maîtresses se tuent à la tâche, fondamentalement parce qu'ils s'en fichaient. Eux aussi n'avaient pas de vie ou plutôt, ils avaient le luxe d'en avoir plusieurs. La chair tendre, même épuisée et intermittente, convenait parfaitement à leur appétit omnivore qui ne pouvait se contenter de la femme mûre et résignée qui les attendait chaque week-end depuis trente ans dans leur manoir de campagne.

Quand seize heures sonnèrent à Saint James's Church, Liane sauta dans son taxi pour le terminal cinq d'Heathrow où le vol de la British Airways pour New York décollait dans la soirée. Alors que le véhicule s'engageait dans Piccadilly pour prendre la route vers l'ouest, elle se ravisa. Se penchant vers la vitre entrouverte qui la séparait du conducteur, elle inspira profondément :

– Je souhaiterais faire un crochet par le cimetière de Highgate, s'il vous plaît.

Ce cimetière, niché aux confins de Hampstead et de Highgate racontait l'histoire de deux villages chargés d'histoire et qui n'avaient pas toujours fait partie de la mégapole. On y trouvait encore les traces d'artistes préraphaélites, d'écrivains, de poètes morts depuis longtemps. Comble d'ironie, à deux pas des demeures les plus prisées de Londres, s'élevait la sépulture de Karl Marx où les Chinois argentés venaient payer leurs respects comme en point d'orgue à leur séance de shopping sur l'artère luxueuse de Bond Street.

C'est là que Harry reposait en paix, pas pour longtemps si cela n'avait tenu qu'à elle. Elle le retrouva rapidement car les nouveaux arrivants, triés sur le volet comme dans le plus select des clubs de gentlemen, se faisaient rares. Ils se démarquaient par les monceaux de fleurs et de couronnes dont la démesure dépareillait dans la sobriété ambiante.

Deux employés, armés de pelle, s'affairaient autour du lopin de terre tant convoité.

– Vous arrivez trop tard, ma petite dame. À peine arrivé, à peine déterré. Sa femme est venue hier pour le ramener chez lui, en Hollande.

La pauvre tentait dans un ultime effort de réaliser dans la mort ce qu'elle n'avait jamais réussi dans la vie : le garder juste pour elle. Liane eut de la compassion pour cette sœur d'infortune dont elle n'avait découvert l'existence qu'à la sortie de l'hôpital où elle avait passé de longues et douloureuses semaines après l'accident. Se penchant sur le trou pas encore comblé, elle sortit un mouchoir de son sac et se moucha bruyamment. Les deux jardiniers se retirèrent discrètement pour respecter son chagrin ignorant que ce qu'ils prenaient pour des pleurs étouffés n'étaient en réalité qu'un franc et gras crachat qui atterrit dans la terre meuble, ratant à un jour près, le cercueil.

Chemin faisant vers Heathrow, Liane se dit que ce n'était que partie remise.

CHAPITRE 13

Ce fut Tracy qui, dans un halo de bouclettes blondes et de parfum sucré, la réceptionna et lui fit passer, haut la main, le triathlon : enregistrement – sécurité – dépôt au salon de la première classe, le plus calme. Tracy était connue par tous les employés du terminal cinq qui visiblement l'adoraient. Elle était l'incarnation des paroles du grand Jacques : « Belle, belle et conne à la fois. »

Lovée dans un coin du salon VIP, Liane se réveilla de sa transe, interpellée par une voix familière :

– Liane, ma vieille, si je m'attendais !

Une tignasse paille, frisouillée et mal peignée, encadrait un visage marqué par la vie au grand air. Les dents de la chance ajoutaient la touche finale à un visage qui irradiait la joie de vivre, la bonne santé et la certitude d'être dans le droit chemin.

– Linda, c'est toi ?

Habillée comme un sac, similaire à celui qu'elle portait sur le dos, c'était bien Linda Schmytter, une des activistes les plus respectés de la biosphère. Liane et elle s'étaient rencontrées à un symposium sur la déforestation de la forêt primaire d'Indonésie et contre toute attente, elles s'étaient plu. Dès qu'elles se trouvaient dans les parages de la même coordonnée géographique, elles ne manquaient jamais de prendre un verre ensemble.

– Le World Wildlife Fondation a vendu son dernier panda ? Que fais-tu dans ce temple du faste et de la déraison écologique ?

– Tu veux dire comment un chantre du bilan carbone se retrouve ici, lieu de tous les excès ? Je te rassure, les pandas vont bien et mon beau-frère aussi. Il est commandant de bord pour cette auguste compagnie aérienne, d'où ce petit débordement luxueux avant de retourner voyager dans la cale.

Elle éclata d'un rire sonore qui réveilla l'atmosphère prétentieuse et empesée des lieux. Trop de champagne mélangé à du Botox nuit à la bonne relaxation des zygomatiques. Linda revenait de Boston, faisait escale à Londres avant de reprendre sa route vers Djakarta. Liane adorait l'entendre lui donner des détails sur la vie qu'elle vivait, virtuellement isolée du monde, dans un camp scientifique de l'île de Timor. Elle lui dit avoir profité d'une réunion de sa promotion d'Harvard pour prendre un dernier shot de civilisation avant l'exil. Liane la connaissait trop bien pour la croire, ce genre de pince-fesses était sa version personnelle de l'horreur.

– Avoue, tu es allée faire la manche auprès de tes ex devenus aussi bedonnants que leurs portefeuilles, histoire d'éveiller en eux une solide mauvaise conscience écologique.

– Bingo, on ne peut rien te cacher. La récolte fut excellente, merci. De quoi tenir au moins un an avec mon groupe de recherche…

Liane la félicita en même temps que son ordinateur interne se livrait à de savants calculs. La réponse ne se fit pas attendre : Linda et Ron avaient dû se croiser à Harvard. Le ver était accroché, elle lança sa ligne.

– Alors, tu as revu des gens sympathiques ?

Linda se révéla intarissable, déroulant le trombinoscope des anciens élèves présents avec, pour chacun, une lecture psychologique taillée au laser. Linda était amusante sans jamais être méchante.

– Il y avait même Ian Murphy, le roi des fonds à risque. Tu sais celui qui chie un lingot d'or quand il va aux toilettes.

Sa candeur les fit éclater de rire. Liane corrigea :

– Seulement s'il y reste au moins cinq minutes…

Ensuite, ce fut le défilé des photos prises lors de la réunion et, pour une amoureuse des bêtes, elle s'en était donné à cœur joie au milieu des requins, des vautours, et des hyènes de l'Amérique de la réussite. Après les avoir tous passés en revue, prenant posture dans leur environnement naturel, elles s'étaient pratiquement asphyxiées de rire. L'évidence revint frapper à la porte du cerveau en éveil de Liane. Nulle trace de Ron. Pour quelqu'un qui cherchait un nouveau job, un peu de lèche-bottes auprès de ses camarades de promotion était un pèlerinage, certes humiliant, mais obligé.

– Je ne vois pas Ron ?

– Quel Ron ?

– Ron Del Toro, enfin. Quelle femme normalement constituée peut poser pareille question ? Ron, le beau gosse !

– Beau gosse ? À chacun ses goûts, Liane. Ron Del Toro n'était pas là, car il n'est jamais là, à aucune de nos réunions. Il préférerait dormir avec des vers de terre dans un nid de fourmis rouges au milieu de sa forêt vierge plutôt que de côtoyer ceux de Boston.

– Tu exagères un peu, Linda.

Celle-ci devint soudain sérieuse.

– Liane, je ne sais pas ce que tu veux à ce type. L'été dernier, j'ai passé quelques semaines avec lui et sa famille à Bornéo sur un projet pour lequel nous avions un financement commun. À part pour me parler de ses recherches, il n'a pas décroché plus de dix mots. Même chose pour sa femme, la pauvre. Et dire qu'il en pinçait pour moi à Harvard.

Linda leva les mains vers le ciel dans un théâtral mouvement de gratitude envers le Tout-Puissant qui lui avait évité un aussi peu enviable destin.

– Je l'ai échappé belle. À l'heure où je te parle, il est en retraite au fin fond de l'archipel des Moluques sur l'île de Sumbawa où il étudie la surexploitation d'une espèce de buissons endémiques. Une sûre perte de temps, si tu veux mon avis…

Liane coupa court à la diatribe qui s'annonçait tel un orage tropical :

– À l'heure où je te parle, il est en retraite au fin fond d'un hôtel de la cinquième avenue de l'archipel Accor ou Hilton à New York afin d'étudier la meilleure façon de se faire un maximum de dollars en surexploitant ses talents.

Linda n'en croyait pas un mot, hochant la tête avec dénégation.

– Attends, on parle bien du même Ron.

Elle plongea la main dans son sac à dos pour en retirer un ouvrage écorné.

– C'est l'annuaire original des anciens de ma promotion. Même toi tu n'as pas cet exemplaire car il n'y a jamais été mis en ligne. Voilà, c'est la promotion d'avant et de celle d'après. Attends, voilà…

Elle feuilleta les pages qui s'effeuillaient comme une marguerite fanée pour se saisir d'un feuillet taché et déchiré en plusieurs endroits.

– Voilà, je te présente ton bourreau des cœurs il y a vingt ans.

Bien sûr, Ron avait changé comme tout un chacun. C'était cependant le même physique irréel issu de l'imagination débridée d'un docteur Mabuze perfectionniste. Certes le regard bleu était un peu plus sombre, la bouche semblait souffrir de devoir sourire.

– Tu veux connaître le surnom de ton lover boy ? Grincheux.

Liane s'insurgea :

– Vous n'y alliez pas un peu fort, Grincheux. Le côté assez ombrageux a son charme tout de même

Ce fut au tour de Linda de balayer les arguments de Liane d'un revers de main brusque.

– Liane, tu ne comprends pas. Laisse-moi t'expliquer : Grincheux comme Simplet, Prof et sa bande.

– Les sept nains ?

Linda extirpa à présent de son sac à malice la photo de groupe dans son ensemble. Liane, hébétée, fixait le jeune homme debout parmi les filles du premier rang et tout se glaça en elle. Il suffit d'un grain de sable, lui avait prédit Gaspar, un grain de sable, pour enrayer la machine. Ce grain-là lui fit l'effet d'une tempête. La tête lui tournait et tout tremblait autour d'elle. Linda lui parlait mais elle ne l'entendait pas. Tout ce que Liane sentit fut le parfum sucré de Tracy qui la prenait par le bras pour l'amener vers l'avion. Elle plaida pour une minute afin de prendre congé de Linda et de prendre une photo du cliché de groupe avec son téléphone crypté.

Elle eut juste le temps d'en envoyer copie à Gaspar avec un message tapé à la va-vite : « Qui est ce type ? »

CHAPITRE 14

Dans l'avion, Liane se repassa le déroulement des derniers jours dans tous les sens et elle n'en trouva aucun. Son vieux copain resurgit du passé, lui présente Ron Del Toro, l'homme providentiel à la recherche d'un emploi. Il est beau, il est grand et s'il ne sent pas exactement le sable chaud, il dégage les effluves caractéristiques du succès.

Du charisme à revendre, il fait l'unanimité des références. Elle s'apprête à le présenter à Peter Brown comme son sauveur faisant d'elle son ange Gabrielle, annonciatrice de la bonne nouvelle. Mais, sa vieille copine Linda, routarde mal fagotée, échouée dans le salon de la Première Classe de la British Airways à Heathrow lui sort une photo transformant son rutilant prince charmant en crapaud nauséabond. Qui croire ? Que croire ?

Elle espérait que Gaspar lui apporterait bientôt une solution plausible à cette énigme. En attendant, elle devait rencontrer Peter demain et les mignons petits lapins blancs que lui avaient dégotés ses filles de Londres ne suffiraient pas à assouvir son appétit. Il s'attendait à ce qu'elle sorte un tigre blanc de dessous sa cape, même si ce dernier était un monstre sanguinaire.

Quand elle atterrit à New York, Liane était déterminé à ne pas parler de Ron à son client, du moins pas encore. Peter devrait se contenter de l'ordinaire avant que l'extraordinaire s'avère moins risqué. Quand le pilote désengagea l'autopilote, Liane engagea le sien. Une heure plus tard, elle montait dans la limousine qui la conduisait Downtown.

C'était un des chauffeurs habituels, Jean Gilbert, un Haïtien happé par le rêve américain qu'il promenait à l'arrière de sa limousine vingt heures par jour et dont il était séparé par une petite vitre coulissante. Il sillonnait à longueur d'années les beaux quartiers de New York pour s'en aller dormir quelques heures par nuit dans des immeubles puants et délabrés.

Malgré cela, Jean Gilbert gardait le sourire qui s'illumina quand il la reconnut :

– Madame Liane, quel plaisir ! Je vous conduis à l'hôtel ?

Au même moment, un message reçu sur son téléphone crypté claqua comme un ordre « Va dormir chez Xeo, je l'ai prévenu et il t'attend. » Suivait une adresse.

Malgré sa connivence avec son chauffeur, la jeune femme, prudente, se décida à ne pas lui révéler sa destination ultime. Si tous ses moyens de communication étaient l'objet d'une surveillance particulière, alors ses faits et gestes pouvaient l'être aussi.

– Oui, à l'hôtel monsieur Jean Gilbert.

Ils parlèrent de la pluie et du beau temps, de sa famille qui vivaient encore sous une tente de fortune, plusieurs années après le séisme.

Arrivée à l'hôtel, elle se dirigea d'un pas décidé vers la réception puis, dans un geste appuyé, elle se frappa le front comme si elle venait de se rappeler subitement l'anniversaire de sa propre mère. Si d'habitude elle n'était pas mauvaise actrice, là elle était mûre pour le cinéma muet. Dans un volte-face, elle signala le drugstore voisin au portier qui l'observait impassible. Elle s'y engouffra avant d'en ressortir par une porte latérale qui donnait sur la bouche de métro voisine.

Une demi-heure plus tard, la jeune femme arrivait à l'adresse indiquée par Gaspar, une maison en pierre brune de l'East Village qui, après une longue et périlleuse traversée du désert, était passée de crack house des années quatre-vingts à coffre-fort du millénium. Tous les banquiers, peu s'en faut, n'avaient pas perdu leur chemise dans la crise mondiale de 2008. Certains s'étaient même considérablement enrichis grâce à un de ces tours de passe-passe dont ils étaient coutumiers. Ils avaient transformé les millions de maisons en carton-pâte qu'ils avaient arrachées à l'américain moyen surendetté en des instruments financiers incompréhensibles dont ils avaient tiré des fortunes, promptement investies dans ce quartier de New York alors en ruine. Situé à moins de trente minutes de jogging de Wall Street, leur investissement s'était avéré obscènement fructueux, une fois que l'heure de la revente eut sonné.

La gâche électrique se déclencha. Dans l'interphone, la voix de Xeo était toujours aussi apaisante, les mots bien posés à plat.

– Monte, Liane. Quatrième étage. Je t'attends.

L'intérieur de l'immeuble démentait son humble origine : escalier aux marches laquées de noir sur fond de tissu mural de flanelle gris anthracite réveillé d'un liseré de blanc. Des bougies balisaient l'ascension, de marche en marche, diffusant leurs essences de paraffine parfumée, indispensable pour effacer les odeurs si désagréables de la rue et de son commun mortel.

Xeo se tenait dans l'embrasure de la porte blindée, terriblement cool et chic au seuil de l'appartement qui s'avéra l'être tout autant. Liane y pénétra alors qu'il refermait derrière elle les serrures à cinq points dont le claquement caractéristique rassurait les riches et décourageait les cambrioleurs. Ils se tenaient face l'un à l'autre, silencieux. À la sereine détermination du regard de Xeo répondait l'interrogation que les yeux de Liane ne cherchaient même plus à masquer. Il la prit dans ses bras dans une étreinte fraternelle. Il était beau avec sa peau ambrée, ses yeux clairs et ses lèvres fines mais ses traits trahissaient une fatigue ancrée jusque dans son âme. Liane, elle, se trouvait sale et puante de l'odeur de la promiscuité des aéroports, la peau ternie par l'air desséché de la cabine, abîmée par encore un autre décalage horaire. Crasseuse et vidée, elle se sentait soudain complètement désemparée.

Xeo se saisit de son sac de voyage d'une main tandis que l'autre la guidait vers la chambre d'amis.

– Je sais tout. Gaspar m'a briefé. Il fait des recherches sur Ron Del Toro et sur celui qui se fait passer pour lui en ce moment, qu'il soit en Asie ou à New York ou à Tombouctou. Je te réveillerai dès que j'ai des nouvelles.

– Je suis venue en métro…

– Tu as eu raison. Il est préférable que personne ne puisse te tracer jusqu'à cette adresse. Tu as déjà les bons réflexes.

La chambre d'amis était blanche mêlée d'un gris élégant mais sans aucune chaleur. Rien qui ne ressemblât à Xeo qui lut ses pensées.

– Ce n'est pas chez moi, ici mais c'est une de nos « safe houses », une cache si tu préfères. Inodore, indolore, anonyme quoi ! Il rit. Allez, prends une bonne douche. Je t'apporte un thé.

Liane laissa couler l'eau chaude sur son corps, s'appliquant à le purifier de toutes les souillures qui languissaient encore sur sa peau. Aucune eau ne pouvait atteindre les profondeurs de son cœur où des flaques de douleurs, de non-dits et de regrets n'en finissaient pas de remonter en surface. De plus, il était de notoriété publique que l'eau de New York offrait des vertus curatives proches de celles des pluies européennes post Tchernobyl. Elle délaissa la compagnie de cette fausse amie, se séchant soigneusement avant de masser sa peau avec de l'huile de rose, puis d'enfiler un pantalon de yoga et un T-shirt frais. Elle se glissa sous les draps mais elle s'arrêta à mi-chemin, assise le dos droit tentant de respirer en profondeur sans y parvenir. Depuis quand la faculté d'abandon l'avait-elle désertée ?

Xeo frappa discrètement à la porte avant d'entrer, un thé chaud à la main qu'il posa sur la table de nuit, avant de s'asseoir sur un coin du lit. Par sa seule présence, il transformait l'atmosphère de la pièce. De froidement parfaite, elle en devenait douce, ses couleurs gagnant en chaleur, sa lumière plus caressante.

– Xeo, je n'arrive pas à me poser. Je me fais l'impression d'être le renard au milieu d'une chasse à courre.

– La renarde, corrigea-t-il en souriant.

Puis, plus sérieux, il lui prit la main :

– Amis, ennemis, tu ne sais plus qui est qui. Ton monde s'écroule. Mais est-ce une si grosse perte ? Après tout, n'était-il pas fait que d'apparences ? Un monde doit s'écrouler pour laisser sa place à un autre

Ses mots sonnaient comme une de ces prophéties que l'on trouve dans les gâteaux de fins de repas chinois et d'habitude, elle lui aurait éclaté de rire au visage. Mais Xeo lui offrait une description précise et analytique de sa réalité. La tension de la jeune femme qui montait dans les aigus faisait écho à la nonchalance de son compagnon. Ce dernier ajouta :

– Je suis dans la pièce d'à côté. Tu peux dormir tranquille maintenant.

Il s'allongea pendant quelques minutes au-dessus des draps à côté d'elle, lui caressant les cheveux jusqu'à ce qu'une torpeur la gagne. Ses mots s'étaient frayé un chemin à travers les fines crevasses qui mènent de l'épiderme à l'âme.

Il devait être une heure du matin soit le petit matin en Europe quand Liane émergea du sommeil. Elle trouva Xeo dans le salon face à un vaste écran connecté, un clavier sans fil reposait sur ses jambes croisées en tailleur.

– Liane, j'espère que je ne t'ai pas réveillée. La connexion sécurisée avec Gaspar ne devrait pas tarder.

À moitié conscience, elle trouva refuge sous le plaid à côté de lui. Les appartements new-yorkais ont pour habitude d'être surchauffés ou glacés aux antipodes des saisons du dehors. Elle avait envie d'être fragile et se pelotonna. Son regard balaya la pièce afin d'en absorber chaque détail mais rien dans cette perfection standardisée n'accrochait le regard. Pourtant, il s'arrêta net sur une photo dans un discret cadre en argent disposé sur un guéridon en loupe d'orme. On y distinguait un joyeux groupe de jeunes gens radieux où elle reconnut tour à tour, Xeo puis Gaspar et enfin Baptiste, dépenaillés et heureux aux côtés d'un homme d'église vêtu d'un treillis fatigué, souriant. Pas de doute, c'était bien le père Francis. Sur un autre cliché, Xeo prêtait une oreille attentive à un très bel inconnu, caricature de perfection martiale, qui se tenait à ses côtés, irradiant la bienveillance. Derrière lui, on distinguait un visage connu de tous, celui d'un Pape.

Xeo suivit son regard pour s'en saisir :

–Et lui, il est renversant n'est-ce pas ? C'est le général John Coleman, tu ne le connais pas. Et avant que tu ne poses la question. Non, ce n'est pas un photo montage et oui, ce sont bien les véritables Baptiste et Gaspar. Parmi les pires mécréants de la terre, à côté du pire d'entre eux, moi !

– Tu as été prêtre, c'est ça ?

Puis elle se mordit la lèvre devant la stupidité de sa question qui avait fusé dont on ne sait où. Peut-être de la crainte de le savoir au-dessus des hommes et des femmes et de se trouver face à l'interdit. Xeo lui fit la grâce de ne pas rire.

– Non, Liane. Il y a encore quelques années, j'aurais été de ceux et de celles qui jugeaient et rejetaient la foi. Simplement, un pas très beau jour il y a dix ans, je me promenais à Londres et je suis passé devant une église où une bannière annonçait la tenue d'un des tout premiers cours Alpha. Tu connais ?

– C'est une véritable épidémie. Ma mère, toi, certains de mes clients les plus respectables. Je vais commencer à croire qu'il y a du bon là-dedans.

– J'y ai rencontré des gens lumineux, plein de compassion, qui m'ont amené à utiliser mes talents pour défendre ceux qui sont en première ligne de la bataille contre l'aliénation et l'obscurantisme, l'hyper-surveillance qui traque les individus pour mieux les asservir.

– Tout doux, Xeo. Tu me fais peur.

Liane était perdue. Xeo n'avait rien d'un fanatique mais son discours avait des parfums d'embrigadement, ces mêmes parfums qui l'avaient toujours empêchée de respirer et l'avaient toujours tenue loin des mouvements de masse.

– Cela veut dire quoi, par exemple ? Elle était perplexe.

Soudain grave, il continua de sa voix douce qui énonçait les choses toujours aussi clairement :

– Par exemple, héberger ce soir une femme dont l'identité a été usurpée et à qui on a substitué un avatar, une femme que personne ne croira si elle raconte son histoire, une femme victime d'un complot tellement tordu qu'il doit être le fruit d'esprits brillants qui n'hésiteront pas à la décalquer, elle ou ceux qui s'approcheront trop près de la vérité.

Chaque mot venait s'écraser sur le plexus solaire de la jeune femme comme autant de coups de poing et elle commençait à perdre son souffle. Elle voulait lui hurler de se sauver, que tout cela était vraiment trop dangereux pour lui, qu'au point où elle en était, elle avait perdu le goût du combat.

– Sauve-toi, Xeo.

Il lui prit les deux mains :

– Non Liane, sauve-toi ! Fuis ce monde où tu n'es pas heureuse, où tu ne construis rien, où il n'y a que des requins aux instincts hérités de la préhistoire qui aujourd'hui t'utilisent pour mieux te détruire.

Le grand écran plat se mit à clignoter. Ce fut Gaspar qui apparut à l'écran, l'air fatigué. On allait enfin en savoir plus.

– J'ai passé la nuit avec mes équipes à travers le monde à analyser les e-mails, ceux que tu as reçus, ceux que tu as envoyés, tes communications téléphoniques et même tes consultations sur le Net. Tout est filtré, intercepté et censuré. Demain, on peut te faire porter le chapeau pour le déclenchement de la troisième guerre mondiale.

Liane ne releva même pas.

– Cette plaisanterie dure-t-elle depuis longtemps ?

– Depuis neuf mois. J'ai même la date exacte.

L'esprit de Liane surpassa la peur pour trouver refuge dans les contrées familières de la froide analyse.

– Neuf mois, je vois ! Et tu as pu analyser la photo que je t'ai envoyée depuis Heathrow.

Gaspar s'échauffait et ne cachait plus son impatience, sautillant sur son siège tel un élève de Cours Préparatoire.

– On tient une piste. Ron Del Toro a disparu avec sa famille depuis trois mois lors d'une mission d'immersion dans la forêt primitive indonésienne.

– C'est le propre d'une mission d'immersion, disparaître.

Gaspar s'agitait frénétiquement.

– Ce n'est pas tout. Pour un ponte de l'écologie, il est devenu invisible. Aucune photo de lui nulle part, elles ont toutes disparu. Mais j'ai parlé à un vieux missionnaire, ami du père Francis, qui vit là-bas. Il connaît assez bien notre homme, qui est en effet de taille plus que modeste mais doté d'un grand et sale caractère. Je ne sais plus comment on dit Grincheux en Bahasa mais la description que ce brave curé m'en a faite correspondait bien.

– Tu en es sûr ?

– Aussi sûr que tous les appels que tu as reçus vendredi dernier lors de tes prises de référence, appels pour chacun desquels ton interlocuteur n'avait pu te répondre quand tu avais cherché à le joindre, ont été émis au travers d'un modificateur de voix à partir d'un seul et même endroit.

– D'accord jusque-là, mais ce que tu viens de dire ne tient pas la route dans la mesure où il y avait quelques vieilles connaissances parmi les gens auprès desquels j'ai pris mes références.

Liane fut interrompue par l'annonce sonore de l'ouverture d'une seconde fenêtre sur l'écran. Gaspar entama sa démonstration. Des réseaux et des câbles s'allumaient et s'éteignaient comme dans une version accélérée de Tron. Gaspar avait endossé l'habit fluo de l'homme capturé dans un jeu vidéo. Il surfait sur le signal fluorescent des appels émis par Liane qui, les uns après les autres allaient s'écraser contre un mur virtuel derrière lequel il y avait un grand vide.

– Une boîte noire, expliqua-t-il. Là, tu tombes sur la boîte vocale où tu laisses ton message puis, quelques heures plus tard, du même endroit, ton correspondant ou celui qui l'imite si bien te rappelle. Tu veux entendre ?

Pas de doute possible, c'était bien la voix de Liane et celle de cette canaille de Hugh.

– Le problème, ma chérie, est que cet appel ne vient pas d'une jonque amarrée dans la baie de Kowloon mais du beau milieu de la Sibérie.

Liane se rebiffa. Si Gaspar n'avait pas été comme un frère pour elle, elle l'aurait traité de mythomane et aurait promptement raccroché.

– Gaspar, je connais Hugh. C'était lui.

– En es-tu sûre ? Écoute à nouveau, un grain de sable. Rappelle-toi, il suffit d'un grain de sable.

Gaspar lui repassa l'enregistrement jusqu'à la fin.

« – Merci, Hugh. Les glaçons de ton whisky ont dû fondre à cause de moi. Je t'offre un verre lors de mon prochain passage à Hong Kong.

– Cela ne fait rien, j'en rajouterai d'autres… »

J'en rajouterai d'autres… Ce fut comme une épiphanie. Cette crapule de Hugh était un puriste. Il ne mettait jamais de glace dans son whisky. C'était un point commun qu'il partageait avec Liane et leur petite blague à eux.

Ce n'était pas le véritable Hugh qui lui avait chanté les louanges du faux Ron. Le type que Liane s'apprêtait à envoyer diriger la plus puissante banque privée au monde était un inconnu sorti d'on ne sait où. S'il était de notoriété publique que plus de la moitié des gens mentait plus ou moins éhontément dans leur curriculum vitæ, là on était face à un maître du genre. Cela dépassait même l'usurpation d'identité, c'était un complot à grande échelle.

– Tout cela pour accéder au poste de directeur financier de la Richardson Brown. Cela n'a aucun sens.

Liane murmurait pour elle-même.

– Et j'imagine que cela ne servirait à rien d'appeler la police.

Xeo et Gaspar hochèrent la tête de concert et ce dernier d'ajouter :

– S'ils ont pu te berner de la sorte, ils n'auront aucun mal à te faire porter le chapeau et retourner la situation contre toi. Le réseau a malheureusement payé cher quand il a fait confiance aux institutions. Snowden, Assange, Manning… Maintenant on règle nos comptes, nous-même, tu comprends.

– Nous ? Tu peux être plus précis.

– Un groupe de personnes de bonne volonté ou de révoltés ne supportant plus le système qui chaque jour, sous couvert de garantir la sécurité publique ou d'optimiser l'offre toujours plus alléchante de la société de consommation, s'immisce un peu plus dans le quotidien hyperconnecté. Le plus connu de ce groupe rebelle s'est baptisé les « Anonymous », des hackers justiciers qui, sous le radar, réparent les injustices ou combattent la toute-puissance de multinationales avides de richesse et de pouvoir.

Des collectifs résistants existaient au-delà du monde des technologies à présent, dans la médecine, l'éducation, parmi les avocats et même parmi les religieux de tout bord.

– Et laisse-moi deviner. Dans le secteur financier ?

Évidemment il n'y avait aucun collectif de justiciers rédempteurs œuvrant dans l'ombre des banques d'affaires, des salles de marché ou des boîtes d'investissement à risque qui dépeçaient les outils de production à travers le monde. Le dollar était leur came et aucun camé n'aurait mis le feu à ses champs de coca, surtout si cette drogue-là, au lieu de leur faire encourir la prison ou la mort, les plaçait au rang de demi-dieux, modèles de réussite que l'on montrait aux enfants en exemple. Avec ses bonus à sept chiffres, Liane s'était gavé à la source d'un système qui lui avait toujours levé le cœur mais qu'hypocritement elle avait servi pendant des années. Elle y avait laissé son âme. Elle était sur le point d'y laisser sa vie.

– C'est bien fait pour moi, finalement. Je récolte ce que j'ai semé.

Liane avait parlé tout haut. Gaspar avait baissé les yeux et Xeo maintenait un regard fixé droit devant lui. Inutile de nier l'évidence et d'ajouter une couche d'hypocrisie au mille-feuilles que Liane s'était déjà concoctée elle-même depuis des années. Pendant quelques minutes, le non-dit fit la conversation pour tous les trois.

Enfin, Xeo se mit prestement debout. La créature nonchalante et un brin rock and roll avait endossé la robe du ténor du barreau et se dévoilait dans toute sa puissance, emportant sur son passage cœur brisé, apitoiement et désespoir.

– Liane, l'acte de contrition peut encore attendre un peu. Toi, Gaspar, tu nous fais un petit voyage dans le temps afin de savoir à quelle date exactement ce petit jeu de miroirs a commencé. Si ces types se sont cassé la tête à ce point, je doute que ce soit juste pour donner un coup de pouce à un copain au chômage. Tout ce mal pour juste un seul bonhomme, je n'y crois pas.

Il poursuivit en s'adressant à Liane.

– Ton admirateur est loin d'être un amateur et il n'agit pas seul. N'as-tu jamais rêvé de travailler pour la police scientifique quand tu étais petite ? Eh bien tu vas jouer au petit détective pour nous. Le vrai Ron Del Toro est en train de se nourrir d'insectes dans la jungle de Bornéo à moins que cela ne soit le contraire. Donc qui se cache derrière notre bellâtre new-yorkais, celui qu'on veut à tout prix faire embaucher à la Richardson Brown ? Les analyses de ses données photographiques semblent ne rien donner, N'est-ce pas Gaspar ?

– Je te le confirme, rien de rien, nada ! Il n'y a aucune donnée non corrompue sur lui. Tout, photos, articles, diplômes, a été fabriqué de toutes pièces et téléchargé depuis la même source.

Xeo expliqua donc à Liane qu'il était temps de procéder à l'ancienne. Elle n'y comprenait rien et cela se voyait. Patiemment il lui indiqua comment relever les empreintes de Ron afin de les lui amener. Il avait suffisamment d'amis sûrs dans la police pour que quelqu'un, quelque part réussisse à faire parler ces échantillons, révélant du même coup la vraie identité et peut-être les motivations de l'homme et de ses complices. Il suffirait qu'elle le convie à un ultime rendez-vous pour préparer sa rencontre avec Peter Brown et qu'elle se débrouille pour qu'il saisisse un objet suffisamment fermement pour qu'il y laisse sa marque.

Malgré l'atmosphère sombre qui régnait, Liane se sentait rassurée. Faire partie d'une équipe qu'elle ne chercherait pas à dominer et dont elle était clairement le maillon le plus faible était une nouveauté dont non seulement elle s'accommodait mais qui l'apaisait. Elle devait leur faire confiance, lâcher prise, enfin.

Une fatigue lourde et ancienne la submergea.

– Xeo, Gaspar, merci pour tout et bonne nuit.

Sans attendre, la jeune femme se leva dans un état second pour rejoindre la chambre grise et blanche à la décoration si parfaite. Elle eut à peine la force d'ôter son pantalon de yoga et se glissa dans les draps de coton d'Égypte où, contre toute attente, le sommeil se refusa à elle jusqu'à ce que le son lointain de la voix de Xeo devînt une incantation, une berceuse dont le rythme la pénétrait. Elle sentit se détendre jusqu'à dormir pour de bon.

Ce fut la chaleur du corps musclé de cet homme qui se mouvait avec une douceur infinie qui la tira du sommeil. Instinctivement, elle chercha à en épouser tous les contours jusqu'à ce qu'enfin il la prenne dans ses bras. Elle l'aida à faire disparaître son T-shirt qui formait une barrière intolérable entre sa peau et la sienne, puis ce fut à son tour de se débarrasser de sa légère camisole de soie. La pénombre ne faisait pas honneur à ce corps d'homme que Liane devinait. Il lui faudrait le découvrir avec ses doigts, sa bouche, l'intérieur de ses cuisses.

Ce fut lui qui prit les devants car en matière d'abandon, Liane était une vraie novice. Faire jouir un homme, le réduire à un lion feulant pour recevoir ses faveurs, le faire la supplier de l'amener au plaisir, cela

Liane savait faire. Mais s'abandonner à celui qu'elle n'impressionnait pas, était s'aventurer dans une contrée qu'elle avait renoncé à explorer depuis longtemps déjà.

Xeo avait décrypté son désarroi où se mêlaient une réticence farouche à baisser sa garde et le désir pressant de l'avoir en elle. Ses lèvres ne mirent pas longtemps à trouver les siennes et ce fut un déchaînement de houle, de vagues et de ressac. Liane avait peine à reprendre son souffle et pourtant elle ne pouvait plus s'arrêter de saisir cette chair tendre qui la dévorait, l'explorant toujours plus avidement. Aux caresses pastel qu'elle s'était imaginées se substituaient un corps à corps brûlant et la faim brutale de l'autre.

CHAPITRE 15

Six heures trente du matin et le jour perçait déjà les stores de lin blanc cassé. Pour une fois, Liane se réveillait, calée sur l'heure de New York et non pas au beau milieu de la nuit comme à son habitude. Être insomniaque dans la ville qui ne dormait jamais était une aubaine. Il lui était arrivé de se régaler de pancakes et d'œufs brouillés à trois heures du matin sans s'attirer un seul commentaire de la part des travailleurs clandestins qui, vingt-quatre heures sur vingt-quatre, nourrissaient l'appétit gargantuesque de l'Amérique. Elle tourna la tête vers l'oreiller voisin où son vêtement de nuit la narguait, roulé en boule mais vierge de toute trace de combat. Draps parfaitement tirés, oreillers expertement gonflés, il n'y avait aucune trace d'un autre dormeur. Elle enfila rapidement un T-shirt avant de se diriger à pas feutrés vers la cuisine ouverte.

Elle trouva Xeo, tête baissée et installé là où elle l'avait laissé après leur échange avec Gaspar, lové dans le canapé, un puissant ordinateur portable calé sur ses jambes repliées. Il leva des yeux fatigués ourlés de cernes bleus où elle ne lut aucun souvenir de leur nuit.

– Bonjour Liane au bois dormant. Bien dormi ?

Elle ne savait quelle contenance adopter. Elle n'avait jamais été très douée pour le cérémonial du matin du jour d'après avec ses amants de passage, alors avec cet homme-là… Elle était perplexe. Cela devait se lire dans son regard car il la fixa à son tour, visiblement embarrassé.

– Il y a quelque chose qui ne va pas ? Je sais que je n'ai pas l'air très frais mais j'ai travaillé toute la nuit.

Toute la nuit ! La peau de Liane avait une version différente.

– J'ai gardé cette veille habitude de temps de mes jeunes années dans les grands cabinets d'avocats internationaux.

Liane n'en tirerait rien de plus sur cette nuit et elle opta pour la version la plus sage. Son corps avait été le jeu de rêves érotiques et c'était mieux ainsi.

Elle s'offrit de lui préparer le petit-déjeuner, touche délicate avant de commencer une journée qui s'annonçait forte en testostérone. Il y aurait celle de Peter Brown qui n'avait de limite que les zéros infinis de son compte en banque. Il y avait celle plus sauvage et envoûtante de Ron Del Toro, cet inconnu sorti de nulle part. Et celle puissante et inattendue : la sienne.

C'est avec un sourire que Xeo accepta une tasse de thé et une tartine beurrée et recouverte de miel.

– Je crois que je vais t'épouser. Cela fait des années qu'on ne m'a pas préparé le petit-déjeuner.

Liane promit d'y penser. Trente minutes plus tard, elle était fin prête à livrer bataille alors qu'elle se mettait à la recherche d'un taxi qui la conduirait au bureau de Morgan Richfield dans Midtown.

Depuis le taxi, la jeune femme appela le beau Ron afin de le convier à passer à son bureau le matin même sous le prétexte, crédible, de peaufiner la préparation de sa rencontre avec Peter Brown.

Sa surprise fut de taille. C'est un homme sûr de lui, à la limite du mépris arrogant, qui déclina son offre, comme oublieux du fait qu'il avait encore besoin d'elle pour accéder au bureau de Peter puis à la table du comité de direction de la Richardson Brown. Soit cet homme était un piètre tacticien ou il était diablement sûr de son coup. Liane opta pour la facilité en adoptant une approche conciliatrice. Elle insista, argumentant qu'il lui manquait encore quelques détails afin de brosser un portrait encore plus élogieux du candidat parfait, c'est-à-dire le sien. Ron s'échauffait et son ton dur n'était plus raccord avec son personnage de martyr écologique, lâchement délaissé par sa femme cupide, prêt à immoler ses principes et à reprendre du service auprès des agents du capital pour le bien de sa fille chérie.

De dignement désespéré, il était devenu positivement agressif et prétentieux.

– Que se passe-t-il Liane, vous avez des problèmes avec mes références ?

Liane dut se mordre les lèvres pour ne pas lui rétorquer que, en effet, elle en avait, à commencer par le fait qu'aucune d'entre elles n'était authentique et que le reste de son curriculum vitae était une pure fabrication.

Elle choisit de poursuivre dans le registre factuel, lui dressant une liste sommaire des informations qu'elle souhaitait clarifier avec lui mais il la coupa net :

– Je n'aurais jamais cru qu'un recruteur de votre acabit puisse avoir oublié de s'assurer de ces points importants lors de notre première rencontre.

Il insistait sur le mot oublié, se voulant délibérément insultant.

Liane sentit une vague de colère monter en elle mais ce n'était pas le moment de faire son jeu. De toute évidence, il renâclait à la rencontrer à nouveau et cela voulait dire une seule chose : il se méfiait d'elle.

– Ron, je vous sens agacé alors qu'il n'y a pas de raison. Vous êtes mon candidat favori, vous le savez. Mais vous êtes la Cendrillon de ma liste d'invités et je ne vous cache pas que Peter Brown n'est pas le Prince Charmant. Donc si vous voulez que je vous représente de façon à ce qu'il passe la pantoufle de vair à votre pied plutôt qu'à celui d'un des quatre autres candidats, nous devons nous voir.

Silencieux, il absorbait l'information : il était l'outsider dans un galop de cinq et donc, il avait encore besoin de la jeune femme.

Battant en retraite, il marmonna des excuses d'un ton rauque étreinte par l'émotion. C'était du grand travail d'acteur :

– Pardon Liane. J'ai mal dormi et ma fille me manque. Vous comprenez, j'en suis sûr. Je serai avec vous dans trente minutes, cela vous convient-il ?

– Je vous promets un bon thé ou un café chaud.

Liane raccrocha promptement pour se saisir de son portable crypté et appeler Gaspar :

– Je viens d'avoir une conversation bizarre avec le beau Ron. Tu files son portable, cela ne m'étonnerait pas qu'il passe un coup de fil urgent en ce moment.

Elle raccrocha, recherchant un peu de silence avant d'arriver à son bureau. À peine le lobby franchi, il y eut une vibration dans la poche latérale de son porte-documents, annonciatrice de nouvelles qu'elle brûlait d'entendre. Ayant à peine raccroché, Ron avait appelé un numéro crypté localisé à New York. En ce moment même, Ron était toujours en conversation avec son interlocuteur et les équipes de fins limiers de Gaspar tentaient de démasquer qui se cachait derrière cette mystérieuse adresse IP.

Liane remercia Gaspar lui faisant promettre de lui donner des nouvelles au plus vite. Elle avait des empreintes à relever sur un type qui l'utilisait et la prenait ouvertement pour une imbécile.

Liane disposa son bureau comme une scène de vaudeville, prête à interpréter son rôle de chasseuse de têtes enjôleuse mais professionnelle, une femme dont les hommes de pouvoir s'amusaient entre eux mais que les plus astucieux craignaient secrètement et à juste titre. Même si elle avait savouré dans de brefs moments d'illusion ce pouvoir de coulisses, il lui coûtait cher. La vie le lui rappelait à chaque fois qu'elle franchissait la porte du bureau pour rentrer chez elle, toujours le plus tard possible. Cruelles étaient la solitude des femmes comme elle et l'hypocrisie de ces hommes-là qui qualifiaient Liane et ses sœurs d'imbaisables alors que l'envie de prouver le contraire était chevillée à leur entrejambe.

Ayant fini sa joute verbale interne, Liane fit savoir à son assistante qu'elle se chargerait elle-même de servir les boissons et disposa tasses, soucoupes, cuillères et assiettes à gâteau impeccablement nettoyées de toute trace de doigt. Liane avait l'impression de jouer à la dînette avec ses gants de coton légers et son petit torchon. Elle s'amusait presque quand elle fut interrompue par l'appel de la réception. Barbie lui annonça toute frémissante que monsieur Del Toro était arrivé.

C'eut été ajouter le mensonge à la convoitise de nier qu'il était vraiment très beau même si cette fois-ci, elle ne manqua pas de remarquer son regard qui avait acquis une dureté qu'il cherchait à dissimuler sous une jovialité d'opérette.

– Liane, comme c'est aimable à vous de m'offrir le petit-déjeuner ! Alors comme cela vous avez des doutes sur ma personne ?

Il était nerveux, agressif. Préférant jouer en défense. Liane se récria :

– Ron, comment pouvez-vous dire cela ? Thé ou café ?

– Rien pour moi, merci.

Cela commençait mal, il allait falloir faire sortir le loup du bois. Elle exhala donc avant de le fixer de ses yeux chocolat au lait qu'elle savait rendre aussi rassurants qu'une sucrerie.

– Ron, vous savez que je rencontre Peter Brown cet après-midi et que je compte bien vous présenter comme mon candidat favori. Mais Peter est un homme très brillant, très snob aussi et il voudra tout savoir sur vos activités extra-professionnelles, vos passions, les clubs auxquels vous appartenez.

Ron, perché sur le bord du canapé, tapotait du pied nerveusement.

– Alors, vous m'avez fait venir pour parler de cela.

Il se relaxait déjà.

Le maintenant dans la chaleur douce et rassurante de son regard onctueux, la jeune femme continua à réciter son chapelet de demi-vérités. Bien sûr, les compétences techniques étaient une chose et dans son cas, c'était un acquis. Elle marqua une pause pour qu'il puisse goûter la saveur puissante de la flatterie dégoulinant le long de son ego surdimensionné. Elle reprit sur le ton de la confidence, le front plissé par l'inquiétude. Les erreurs de recrutement étaient presque toujours le fruit de divergences personnelles, une incapacité à établir des passerelles entre les individus, passerelles construites sur des intérêts, un parcours, des connaissances communes.

– En somme, si nous sommes du même monde et si je tiens correctement ma tasse de thé.

Ron était narquois, à présent.

Liane brûlait de l'inviter à cesser de faire sa mijaurée, à prendre sa maudite tasse de thé en saisissant bien l'anse et la soucoupe avec ses doigts de mec qui avait couru le monde et qui laisseraient de belles empreintes bien exploitables. Elle aurait bien substitué au thé une bonne lampée de ciguë mais elle choisit d'éclater d'un rire de pacotille en lui versant le chaud breuvage dans la tasse placée devant lui.

– Et bien justement, vous allez me faire une démonstration. J'imagine que les années passées en Asie ont fait de vous un amateur de thé averti. Je vous ai choisi un mélange dont vous me direz des nouvelles.

Elle lui tendit la tasse remplie jusqu'à la moitié du liquide vert jade ne lui donnant aucun autre choix que de s'en saisir.

Liane retint un profond soupir de soulagement et continua à flirter tout en subtilité.

– En attendant, parlez-moi donc de votre temps passé sur les bancs Harvard. Saviez-vous que Peter Brown en est un généreux donateur bien qu'il n'ait jamais réussi à y rentrer ?

La jeune femme accompagna sa pique d'un petit rire aigre de connivence. Ron avait bien appris sa leçon et déballa banalités sur banalités, critiquant tel club, encensant telle fraternité à laquelle le vrai Ron avait appartenu. Liane buvait ses paroles, tout en se pinçant virtuellement le nez tant elles avaient le parfum détestable du mensonge et se décida à accélérer les choses.

– Et vous croisiez parfois vos anciens camarades de classe ?

Ses yeux bleus dont il savait si bien jouer se rétrécirent, laissant Liane méditer sur la signification soudain moins poétique du terme : un regard assassin. Elle sentit qu'elle avait touché juste là où cela faisait mal.

– Bien sûr, ils sont légion dans les forêts indonésiennes.

Liane choisit de rire au trait car il le fallait.

– Mais vous en êtes sorti de ces forêts de temps en temps et pour notre bénéfice à tous. D'ailleurs ce week-end… Elle choisit d'étirer le silence jusqu'à ce qu'il se décide à reprendre la main.

– Quoi ce week-end ?

Il était prêt à se jeter sur elle comme pour l'étrangler mais son geste s'arrêta sur la tasse de thé qu'il serra à s'en blanchir les articulations avant de se reprendre et de poser brutalement sa soucoupe. Elle ne relâchait pas son emprise.

– Ce week-end vous étiez seul à New York, vous avez peut-être rencontré des anciens amis que vous auriez en commun avec Peter… Vous savez combien cela compte : les amis de mes amis sont mes amis… Vous connaissez l'adage. « D'autant plus qu'il se tenait la réunion des vingt ans de ta promotion d'Harvard, bougre d'andouille ». Elle se retint, elle n'allait quand même pas lui souffler son texte.

Lui s'énervait, froidement mais sûrement.

– Je sais que vous essayez de renforcer ma candidature mais vous devez comprendre que je ne suis pas d'humeur sociable en ce moment.

Liane inclina la tête en signe d'approbation et le remercia pour son temps, l'assurant qu'il ne pouvait pas avoir de meilleur avocat dévoué à sa cause qu'elle-même.

Même si avec Peter, ce n'était jamais gagné… Ajouta-t-elle, en levant les yeux au ciel

Elle le raccompagna à la réception en échangeant platitudes et confessions anodines sans avoir omis de faire signe à son assistante de ne laisser entrer personne dans son bureau. Elle avait sué pour obtenir ces empreintes et la scène du crime devait être isolée. Tout le monde savait cela depuis que les télés diffusaient à la chaine les séries d'experts criminels.

C'est un Ron redevenu le charme fait homme, qui lui baisa le bout des doigts devant les ascenseurs tandis qu'elle lui promettait de l'appeler dès son entrevue avec Brown terminée.

Il lui fallait à présent évacuer rapidement les pièces à conviction avant ce qui promettait d'être une robuste session avec Brown. Elle envoya un SMS à Xeo pour lui annoncer la bonne nouvelle : il pourrait bientôt commencer ses analyses et même plus tôt que prévu. Se saisissant de sa veste et gantée, elle introduit tasse et soucoupe dans le plastique à zip qu'il lui avait remis au matin. La marche pour le rejoindre lui ferait le plus grand bien, tant elle avait besoin de réfléchir à la stratégie pour garder Peter Brown hors des griffes de Ron Del Toro. Sa conscience professionnelle lui dictait de ne pas recommander cet homme dont elle ne connaissait rien, jusqu'à son nom, et surtout ses véritables intentions.

Mais si elle sortait de la réunion sans avoir obtenu un rendez-vous auprès de Peter Brown, cela éveillerait les soupçons car, sur le papier, Ron et Peter étaient faits pour s'entendre. Vu la colère et la détermination qu'elle avait lues dans le regard de Ron quand elle avait eu le malheur de le questionner d'un peu trop près, lui refuser l'accès à Peter Brown pourrait attirer de gros ennuis à Liane.

CHAPITRE 16

Xeo et elle avaient convenu de se retrouver dans l'épicerie installée au coin de la 44e Rue et de la Troisième Avenue, afin de se noyer parmi les New-yorkais qui prenaient leur nième café de la journée.

L'épreuve d'obstacles que constituait la commande d'un café, fort ou décaféiné, au lait végétal ou animal, écrémé ou entier, avec véritable sucre ou son ersatz, aromatisé au caramel ou à d'autres saveurs improbables, demandait un effort surhumain de concentration de la part des deux parties adverses campant de chaque côté du comptoir. Le barista, qui devait être un membre de Mensa, restituait la liste longue comme le bras des ingrédients requis à un client dont le but déclaré était d'atteindre un tel niveau de complexité dans sa requête que l'employé serait poussé à la faute. La boisson n'en serait pas meilleure mais la satisfaction sadique d'être un emmerdeur exigeant n'avait pas de prix.

Au milieu de ce match sans merci, les deux Français auraient pu se livrer à une étreinte passionnée à même le sol entre les tables, personne ne s'en serait rendu compte. Xeo dénotait parmi les mâles apprêtés qui faisaient la queue, indifférents à la beauté travaillée des femmes autour d'eux. Les new-yorkais ne regardaient pas leurs congénères féminines tant elles étaient pléthore à se battre pour l'attention des quelques mâles libres et sains d'esprit qui résidaient encore à l'état sauvage à Manhattan. Lui, Xeo était beau, brut, et différent. Ses regards étaient sans filet, on y plongeait sans savoir si on allait s'envoler ou s'y ramasser.

L'entrevue fut courte puisqu'elle était supposée être le fruit du hasard. Si Liane était surveillée, il était inutile d'entraîner son comparse avec elle.

Le sachet passa mystérieusement de son sac au sien. Xeo aurait fait un fantastique pickpocket. Elle avait espéré qu'il lui murmure doucement « à ce soir » mais ces mots, même chuchotés, pouvaient les trahir. Elle remarqua d'ailleurs un geek à capuche qui s'était assis à deux pas d'eux et qui semblait s'intéresser plus que de raison à la décoration du boui-boui qu'il balayait discrètement mais méthodiquement avec son téléphone. Grandir dans une banlieue l'avait rendue observatrice en plus d'avoir exacerbé son sixième sens qui lui fit lire dans la furtive pression de Xeo sur son bras : il me tarde de te retrouver dès ce soir… Mais, ce n'était pas la première fois que son imagination prenait le dessus, ces derniers temps.

Le reste de la matinée fut dédié à la préparation du rendez-vous de l'après-midi. Hannah et Debrah, sous couvert de venir s'enquérir de son insolente bonne santé, vinrent s'assurer que la poule aux œufs d'or allait bientôt pondre… Si Peter Brown acceptait de recevoir les candidats que Liane avait sélectionnés, un tiers des honoraires fixes serait facturé, soit la somme considérable de trois cent mille dollars dont quelques miettes dorées viendraient garnir leurs escarcelles siglées. Cela en ferait des seringues de Botox à se mettre sous la peau et des kilomètres de shopping à abattre. La Cinquième Avenue n'aurait qu'à bien se tenir ! Les vilaines sœurs de Cendrillon tentèrent maladroitement de lui soutirer les noms des heureux élus inclus sur la liste, noms qu'elles auraient été assez sottes pour laisser filtrer contre la promesse de quelques photos accompagnées d'articles de presse élogieux à leur égard. Liane leur promit la primeur de l'information dès son retour, et les renvoya à leur niche.

Parfois, elle se sentait seule et la nausée lui monta aux narines devant le cirque des faux-semblants, ce jeu de miroirs qu'était devenu sa vie. Avant, elle l'avait non seulement toléré mais encouragé. Elle avait été une maîtresse de l'illusion car elle aimait le pouvoir. On parlait de son ivresse mais nul ne mentionnait jamais la gueule de bois qui immanquablement venait l'accompagner ? Ses boyaux se tordaient, la nourriture la repoussait. Par le passé, c'était le trac, l'appréhension du boxeur qui entend les clameurs autour du ring. Elle aimait combattre car il fallait en passer par là pour gagner. Aujourd'hui, elle était submergée par le dégoût de ce qu'elle était devenue, de la situation dans laquelle elle se trouvait et du dilemme qui s'offrait à elle.

Protéger Peter Brown, c'était protéger une ordure bien née mais une ordure tout de même, qui avait semé le chaos dans plus d'une république endettée et serré la vis budgétaire à plus d'un peuple. Lâcher Del Toro dans l'arène, c'était enclencher le démarreur d'une machine infernale dont elle ignorait la cible et la capacité à nuire. Peste ou choléra.

Peter Brown la reçut dans son bureau, cette fois-ci. Des décors comme ceux-là, elle en avait déjà vu des dizaines, soit dans les mauvais films censés représenter le monde de la finance ou dans les bons vieux James Bond époque Roger Moore. À cet instant, la caricature hollywoodienne rejoignait la réalité. Deux cents mètres carrés de plateau avec de vertigineuses baies vitrées qui semblaient se mesurer à la Freedom Tower et au cœur duquel un bureau en demi-cercle avait été téléporté depuis le poste de commandement du vaisseau amiral d'un feuilleton de science-fiction. Disséminés autour de la pièce, des totems de plexiglas flashaient des indices boursiers suivis d'images de chaîne d'information. La moquette profonde et d'un blanc surnaturel rappelait Belle, le berger des Pyrénées, dont une meute complète avait dû être sacrifiée afin que l'héritier de l'empire Brown puisse réaliser le prodige de la fouler aux pieds sans y laisser aucune trace. D'autres avaient bien marché sur l'eau. Liane se dit qu'elle aurait dû apprendre à léviter si elle ne voulait pas y imprimer la trace indigne de son plébéien escarpin. Un bouquet d'orchidées princier venait donner une touche de raffinement à l'ensemble. Peter Brown voulait impressionner et c'était là une façon comme une autre de marquer son territoire. Certainement plus hygiénique mais beaucoup plus coûteuse que de frotter son derrière contre les murs.

Ses cheveux, si blonds, peignés en arrière, se fondaient avec son teint pâle que quelques tâches de soleil venaient marquer. Complétant le tableau de l'aristocrate du Nouveau Monde, un costume anglais bleu marine, juste trop court comme il se doit, avait trouvé sa place sur ses larges épaules. Liane en venait à prier pour qu'une faute de goût, une toute petite touche personnelle, vienne donner un soupçon d'imperfection et donc d'émotion à l'ensemble. Peter Brown sortit de derrière son bunker-bureau pour lui indiquer deux sofas de cuir blanc qui se faisaient face à face.

– Liane ma chère, bienvenue dans la salle des machines. Prenez le sofa qui vous convient.

Elle détesta cette mise en scène faussement désinvolte : le canapé, la table basse avec le plateau ancien en argent et la pose détendue sur le ton « causerie au coin du feu » qui invitait à s'abandonner alors que c'était tout le contraire auquel il fallait se préparer.

– Merci Peter. Quelle splendeur ! La vue est vraiment de toute beauté.

Peter avait pris place face à elle et elle le devinait au comble de l'impatience, les babines retroussées et les yeux brillants.

– Alors ma chère, avez-vous trouvé la perle rare ? Vous savez combien j'attends de vous.

Peter était de ceux qui croyaient aux vertus de la coercition et de la mise sous pression, celles-là mêmes qu'avaient dû utiliser son père et son grand-père avant lui. C'est-à-dire qu'il pratiquait un type de management macho bientôt révolu, si on n'en croyait les idéalistes qui peuplaient les écoles de commerce.

– Peter, le recrutement de hauts dirigeants n'est ni de la magie noire, ni la chasse au trésor des pirates… Voulez-vous que je commence par vous montrer notre cartographie du marché ?

Elle se saisit du pavé qui contenait tous les directeurs financiers dignes de ce nom sur la planète. Ses deux cents pages avaient tenu éveillées et conduit au bord de l'épuisement quatre équipes de recherche soit vingt jeunes collaborateurs dont elle, l'associée star du cabinet, respectait et mesurait le travail.

Mais, ce n'était pas le cas de Peter qui avait l'habitude que la basse besogne soit exécutée loin de son regard sensible.

– Vos méthodes ne m'intéressent pas. Je veux le résultat.

– Vous ne voulez pas vous assurer que nous avons fait le tour complet du marché ?

Il devenait rouge à l'encolure et perdait en superbe. Liane gagnait du terrain.

– Non, c'est votre problème. Les noms de vos meilleurs poulains, maintenant !

Elle rangea le pavé dans son sac avec autant de lenteur que permise pour en sortir… Elle hésitait encore : quatre ou cinq dossiers ? Si elle écoutait le dégoût qu'il lui inspirait, elle en sortirait cinq. Si c'était son professionnalisme qui prenait le dessus, il n'y en aurait que quatre, au risque de prendre Brown de face et d'avoir d'autres soucis plus coriaces tels que gérer sa frustration et le courroux qui allait en découler.

Une demie seconde et sa nature reprit le dessus. Elle sortit quatre dossiers et commença à les passer en revue. Ils étaient remarquables, hommes et femmes d'origines toutes différentes avec des pedigrees impressionnants et des curriculums vitae longs comme le bras. Peter l'écoutait posément sans l'interrompre avec ses commentaires dédaigneux. C'était suffisamment inhabituel pour qu'au bout d'un moment cela ne commençât à l'inquiéter. Son corps était raide, impassible mais ses yeux racontaient une autre histoire. On aurait dit un cobra prêt à se déployer sur une proie.

Liane poursuivit, ses sens aux aguets.

– Annie Ping est une Américaine d'origine chinoise, directrice financière de la Bourse de Shanghai où elle jouit d'une réputation de remarquable intégrité. Elle est diplômée de Stanford, major de sa classe, et membre du conseil d'administration de trois œuvres caritatives dédiées à l'enfance dans les pays émergents.

– Montrez sa photo.

Il la lui arracha puis l'abattit sur la table comme une mauvaise main dans un jeu de poker qui aurait, soudain, tourné à son désavantage.

– Ping ou plutôt pig. C'est un thon ! Vous voulez que j'aie ce boudin sous les yeux tous les jours ? Un coup à tourner casaque, cette bonne femme !

Brown avait franchi les limites de l'indécence. Il continua pourtant :

– Cela fait trente minutes que vous me bassinez avec vos quatre Messieurs et Mesdames parfaits, les enfants naturels de Mère Teresa et d'Albert Einstein qui auraient été séparés au berceau.

Il fit signe d'étouffer un bâillement.

– Vous m'ennuyez ! Je ne vous paye pas pour me trouver la perfection mais mieux que cela, l'extraordinaire.

Il frappa à la table du revers de la main et ânonna « extra-ordinaire, au-delà de l'ordinaire ». La rage le gagnait.

– Si vous n'avez rien de mieux à présenter, je vous conseille de quitter cette pièce avant que je ne vous jette moi-même dehors.

Aurait-il parlé ainsi à sa mère, à sa sœur, à sa fille ou à un autre homme ? De plus, sans témoin, rien ne semblait pouvoir endiguer sa violence alors qu'il se saisissait du poignet fin de Liane et le serrait de plus en plus fort. Cet homme-là battait sa femme, Liane en était convaincue à présent. Sa décision s'imposa naturellement et elle fut instantanée. Peter Brown et Ron Del Toro se méritaient et elle n'avait plus aucun scrupule à les jeter dans les pattes l'un de l'autre. Il la devança en lui hurlant au visage :

– Et Ron Del Toro, cela ne vous dit rien, bien entendu. Tout le monde en parle, sauf vous et vos gratte-papiers incapables.

Elle remportait la manche avec plusieurs coups d'avance mais malheureusement elle aurait peu de temps pour savourer sa victoire.

– Lâchez-moi, Peter Brown. Vous devriez savoir que le poker se joue avec cinq cartes.

En un geste, le dossier Del Toro était passé du classement vertical des oubliettes aux mains de Peter qui semblait pris de la fièvre de l'or, feuilletant fébrilement le contenu de la chemise cartonnée. Des perles de sueur venaient à son front et il en bavait presque.

– Un dieu ! Un être supérieur et quel physique, bégaya-t-il.

– Mon cinquième candidat, Ron Del Toro, a toutes les qualités plus ou moins une. Cela dépend de la façon dont on se place.

Il éluda le commentaire de la jeune femme d'un geste de la main mais cela ne l'empêcha pas de poursuivre.

– Ron Del Toro est un parfait inconnu sorti de nulle part, Peter. Cela ne vous fait pas peur ?

Elle jouait avec délectation sur la corde sensible.

– Peur, moi ? Sachez que ce qui me sépare du commun des mortels c'est ma capacité à reconnaître la pépite quand vous ne voyez que de la boue. Je veux voir ce Ron Del Toro dans mon bureau demain à la première heure. S'il me plaît, je lui fais faire le tour de mon conseil d'administration dans la journée. Après cette simple formalité, il ne quittera pas ce bureau sans avoir signé son contrat. Demain soir, le soleil se couchera sur ma banque et son nouveau directeur financier. Les autres seront verts de rage !

– Pardon, Peter. Quels autres ?

Il se rengorgeait maintenant et s'il avait été la grenouille de la fable, il aurait été sur le point d'imploser.

– Mon ami Paul Habber m'a confié en secret que Ron avait déjà été approché par trois autres banques, rien que sur Wall Street. Ça vous en bouche un coin ?

Que Paul Habber mente comme un arracheur de dents n'était pas nouveau. Mais pourquoi s'était-il donné la peine de vendre ce bobard à ce fils à papa qu'il abhorrait. Peter, soudain inquiet, se dégonflait à vue d'œil.

– Et puis zut. Paul m'avait fait jurer de ne rien dire.

Et voilà, de la grenouille on était passé au corbeau et ce dernier venait juste de lâcher son fromage. Pris en défaut, il se leva promptement et hâta de la reconduire à la porte.

– Pour notre petit différend, tout à l'heure. Cela reste entre nous.

Elle ne se donna même pas la peine de lui répondre. Ron serait dans son bureau demain matin à sept heures.

Ce ne fut qu'arriver au bas du building qu'elle se dissimula pour éteindre le magnétophone digital de son téléphone. Sa conversation était déjà au chaud dans la mémoire d'un des nombreux serveurs de Gaspar à Paris. C'était sa petite assurance s'il devait un jour lui être reproché d'avoir introduit un requin parmi les loups.

Suivant le couloir de marbre noir, elle trouva refuge dans le sanctuaire pharaonique des toilettes pour dames de la Richardson Brown. Parfums rares, échantillon de maquillages à la mode, lotions pour les mains divines, on se serait cru dans une boutique de cosmétiques sur les Champs-Élysées.

Ce dont elle avait vraiment besoin, c'était de se passer de l'eau fraîche sur le visage, dans un rituel de purification. Salie et épuisée, elle s'enferma dans un box puis s'affaissa sur le sol dans un repli fœtal, redevenant l'adolescente différente, malmenée par les petites frappes de son collège miteux, que Baptiste venait immanquablement sauver après avoir fracturé quelques nez en chemin.

Elle puisa dans ses dernières ressources pour passer un appel à Ron, le félicitant d'être le candidat favori et le conviant à se présenter auprès des bureaux de Peter Brown dès le lendemain, aux aurores. Elle s'abstint de lui dispenser les conseils d'usage sur sa tenue, ce qu'il lui faudrait dire et surtout taire. Il était un comédien né qui connaissait sur le bout des doigts un script que quelqu'un dans l'ombre écrivait pour lui. Il ne parut pas surpris de son succès. Passer en l'espace de quelques jours du dénuement d'une hutte rudimentaire aux couloirs du pouvoir de Wall Street, voilà qui lui semblait normal. Il s'auto-congratula sans fausse modestie, faisant prévaloir son ego sur les exigences de son rôle d'éco-warrior réformé qui aurait requis un peu plus de retenue.

Pressée d'en finir, elle lui raccrocha littéralement au nez et décida que pour une fois, elle ne rentrerait pas au bureau. Un ping sonore lui annonça l'arrivée d'un message. C'était sa mère qui avait senti à distance son désarroi. Comment se faisait-il que des chercheurs à travers le monde travaillaient d'arrache-pied pour concocter de nouveaux moyens pour optimiser la vitesse à laquelle l'information circulait alors que n'importe quelle mère digne de ce nom recevait en cadeau à l'arrivée de ses petits un système high-tech de repérage télépathique. Le message ne comportait que deux photos accompagnées de deux légendes succinctes que la jeune femme détailla, incrédule. La nausée fut instantanée tandis que son estomac se tordait avant de repartir pour un tour. Juste à temps, elle se pencha sur la cuvette des toilettes, incapable de retenir plus longtemps l'horreur et le dégoût qui l'étouffaient.

CHAPITRE 17

Ce fut le bruit du balai qui frappait avec insistance contre sa porte tandis que la dame pipi commençait à s'inquiéter de son silence, qui la fit sortir de sa torpeur. Elle quitta son refuge en s'excusant avant de gagner la sortie où l'air frais acheva de la ramener à elle.

Elle attrapa un taxi à la banquette collante et au parfum de riz frit de provenance inconnue mais indubitablement douteuse. Elle fit glisser la petite vitre en plexiglas qui la séparait du chauffeur qu'elle n'avait même pas salué. Elle s'en excusa avant de lui demander de la conduire au coin de 47e Rue et de Park Avenue.

– Faut pas t'excuser, Madame. On dirait que tu reviens du pays des nzumbe.

À sa licence qui était accrochée sur le tableau de bord, elle vit qu'il était aussi haïtien. Son sourire franc démentait la réalité de sa vie new-yorkaise où les riches et les pauvres cohabitent en faux frères jumeaux sans jamais franchir la frontière qui les départageait. Il l'avait regardée, observée puis déchiffrée tout en la conduisant. Elle n'avait même pas jeté un regard sur lui, lui ou un autre. Car ces êtres humains-là étaient interchangeables n'est-ce pas ? Honteuse mais épuisée, elle ne prétendit même pas vouloir se donner bonne conscience en entamant un brin de causette faussement intéressée. Elle baissa simplement les yeux en le remerciant mais en français, cette fois-ci.

Arrivée en bas du bureau de Xeo, elle l'appela au téléphone sans trop savoir quoi lui dire. Ce fut le son de sa voix qui prit la parole et il sut, rien qu'à l'entendre murmurer son prénom, la mesure des émotions qui la traversaient.

– Donne-moi deux minutes, Liane et j'arrive. On rentre à la maison.

Quelques minutes plus tard, il avait quitté son bureau et se tenait déjà devant elle. Se saisissant de son porte-documents avec les précieux dossiers de candidature, il les fourra dans un sac à dos de toile qu'il accrocha à son épaule. Puis visant ses escarpins, Il déclara qu'une nouvelle paire de baskets s'imposait.

– On va marcher jusqu'à l'appartement. Ce sera mieux pour parler, je crois ?

Elle trouva la proposition saugrenue jusqu'à ce qu'elle remarque que c'était un de ces jours du début de printemps comme il y en avait peu à New York. Les couleurs soudain plus vives mais encore délicates et la brise presque tiède étaient un soulagement après la gifle hivernale. Tout était subtilité et première fois, avant que ne s'installe l'été dans toute son évidence.

Elle lui sourit, faiblement mais assez sans doute pour qu'elle espère qu'il ne remarque pas ses yeux passagèrement brouillés.

Au coin de la rue, sur la Cinquième Avenue, une chaîne de magasins à la devanture tapageuse offrait les dernières baskets à la mode dans un antre aux relents pétrochimiques alimenté d'une sono diabolique. Ella saisit la paire la plus anodine et comme la jeune vendeuse s'extasiait sur ses escarpins, elle lui en fit cadeau. C'était bien la moindre des récompenses, pensa-t-elle, pour passer dix heures par jour dans le temple de la manipulation commerciale où elle-même avait peiné à passer plus de cinq minutes. De plus, le nouveau directeur de cette enseigne avait été nouvellement recruté par Morgan Richfield et d'après ses informations, les choses n'allaient pas aller en s'améliorant pour la petite vendeuse. Elle userait sa joie de vivre à débiter du chiffre, des produits dont chaque composant était une insulte à la planète jusqu'à ce qu'un jour, elle soit remerciée. Enfin personne ne la remercierait vraiment. Fanée, elle serait virée, tout simplement.

– Désolé de t'arracher à tes rêves mais nous avons la moitié de Manhattan à descendre et de nouvelles baskets à roder.

Dehors, le contraste sonore du ronronnement des V8 des taxis apaisait l'âme, rappelant que Manhattan pouvait parfois être une ville plus humaine, plus en paix que Londres la rockeuse ou Paris la râleuse.

Entamant leur périple vers le sud, ils rejoignirent Park Avenue par la 40e afin d'éviter Grand Central et sa ruée de banlieusards aussi impitoyables que les troupeaux de leurs ancêtres pionniers. Traversant Madison Avenue, Park Avenue face à eux était une promesse dont le charme devait plus à quelques mesures de Cole Porter qu'à son tarmac défoncé et à son enfilade de boutiques crasseuses.

À côté de Xeo dont les cheveux toujours rebelles accrochaient les reflets du soleil de fin d'après-midi, Liane se sentait légère et sans attache, juste portée par ses pas, ses pensées enfin vacantes. Elle aimait la personne qu'elle était en compagnie de cet homme et cette pensée lui était suffisamment étrangère pour qu'elle ne sût qu'en faire.

Sur la 34e, la marée jaune des taxis progressait dans une impatiente lenteur vers Madison Square et son tohu-bohu de couleurs électriques qui allaient, à la nuit tombée, maquiller son affligeante indigence architecturale. Liane paria pour un crochet par le ravissant parc de Madison au pied du Flatiron mais Xeo bifurqua sur la 23e vers le petit square de Gramercy. Tout sourire, il lui indiqua du menton un café qui ne payait pas de mine : vitres fumées à la crasse, odeur de graillon et personnel d'importation clandestine. C'était, lui annonça-t-il alors qu'elle marquait un temps d'arrêt, des Kashmiris qui servaient le meilleur chaï de Manhattan. C'était, lui avait-on soufflé, la boisson préférée de Liane qui était plutôt habituée à la version très sucrée que dispensaient les chaînes commerciales.

Riche en épices, adouci au miel, ce chai-là était un voyage en lui-même. Xeo lui proposa de s'asseoir en terrasse. Son visage qui affichait une totale relaxation contrastait avec son regard sans tain qui voyait tout mais ne montrait rien. Cet homme énigmatique n'offrait qu'une terre de contrastes. Liane avait pour métier l'archéologie des âmes. Elle découvrait les hommes avec la précaution qui sied à ce qui est enfoui depuis longtemps, les révélait à la lumière de ses inquisitions puis les parcourait à livre ouvert. Xeo lui savait l'éviter. Il ajusta ses lunettes de soleil que les reflets à présent cuivrés du soir ne justifiaient en rien. Cela promettait un beau jeu de cache-cache verbal auquel elle n'était pas prête à se livrer. Elle se laissa absorber par les délices de son breuvage et décida de garder le silence.

Xeo prit les devants en se saisissant des reines de la conversation.

– Tu me racontes ou je dois te poser des questions idiotes ?

– Comme quoi ?

– As-tu passé une bonne journée, ma chérie ?

– Xeo, enlève tes lunettes ou je ne te réponds pas. J'ai besoin de voir tes yeux, j'ai besoin que tu les habites et que tu me donnes un regard franc. Qui sait même pourrais-tu entrouvrir une petite fenêtre sur toi. Pas le miroir que tu me tends là. Je m'en fous de me contempler dans ta sollicitude. Je veux savoir si je te touche.

La toucher, Xeo semblait troublé par le double sens involontaire qui avait conclu le monologue de la jeune femme. Il s'essaya à un sourire ironique qu'il gomma aussitôt, le moment ne s'y prêtait pas.

Lentement il détacha les lunettes de soleil de son visage et, tout en évitant de croiser son regard, les replia et les rangea dans leur étui qu'il glissa dans son sac à dos. Ses yeux se posèrent avec une infinie douceur, celle d'une aile poudrée de papillon, dans ceux de Liane. Ils avaient des couleurs de Mer du Nord un jour d'hiver gris et sans soleil et ils parlaient avec une indicible tristesse.

D'une voix toujours aussi calme et posée, Xeo commença :

– Commence, s'il te plaît. Que s'est-il passé aujourd'hui pour que tu viennes me chercher ?

Liane fourragea dans sa poche pour en sortir son portable, tapota rapidement pour retrouver le message qu'elle n'osa regarder à nouveau de peur que son cœur ne puisse plus repartir cette fois.

– C'est un message de Mathilde ?

Liane lui fit signe de l'ouvrir. Sur l'écran apparurent des photos de sa mère, toute capeline au vent, dans son jardin. Xeo se dit que la mère de Liane était sans doute la seule femme qui jardinait en robe longue, bêche à la main.

– Ma mère a acheté cette robe hier. Elle m'en parle depuis des semaines et je lui ai déjà dit cent fois que je la lui offrais. Mais, bon, tu ne connais pas encore ma mère, mais elle a attendu que la boutique lui fasse une remise pour se gâter. Elle était tellement contente qu'elle a presque dormi avec et comme tu vois, elle bêche avec. Mais ça, c'est ma mère !

Liane se perdait, ses yeux s'embuaient. Xeo lui prit la main, la pressant de continuer.

– Cette photo a été prise de ma chambre, Xeo. Tu ne comprends pas ! Quelqu'un est rentré chez ma mère, est monté dans ma chambre, a fait le job et s'est servi de son ordinateur à elle pour m'envoyer ces clichés. Et si tu regardes bien, tu verras au fond là à droite dans les buissons un drôle de reflet.

Sa voix se cassa avant de disparaître au fond de sa gorge.

Xeo continua, comme s'il se parlait à lui-même.

– C'est une arme avec un viseur type…

– Je m'en fous du type. Un lance-roquettes ou un canif, je m'en fous. Je veux juste protéger ma mère.

– Je vais appeler Gaspar pour qu'il la prenne sous sa protection.

– Ils n'attendent que cela. Ma mère sera l'appât avec lequel ils trouveront le quartier général de Gaspar et alors, adieu preuves et protection. Ils auront le champ libre. Non, on va la cacher en pleine lumière, où elle ne se doutera de rien et où elle aura une protection digne d'un chef d'État.

– Baptiste ?

– Baptiste l'adore. Conseillère spéciale en charge des séniors auprès de notre futur secrétaire d'État préféré.

– Tu n'es pas sérieuse.

Il lui sourit avec une infinie tendresse tout en lui donnant son téléphone crypté. Cinq minutes plus tard, l'affaire était entendue et Madame Mathilde Montigny, retraitée des assurances et âgée de soixante-neuf ans, était dûment nommée auprès du secrétaire d'État Baptiste Mendez. Le Président que l'on accusait de jeunisme, avait donné son accord ravi de l'aubaine. La gendarmerie de Vétheuil était déjà chez elle et un sympathique officier l'aidait à faire ses valises pour l'expédier, dès cette tâche sisyphéenne accomplie, vers la grande ville.

Une demi-heure, pas plus, s'était écoulée et l'affaire était réglée. Xeo demeurait sans voix, admiratif, et il s'apprêtait à se lever quand Liane l'arrêta net.

– Minute papillon. À mon tour, s'il te plaît. Allons droit au but. Comment as-tu rencontré Baptiste.

– Tu veux savoir s'il y a quelque chose entre Baptiste et moi, maintenant ? C'est une drôle d'idée ! Pour des raisons qui devraient t'être évidentes. Pourquoi veux-tu que le garçon le plus gay de Paris se mette en couple avec moi ? J'ai rencontré Jeffrey sur les bancs de Sciences-po dont il venait tout juste de prendre les rênes. Tout comme pour la vénérable institution, il a mis de la couleur et du sens dans ma vie. Il m'a ouvert la voie qui est la mienne aujourd'hui. Plus tard, j'ai eu le privilège de devenir l'avocat de Baptiste ainsi que celui de Gaspar. Mais cela, tu le savais déjà.

Puis, changeant de ton, il lui prit le bras.

– Tu me racontes ta journée en marchant car nous ne sommes pas encore arrivés et je sens que Gaspar a des nouvelles pour nous.

Le temps fila alors que Liane lui racontait dans les détails les caprices de diva de Ron Del Toro et la violence contenue du gosse de riche qu'était resté Peter Brown. Une fois dépassé Stuyvesant Square, ils s'apprêtèrent à passer les limites du East Village et à entamer leur descente vers l'Avenue.

Au coin de la 14e, Liane ressentit la palpitation familière de la bourgeoise se faisant peur alors qu'elle franchissait la frontière qui délimitait Alphabet City, le royaume du non-droit. Quand elle était arrivée à New York en 1990, ce coin était un véritable taudis, un coupe-gorge où le crack faisait la loi. Les poubelles en lieux de brasero offraient un peu de chaleur aux junkies débraillés qui avaient échangé leurs dernières paires de chaussures contre un shoot de crack. C'était d'une saleté repoussante et certains murs portaient les traces des tirs de bazooka au travers desquels on voyait les squatters fumer la pipe infernale.

Perdue dans ses souvenirs, Liane ne vit pas arriver l'énorme SUV noir qui dévala la rue avant de franchir le coin de trottoir où elle se tenait en attendant de pouvoir traverser. Xeo qui s'était éloigné pour consulter son portable à l'ombre d'une devanture eut juste le temps de se jeter sur elle pour la tirer contre lui. L'énorme poubelle de métal, derrière laquelle ils avaient trouvé refuge, prit l'impact du véhicule à leur place. Déjà les badauds se précipitaient tandis que le chauffard semblait prendre la fuite. Liane eut alors la distincte impression qu'il s'apprêtait à faire marche arrière pour, à nouveau, leur foncer dessus.

Dans un rugissement de rage, le propriétaire barbu et tatoué de la boucherie située juste en face de la scène se jeta sur la vitre du conducteur, une hache à incendie à la main, l'empêchant de poursuivre sa manœuvre sans pouvoir prévenir sa fuite. La police fut là en quelques minutes, prenant les témoignages, relevant les débris. Liane refusa l'ambulance que les officiers lui proposaient, désireuse de se mettre à l'abri chez Xeo qui ne disait mot.

Ce fut donc accompagnés de deux beaux colosses du NYPD qu'ils rejoignirent Saint Mark's Place dans une voiture dont la sirène hurlante offrait un saisissant contraste avec leur silence, mains entrelacées.

CHAPITRE 18

– Liane, va prendre une bonne douche. Je suis vraiment désolé pour tes vêtements. Je les ai ruinés. Xeo arrêta d'avancer sur la planche des platitudes avant de se jeter à l'eau.

– C'était un accident, tu sais.

Liane prit une bouffée d'air qu'elle relâcha lentement. Elle ne voulait pas hurler que cela faisait déjà son deuxième « accident » et que cela faisait beaucoup pour une seule vie.

– Xeo, tu m'as sauvé la vie. Même si je te dois une reconnaissance éternelle, cela ne te donne pas le droit de me prendre pour une idiote avec mon consentement. De même que quelqu'un qui se suicide le fait rarement en se tirant une balle dans le dos, un chauffard qui perd le contrôle de son véhicule ne fait pas marche arrière pour foncer à nouveau sur son innocente victime. C'était un contrat sur ma tête, exécuté moins d'une heure après que nous ayons réussi à mettre ma mère à l'abri. Quelle coïncidence, tu ne trouves pas ?

Sa voix se perchait dans les aigus si bien que Xeo n'eut d'autre choix que de se taire, ne pouvant se résoudre à lui dire ce qu'elle exigeait d'entendre. Il avait juste espéré qu'elle ne s'en rendrait pas compte. Bien sûr, ce n'était pas un accident, ce n'était même pas une menace, une simple mise en garde. C'était une tentative de meurtre tout ce qu'il y avait de plus froid et calculé.

Liane espérait que la douche la ferait disparaître, tel un bonhomme de sable lessivé et aspiré par le flot de l'eau. Elle voulait se dissoudre dans l'éther, éternelle petite particule qui égraine mais ne connaît pas le temps. Elle avait jouté contre les hommes de pouvoir, brutaux sous leurs dehors raffinés, déjoué les coups de Trafalgar de collègues ivres d'envie et de celui dont elle se croyait le grand amour et qui l'avait traitée ultimement comme une vulgaire courtisane avant de la priver de tout espoir de pouvoir aimer à nouveau. Où allait-elle trouver la force de continuer ? Elle tremblait a posteriori, les images du SUV surgissant sur le mur de sa mémoire en flashs terrifiants. Ses larmes se mêlaient au ruissellement des eaux de New York. Elle s'écroula dans un coin de la splendide douche italienne de marbre noir qui aurait fait un très beau mausolée.

Elle ne sut combien de temps dura son délire, suffisamment pour décompenser, s'absenter du monde pour mieux lui faire face. Elle n'était peut-être qu'un grain de sable qui s'était glissé au cœur d'une machination pour laquelle elle était devenue une menace suffisamment sérieuse pour vouloir la supprimer, mais elle était d'un sable dont on faisait du béton, pas des châteaux.

Elle prit place sur le sofa aux côtés de Xeo noyée dans un des nombreux T-shirts noirs de ce dernier, les cheveux mouillés et sans fard, faisant face à l'écran où Baptiste s'était invité aux côtés de Gaspar. L'humeur était sombre et les visages parlaient quand les bouches s'apprêtaient à mentir. La jeune femme décida de rompre le silence.

– Si c'est moi que vous enterrez, il va falloir attendre un peu. Mais nous n'allons pas nous le cacher, il s'en est fallu de peu. Ce n'est pas comme si les galères nous étaient étrangères mais celle-ci dépasse tout ce que nous avons connu à ce jour. À chaque fois, nous nous en sommes sortis grâce à nos super-pouvoirs : la force de frappe brutale de Baptiste, les capacité et rapidité d'analyse de Gaspar et…

– Ton intuition de diseuse de bonne aventure.

Les deux hommes complétèrent avant de succomber à un rire franc auquel Liane se joignit de bon cœur.

– Xeo, toi qui es notre petit nouveau, quels sont tes super-pouvoirs ?

L'œil de Xeo était aussi sombre que ses T-shirts :

– J'ai la même vision que Superman, je vois à travers le béton, l'acier et surtout le baratin. Je suis aussi un hyperréaliste et je crois que, en ce moment qui ne me porte pas à plaisanter, vous en avez grandement besoin.

Liane choisit d'ignorer le ton défaitiste de leur nouveau coéquipier. Elle s'énervait déjà intérieurement et cela ne lui était plus arrivé depuis longtemps. C'était bon signe, il y avait encore de la vie en elle.

– Tout d'abord, merci Baptiste de t'occuper de ma mère. Tu la connais et c'est donc doublement un exploit pour toi de l'accueillir.

Baptiste se fendit d'un de ses rires de grandes folles qui dégelait les ambiances les plus glaciales et mettait de la caïpirinha dans les têtes.

La jeune femme sourit avant de poursuivre.

– Le temps nous est compté et il est possible que ma vie soit dans la balance, ne tournons pas autour du pot. Alors vous vous bougez ou on commence tout de suite ma veillée funèbre ? Gaspar, tu te lances.

Son vieux copain de cage d'escalier d'immeubles au verbe légendaire ouvrit la bouche mais le son devait être coupé car rien n'en sortit. Il se tourna vers Baptiste comme perdu et c'est ce dernier qui entama :

– On ne va pas te mentir, on n'est pas au bout de nos recherches mais on a les plus gros morceaux du puzzle. Seulement il n'y a qu'une personne qui possède la clé pour les assembler…

– Laisse-moi deviner, c'est moi et c'est pour cela qu'on cherche à m'éliminer. Si j'ai tant d'importance aux yeux de nos ennemis, c'est que vous êtes dans le juste. Alors, Baptiste, comment va-t-on s'y prendre pour les faire sortir du bois ?

Mué jusqu'à présent, Xeo, leva la paume de la main en avant tournée vers Liane comme pour lui indiquer un sens interdit.

– On arrête là. Tu ne sais pas à quoi tu t'exposes. En revanche, si on arrive à convaincre ces types que tu ne sais rien alors ils te laisseront peut-être en paix et tu auras une chance de t'en sortir.

Les autres semblaient approuver légèrement gênés mais Liane les coupa net.

– Je ne crois pas que ce genre de personnes s'encombrent de « peut-être ». Je te remercie de vouloir m'acheter un peu de répit. Je n'ai aucune idée de ce que c'est de vivre dans la quasi-clandestinité, comme toi, et de ne jamais savoir d'où et quand le prochain missile scud viendra. Alors peut-être me l'apprendras-tu ? Je suis toujours une bonne élève. Mais pour l'instant j'ai envie de de me battre et de continuer à vivre en pleine lumière.

Baptiste la pratiquait depuis suffisamment longtemps pour savoir qu'il ne servait à rien de vouloir la faire changer d'avis. Du taureau sous le signe duquel elle était née, elle avait hérité la force, la stabilité mais aussi un entêtement taillé dans le granit sur lequel plus d'une volonté s'était fracassée.

– Gaspar a revu les connexions de tous tes systèmes de communication et analysé l'intensité de l'activité de ton avatar. Cela fait environ neuf mois que tu es sous surveillance avec des pics notables en septembre, en décembre et puis en non-stop depuis deux mois.

– Soit le mois de février.

– Il y a des dates très ciblées où tu es totalement isolée du monde. Tout ce qui est entré ou sorti de tes téléphones et ordinateurs à ces dates-là est passé par eux. Au fur et à mesure que Baptiste énumérait ces dates, une fissure de taille sismique n'en finissait pas de creuser l'estomac de la jeune femme. Elle se saisit de son téléphone avec l'espoir de s'assurer que son intuition était incorrecte. Xeo arrêta net son geste.

– Si tu fais ça, ils sauront que tu sais ou que tu cherches à savoir.

Liane dégagea doucement sa main.

– Ou cela les fera réagir. Ils devront avancer à découvert et ils commettront au moins une erreur.

Tous trois la foudroyèrent du regard. Elle se résolut donc à poser l'appareil avant de fourrager dans le sac de week-end qu'elle avait amené avec elle. Elle en sortit un minuscule calepin recouvert de cuir et discrètement frappé du monogramme d'un célèbre maroquinier londonien. En un coup d'œil, la solution lui apparut limpide au contraire de l'abîme noir qui s'ouvrait devant elle. Elle entama une litanie qui les laissa perplexe. En date du quinze septembre : trois millions de dollars puis en date du vingt-sept novembre : deux millions cinq cent mille dollars et enfin aujourd'hui, elle suça le bout du petit crayon à papier attaché au carnet, deux millions huit cent mille dollars… Au bas mot.

Gaspar eut un petit rire nerveux.

– C'est quoi, Liane. Tu joues à l'Euro Million ?

– Non, ce sont les dates d'embauches et les honoraires que j'ai perçus respectivement pour les recrutements de Frederick Marx, Arun Khan et enfin celui à venir de Ron Del Toro.

Les garçons émirent des sifflements admiratifs.

Gaspar, le champion de la technologie, comparait les dates énumérées et elles collaient parfaitement aux pics de l'avatar qui avait usurpé la personnalité digitale de Liane. Incollable devant ses claviers et ses platines, il n'y entendait rien à la finance. Elle allait devoir lui mettre les points sur les i.

Ses communications avaient été manipulées pile aux moments où elle installait à la tête des plus importantes banques de la planète trois parfaits inconnus dont le pouvoir combiné pouvait mettre à mort le système financier que plusieurs siècles de cupidité humaine avaient patiemment engraissé. Elle simplifia le trait pour le bénéfice des trois hommes. Individuellement, ces « parfaits inconnus » avaient un pouvoir limité par les barrières des systèmes de sécurité de leurs banques respectives mais à trois, c'était une autre histoire. Ils pouvaient effacer la trace de milliards de dollars, manipuler les cours de tout ce qui pouvait s'échanger sur les bourses mondiales : des actions des géants de l'industrie aux options sur le jus d'orange congelé. Ils pouvaient même en poussant le raisonnement à l'extrême faire imploser les systèmes bancaires et financiers mondiaux. La dernière crise de 2008 ne serait qu'un petit rhume, un éternuement poli à côté de l'anéantissement du système monétaire et de la flambée des cours de matières premières qu'ils avaient en leur pouvoir de déclencher.

– Et c'est un mal ?

Ce fut Gaspar, l'anarchiste du groupe qui, comme à l'accoutumée, énonçait à voix haute ce que les autres n'osaient s'avouer. Si personne ne lui répondit, personne ne le contredit non plus. Il y eut un silence, chacun aspiré dans sa propre version du cataclysme possible.

Gaspar semblait se parler à lui-même, énumérant à voix haute les options qui s'offraient à eux.

Option une : Ils restaient passifs et tel Néron, regarderaient Wall Street brûler.

Option deux : Ils allaient rendre visite aux présidents des trois banques en question pour leur annoncer qu'ils avaient, chacun, le privilège d'avoir une arme de destruction massive installée dans le bureau d'à côté.

Quand ils se rendraient compte que Liane, à laquelle ils avaient payé des millions de dollars d'honoraires pour le privilège d'être assis à califourchon sur une bombe à retardement, en était l'unique responsable, ses projets d'avenir risquaient de prendre un tour funeste.

Option trois : Le quatuor s'arrangeait pour faire disparaitre simultanément les trois as truqués de la finance laissant un vide béant qui lancerait des hordes d'analystes financiers dans des conjectures apocalyptiques propulsant les marchés mondiaux vers des abîmes.

Liane grimaça en hochant la tête.

– Trop simplistes, vos solutions ! Ces types ne se sont pas donné tout ce mal pour nous laisser réduire à néant leur minutieuse machination avec nos gros sabots. Il faut être fins, patients et surtout aussi tortueux qu'eux.

Leurs adversaires ignoraient leur donne et tous étaient lancés dans une âpre partie de poker menteur. Si les grandes lignes commençaient juste à se dessiner, les détails étaient encore flous. Liane percevait derrière tout cela, un esprit méthodique, qui voulait tout contrôler, un perfectionniste maniaque. Si le diable était dans les détails, ils iraient l'y chercher mais pas avec la grosse artillerie.

Démêler patiemment l'écheveau, voilà ce qu'ils devraient faire. Tout d'abord, découvrir où, quand et comment le plan serait mis à exécution. Et là, elle en était sûre, elle trouverait le petit grain de sable qui anéantirait le mécanisme si bien huilé de ce complot.

Baptiste et Gaspar l'écoutaient, silencieux. Xeo était sur le fil du rasoir, prêt à bondir puis, incapable de se maîtriser plus longtemps, il s'échauffa :

– Mais fiche donc le camp, Liane. Pendant qu'il en est encore temps. Tu ne vois donc pas que si tu t'attaques à eux, les chances de t'en sortir sont minimes, inexistantes même. Ils te le feront payer tôt ou tard, et encore s'ils ne parviennent pas à t'entraîner dans leur chute.

Mais si ces types avaient réussi à traquer le véritable Ron Del Toro jusqu'aux fins fonds de la forêt de Bornéo, minuscules étaient les chances qu'ils ne retrouvent pas la jeune femme où qu'elle se cache. Elle était déjà prise au piège.

Liane posa sa main avec douceur sur celle de Xeo.

– Je crois malheureusement qu'il est déjà trop tard pour m'évaporer dans la nature. À présent, il faut entrer dans leur jeu et devenir l'avatar de notre avatar : se glisser dans leur peau, penser comme eux et un jour, les devancer pour mieux les supprimer.

– Mais c'est qui « ils » ? Pour l'instant on ne sait même pas contre qui on se mesure ? C'est le théâtre des ombres.

Baptiste avait parlé, pragmatique.

La jeune femme se tourna vers lui.

– Nous avons un bout du fil d'Ariane, un tout petit bout, j'en conviens. Est-ce que tes copains sont parvenus à identifier celui qui se fait passer pour Del Toro ?

Au même moment, le portable de Xeo se mit à sonner et son visage s'éclaira pour la première fois de la soirée.

– C'est Cindy, mon contact. Je vais prendre son appel dans ma chambre.

CHAPITRE 19

La jeune femme allait enfin se retrouver un peu seule avec ses vieux amis et elle n'allait pas se gêner. Elle entreprit Baptiste à la régulière.

– À nous deux, monsieur le cachottier ! C'est qui ton nouvel ami de vingt ans dont je n'ai jamais entendu parler mais qui me connaît mieux que ma propre mère. Et s'il te plait, épargne-moi le couplet sur le gentil copain de Sciences Po devenu ton avocat.

À son air gêné, il était visible que Baptiste n'avait pas envie de répondre à cette question. De nature protectrice, c'était un vrai grand frère de banlieue, taiseux quand il s'agissait de sa fratrie. La jeune femme en faisait partie et elle respectait sa discrétion. Mais dans ce cas précis, elle était décidée à passer outre.

– Baptiste, je me fous des anecdotes et des indiscrétions. Je veux du solide, du concret. Si je dois mettre ma vie entre les mains d'un homme dont je ne connaissais même pas l'existence il y a peu, je prends mes renseignements.

Son ami résistait, jouant les seigneurs en argumentant qu'elle pouvait avoir confiance en Xeo comme en lui-même, qu'il en répondait sur sa vie. Liane connaissait bien cette manœuvre d'évitement faite d'effets de manches et de grandes déclarations d'honneur. D'habitude bon public, elle sentait la colère prendre possession de chacun de ses neurones.

– Tu veux bien me laisser en juger par moi-même ? J'ai besoin de savoir. Pourquoi ne m'avoir jamais parlé de Xeo ?

La réponse fusa et la flèche que lui décocha Baptiste fit mouche en plein cœur.

– Parce que cela fait longtemps que tu ne poses plus les bonnes questions, Liane.

C'est vrai qu'elle avait choisi la voie royale, celle du pouvoir et des dollars. Elle se débattait parfois avec sa mauvaise conscience sachant pertinemment que le système auquel elle appartenait était foncièrement pourri mais elle continuait à contribuer grandement à le pérenniser. Elle triait ses déchets et faisait chaque année des dons caritatifs suffisamment importants pour qu'elle se sente vertueuse. Elle était finalement comme tout le monde, prise dans une perpétuelle partie de catch avec sa conscience. Cela ne faisait pas d'elle une criminelle ou alors l'humanité tout entière était bonne à abattre.

– Il n'est jamais trop tard pour réparer ses erreurs. Rappelle-toi de Saint-Paul !

Elle se leva, blessée dans son orgueil, mais surtout honteuse devant le miroir que son ami lui tendait.

Baptiste applaudit mollement son jeu d'actrice.

– Bravo pour la grande scène de l'Acte Trois. Tu veux savoir alors tais-toi et écoute.

– Xavier Emmanuel d'Ornemont est né le parfait petit soldat de son père, Jean Eude d'Ornemont, médiatique procureur auprès du tribunal de Paris et de sa mère, Sigrid von Trier, psychiatre vacharde dont les méthodes auraient fait vomir Françoise Dolto. Formaté depuis son plus jeune âge, il se devait de reprendre le flambeau de sa famille. Les d'Ornemont sont au service des valeurs réactionnaires depuis des dégénérations et ne comptaient pas s'arrêter en si bon chemin. Pensionnat mariste, camps scouts intégristes, le petit Xavier Emmanuel n'a pas beaucoup vu ses géniteurs au cours de ses jeunes années mais le petit personnel rémunéré était là pour parer à leur absence.

Liane était captivé et le pressa de continuer.

– D'accord Baptiste. C'est dégueulasse et triste mais pas très nouveau.

– Attends, tu veux ? Entre Ismaëla, jeune femme surdouée des lettres classiques qui, pour payer ses brillantes études, s'occupe du petit Xavier depuis qu'il a treize ans. Tout d'abord réticents devant les origines ethniques de la jeune femme, les d'Ornemont sont bien obligés de la prendre à leur service. Elle vient recommandée par un philosophe intègre, reconnu et extrêmement argenté qu'ils aimeraient rallier à leurs idées. De plus, le petit Xavier a besoin d'une répétitrice à sa mesure : il a déjà quatre ans d'avance sur le programme de français de sa classe d'âge.

Cinq ans plus tard, Xavier a dix-huit ans et s'apprête à passer son bac, une formalité. Ismaëla termine un brillant doctorat, elle a vingt-huit ans.

Imagine la tête de bouledogue de la frigide Sigrid quand un soir où pour une fois elle rentre chez elle à une heure décente, elle trouve son fils dans une posture qui l'est moins, avec celle qu'elle désigne encore comme la nounou. Le temps a passé mais évidemment, on s'en rend moins compte quand on fait élever ses enfants par les autres.

Au lieu de se repentir, son fils lui avoue son amour pour Ismaëla, maintenant et pour toujours. Trois mois avant son bac, Xavier est donc interné en clinique psychiatrique par sa propre mère mais pas avant d'avoir été battu, affamé et isolé par son pourfendeur de l'immoralité de père pendant plusieurs jours. À la clinique, ce sont cachets, piqûres et sessions de repentance : le régime d'un dissident soviétique. Mais le jeune homme ne plie pas et c'est sa tante, la jeune sœur de sa mère, qui remuera ciel et terre pour le faire libérer, un mois plus tard. Le deal : Xavier Emmanuel n'existera plus. Il s'appellera désormais Xeo de Vasco, le patronyme marital de sa tante. Il ne parlera plus jamais de cette histoire, n'attaquera pas ses parents pour maltraitance et kidnapping. En retour, ils lui ficheront une paix royale.

Ces derniers ont toutefois leur dernière petite vengeance. Ils font croire à Ismaëla qui n'a jamais abandonné Xavier et qui s'est alliée à la tante depuis les premiers jours de son incarcération, que son jeune amoureux l'a remplacée. Photos montage, fausses lettres. Ismaëla se suicide en laissant une missive d'adieu accablante. Il faudra des années à Xeo pour découvrir la machination de ses parents, dont fait partie la lettre d'adieu d'Ismaëla, factice évidemment. Cela fait quinze ans que je fréquente Xeo et il croit toujours qu'il est maudit : s'il aime, cela finira toujours mal alors il fuit.

Et pourquoi je ne vous ai jamais présentés ? À ton avis ? Entre vous cela allait être l'amour ou la haine. Je ne pouvais pas avoir deux de mes trois meilleurs amis, ma famille de cœur, se détester ou se déchirer. Vous n'êtes pas des tièdes, ni toi et ni lui. Et puis vous n'aviez aucune raison de vous rencontrer, après tout.

Liane s'était recroquevillée sur le canapé pendant que Baptiste la fixait en gardant le silence. Il avait cette faculté de lire au fond d'elle et se rouler en boule n'y changerait rien. Depuis Harry, elle s'était jurée que plus jamais elle ne s'aventurerait dans le caniveau de l'âme où trop souvent l'amour évacue ceux qui aiment mais ne le sont pas en retour. Le bruit des V8, plus silencieux que les automobiles parisiennes qui martelaient les pavés, lui offrait à nouveau leur ronronnement rassurant. La jeune femme ressentait une envie irrépressible de se réfugier dans le sommeil.

Xeo ouvrit bruyamment la porte, tenant une photo d'identité judiciaire à la main qu'il agitait avec la frénésie du jeune conducteur brandissant son premier permis de conduire. Liane ne l'avait jamais vu aussi radieux. Absorbant subitement la lourdeur de l'ambiance, il se calma aussitôt :

– Vous en faites des têtes ! Bon, je vais vous redonner le sourire. Gaspar, je viens de t'envoyer la fiche signalétique sur ta ligne cryptée. Tu peux la projeter à l'écran s'il te plaît ?

Aussitôt apparu le visage d'un gringalet palot aux cheveux sales et en bataille. Ce qui frappait dans ce physique ordinaire c'était le regard : froid, déterminé, presque haineux. Ce gars-là en voulait à la terre entière et cela se voyait.

– Je vous présente Ted Santa Maria, joli nom pour une vraie petite teigne. Apprenti comédien, serveur à ses heures mais surtout une balance qui a renseigné la police pendant les manifestations de Wall Street, où il a aussi fait la taupe sans vergogne pour les deux forces en présence. Il était aux côtés des manifestants dès qu'il y avait de la vitrine à casser et a copieusement mangé au râtelier des milices privées qui essayaient de les déloger. Ça lui ressemble, Liane ?

Après tout, elle était la seule à avoir eu un contact direct avec Ron Del Toro. Avec toute l'imagination dont elle était capable, rien ne collait sauf... Elle demanda à accéder au logiciel de simulation de Gaspar pour reconstruire le processus de métamorphose qu'avait dû suivre Ted le rat pour devenir Ron le magnifique. Le regard et le petit rictus mauvais ne mentaient pas et quelque chose de l'ordre de l'instinct lui disait que, contre toute vraisemblance, Ted et Ron était bien la même personne.

Dans un jeu de ping-pong transatlantique, Liane et Gaspar se mirent au travail, essayant une nouvelle coupe de cheveux ici, ajoutant dix kilos de muscles là. Un long séjour sous les tropiques pour hâler le teint vert de gris de Ted et ce fut Ron qui opérait sa métamorphose à l'écran. Les apparences étaient une chose, l'intellect et la posture adéquats pour remplir le costume en étaient d'autres. Ce n'était clairement pas l'acteur raté qui avait fomenté ce plan complexe, éclairé par des bâtons d'encens sous le couvert de sa tente plantée dans le parc Zucotti, un soir de manif. Un guignol avait été démasqué, deux autres devaient l'être avant de remonter au marionnettiste et il restait si peu de temps.

Xeo reprit la main :

– Il nous faut absolument faire analyser les ADN de Marx et de Khan, et sans perdre de temps. Tu crois que tu pourrais demander à tes amazones de Morgan Richfield d'effectuer discrètement les prélèvements.

Liane secoua la tête. Le temps de les briefer et de les mettre en action, la terre aurait fait un tour sur elle-même. De même, elle serait obligée de lâcher quelques informations hautement confidentielles pour justifier sa requête inattendue concernant des golden-boys dont le recrutement, par ses soins de surcroît, avait placé Morgan Richfield au sommet de l'Olympe des chasseurs de têtes. Autant dire, de la pure folie.

Tout ce que Liane pouvait faire était d'appeler Marx et Khan de suite avec son téléphone non crypté afin que Gaspar puisse les géolocaliser. C'était peu et la jeune femme rageait.

Xeo, lui, était déjà sur une autre ligne en train de réveiller des amis qui clairement ne pouvaient rien lui refuser. Bientôt, une certaine Ambre s'apprêterait à prélever un petit morceau de Frederick Marx dans un bar à la mode de Londres où une fête très exclusive battait son plein tandis qu'un dénommé Shan se dirigeait vers le restaurant du Mandarin Oriental à Hong Kong où Khan s'apprêtait à prendre un petit-déjeuner en brillante compagnie afin de lui faire subir un prélèvement indolore tandis qu'il le servirait

Liane était fatiguée mais une idée l'obsédait. Elle s'en serait bien passée mais elle lui collait au cerveau. Elle allait remonter à la source. Dès que l'heure le permettrait, elle appellerait Paul.

– Tu vas faire quoi !

Les trois hommes avaient repris son nom en cœur, sur une gamme allant du dédain franc à l'horreur dégoûtée. Baptiste se tenait la tête entre les mains, théâtral ; Gaspar tournait autour de lui en s'agitant, tel le Zébulon du Manège Enchanté de leur enfance. Xeo, les yeux levés vers le ciel, vrillait son index à sa tempe dans un geste sans ambiguïté qui ne lui ressemblait guère.

La jeune femme tenta de calmer le jeu. Le type était peut-être le pire des manipulateurs, en plus d'être dénué de la moindre bienveillance à l'égard de son prochain mais c'était lui qui lui avait présenté Ron. Par conséquent, lui aussi n'avait été qu'un instrument utilisé par dieu sait qui, pour permettre à Ron d'entrer en contact avec Liane. Si Liane parvenait à lui faire comprendre qu'on s'était joué de lui, alors Paul serait si furieux qu'il ferait tout pour l'aider.

Paul était plus venimeux qu'un cobra mais il était prévisible, surtout quand son capricieux ego était blessé. Elle avait passé près de mille et une nuits à ses côtés, à écouter ses histoires tordues. Et malgré cela, à chaque lever du soleil qui avait suivi, elle s'était glissée amoureusement dans ses bras pour ces quelques délicieuses minutes qui s'étirent entre l'agression sonore d'un réveil et celle tactile d'un plancher froid sous un pied encore tiède. En résumé, elle le connaissait bien et il lui était donc impossible d'envisager que cet homme soit assez pourri pour avoir monté ce scénario rocambolesque d'usurpations d'identité et, en bonus, pour avoir essayé de la supprimer.

Paul Habber trouverait des informations, il ferait marcher ses réseaux, il les aiderait. Il ne pouvait plus lui en vouloir d'avoir refusé de revenir à lui après qu'il l'ait larguée sans cérémonie il y avait près de vingt ans. Il y avait prescription et ils étaient à présent devenus de vieux amis. Cela valait la peine d'essayer.

– Vas-y, Liane. Jette-toi dans la gueule du loup ! Mais je ne peux pas te garantir qu'on n'arrivera à temps pour t'en retirer, interrompit Baptiste, à cran.

Liane était interdite.

– Tu veux dire que Paul pourrait être le complice de cette escroquerie planétaire ? Pourquoi pas le cerveau tant que tu y es ?

Elle fulminait, se braquait, sourde aux appels de la raison.

– Ce n'est pas parce que tu as couché avec ce type que tu le connais. Si connaître leur sexe permettait aux femmes de lire véritablement dans le cœur des hommes, vous vous feriez toutes bonnes sœurs, Mesdames.

– Et la race humaine serait éteinte. En attendant cet augure certain, je vous souhaite bonne nuit, Messieurs.

Trois soupirs lui répondirent. Elle n'en ferait qu'à sa tête et ils n'avaient plus qu'à s'y résigner. L'écran s'éteignit alors que dans la pièce Xeo se dépliait, tirant sur son jeans noir avant de déposer un baiser fraternel sur le front de la jeune femme. La journée avait été longue et ils allaient essayer d'attraper quelques heures de sommeil.

CHAPITRE 20

Elle avait mis son réveil avant six heures afin de cueillir Ron juste quelques minutes avant qu'il entame son marathon de rendez-vous à la Richardson Brown, épreuve courue d'avance qui verrait, sans nul doute, son couronnement à la tête de la direction financière de la noble et coriace vieille dame de Wall Street.

Si Liane ne doutait pas de son succès, lui non plus. À la limite de l'arrogance, il ne marqua aucune surprise quand il entendit la voix de la jeune femme. Après tout, il devait déjà avoir été informé qu'elle ne reposait pas encore six pieds sous terre. Non, il n'avait pas besoin de derniers conseils, merci et au revoir.

Clairement, cette vermine ne connaissait pas les règles du jeu qui voulaient que l'on ménageât son chasseur de têtes au moins jusqu'à la signature des contrats. Un coup de brosse à reluire, une intimité de carton-pâte avec le recruteur et votre futur salaire devenait son combat qu'il mènerait jusqu'au bout de ses six voire sept chiffres,

Il allait s'entendre comme larrons en foire avec cette ordure de Peter Brown. Dans d'autres circonstances, elle aurait aimé voir le couple fusionnel que ces deux-là allaient former inexorablement s'écharper un jour.

Cette pensée la réjouit et elle raccrocha, rattrapée par un rayon de soleil qui dardait plein est dans un ciel déjà bleu roi. C'était la seule concession à la nature que daignait octroyer Manhattan. Le reste n'était que zoo et parcs, mises en scène crées par l'homme pour lui-même. Liane ressentait de plus en plus intensément un besoin viscéral de retourner à la nature vraie, à ses bruits et ses odeurs, son rythme propre et ses exigences. Elle devait traverser sa période Jean-Jacques Rousseau, aspirant à son tour à rejoindre la tribu grandissante des nouveaux « bons sauvages » issus de la ville qu'ils souhaitaient fuir comme on abandonne une famille dysfonctionnelle qui refuse d'être sauvée.

Elle avait de plus en plus souvent ces accès d'authenticité qui, s'ils perduraient, lui vaudraient de consulter les services d'un psychologue tant cette soif de retraite ne lui ressemblait pas. Elle s'apprêtait à s'éclipser discrètement en direction de Midtown quand elle tomba sur un zombie qui ressemblait étrangement à Xeo. Cheveux en bataille, barbe de trois jours bien comptés et les yeux mi-clos, il émettait des grognements indistincts qui semblaient peiner à franchir le mur du sens. Enveloppé dans un peignoir, l'ensemble faisait peur ou rire, c'était selon l'humeur. Il s'appuyait sur le mur du couloir, barrant le corridor qui menait à la porte de l'appartement :

– Tu vas où comme cela ?

– Bonjour, douceur du matin. Je vais travailler.

Il ne servait à rien de se dérober devant l'obstacle plus longtemps et elle se décida donc à le sauter franchement.

– Et puis je vais aller voir le mystérieux Paul Habber, notre potentiel grand méchant loup à moins qu'il ne soit l'agneau innocent de mes jeunes années.

Xeo l'empêchait toujours de passer. À moitié endormi, il se frottait le front, incrédule en oubliant qu'il parlait tout haut. « Elle n'est pas sérieuse ».

– « Elle » n'a pas le choix, si « elle » ne veut pas attendre gentiment d'être dévorée toute crue.

– Mais « elle » n'est pas assez bête pour jouer les appâts dans un banc de requins.

Le ton montait.

– Je vois. Monsieur n'est pas du matin. Nous avons déjà eu cette conversation et nous savons comment elle finit. Donc je rencontrerai Paul Habber dans un lieu public où il ne pourra rien m'arriver et je te tiendrai au courant. Toi, de ton côté, appelle-moi dès que tes amis auront découvert qui sont les véritables Frederick Marx et Arun Khan car, dès ce soir, nous n'aurons plus deux mais trois hommes de paille à la tête des réserves de cash des trois plus riches banques du monde.

Elle déposa un petit baiser léger sur sa joue rugueuse.

– À ce soir, mon Beau au Bois Dormant. Retourne te coucher.

– Impossible de me rendormir. La princesse vient de me donner son baiser.

Un taxi attendait au bas de l'immeuble mais elle choisit de l'ignorer, faisant semblant de fouiller dans son sac pour y dénicher quelque chose qui manifestement ne s'y trouvait pas. Cette activité arrivait à égalité avec le démêlage de fils d'écouteurs tentaculaires dans les activités inutiles mais chronophages dans lesquelles le genre humain perdait son temps au vingt et unième siècle. Les historiens des siècles futurs allaient se perdre en conjectures fumeuses quand ils essayeraient de donner un sens aux rituels inutiles de cette tribu postmoderne d'homo sapiens.

Elle fit le pied de grue pendant un temps suffisant pour qu'il prenne une autre course et que trois autres de ses collègues passent devant elle sans qu'elle ne cherchât à les arrêter. Ce n'est qu'au quatrième véhicule qui se présenta qu'elle se lança. Elle devait être prudente même si cela pouvait s'apparenter à de la paranoïa. Une demi-heure plus tard, c'est du quarante-deuxième étage de l'immeuble qui abritait ses bureaux qu'elle appela Paul Habber. Elle tomba sur sa messagerie et laissa un message suffisamment cryptique et donc alléchant pour qu'il la rappelle en moins de deux heures, montre en main.

C'est en reposant son téléphone qu'elle se rendit compte combien elle avait faim. Il n'y avait plus rien à faire, puisque bientôt, dans ces mêmes bureaux, parmi ses collègues et ses clients pour lesquels elle s'était battue avec la dernière énergie, son nom serait synonyme de trahison et d'échec.

La chute vertigineuse qui s'apprêtait à être la sienne remplirait d'horreur et d'une bonne dose de joie malsaine ceux qui, aujourd'hui encore, se targuaient avec une feinte modestie de la connaître suffisamment bien pour pouvoir lui glisser un nom, un commentaire qui ferait ou déferait une candidature. Ils se lécheraient les babines, excités par le parfum du scandale tout en prenant des airs entendus pour se rappeler mutuellement que l'ascenseur social, qu'avait indûment emprunté Liane, était un bien beau concept du moment qu'il n'atteignait pas les étages nobles de l'édifice mondain où les gens comme eux continueraient à résider entre eux.

Son estomac faisait des prouesses de contorsionnistes mais avec plus de bruits et moins de grâce. Il était temps que Liane se recentre sur elle-même, sur ses besoins et surtout sur ce corps qu'elle avait mené tantôt comme un crack de course, tantôt comme un cheval de trait au seul service de son implacable intellect. À partir d'aujourd'hui, si elle s'en sortait vivante, elle se promit d'apprendre à s'écouter. Son ambition, sa quête sans répit de la perfection avait fait d'elle-même un maître implacable et sans bienveillance. Ce qu'elle avait exigé d'elle-même, elle ne l'aurait toléré de personne. Elle avait accumulé les nuits sans sommeil et déroulé le fil d'une tension sans relâche comme le requérait son métier. Certes, les puissants momentanément jetés à la rue venaient humblement solliciter son aide mais une fois installés sur leur nouveau trône, ils attendaient la première occasion pour lui faire payer au centuple le fait d'avoir été témoin de leurs faiblesses passagères.

Leur mépris, les tentatives pour la mettre dans leur lit, elle avait tout enduré dans la croyance qu'elle était importante pour ses clients. Pire encore, elle se berçait de la douce illusion qu'ils lui donneraient cette reconnaissance qu'elle était incapable de s'offrir à elle-même. Un mot, juste un mot. Merci, vous avez été formidable, que ferait-on sans vous… Combien de femmes avaient construit de splendides carrières sur un malentendu aussi pitoyable ?

Assise devant son plat d'œufs brouillés accompagnés d'une montagne de pancakes au sirop d'érable et d'un bol de fruits rouges dont l'allure aguichante était rapidement démentie par un goût de navet, elle mangeait lentement et consciemment. Pour une fois, se nourrir devenait plus qu'un arrêt au stand, une simple procédure mécanique avant de repartir pour un tour. Elle goûtait les aliments, elle prenait son temps, elle jugeait ce qui méritait d'être ingéré par son corps et ce qui n'y avait pas sa place. Ce corps bientôt cesserait de n'être qu'un outil et par une conséquence bienvenue, elle aussi. Mais cela, c'était si et seulement si, elle s'en sortait.

Son téléphone sonna. Son assistante s'inquiétait déjà. Elle la rassura avec légèreté, elle regagnerait son bureau une fois son repas terminé.

Une demi-heure plus tard, alors qu'elle se calait dans son fauteuil, pivotant vers le rideau de verre qui surplombait au loin l'East River, elle reçut le message de Paul Habber qui annonçait son appel à dix heures trente. Ce cher Paul était souvent indisponible pour autrui mais il ne tolérait pas qu'on le fût pour lui. Lorsqu'il appelait, il fallait prestement décrocher d'une main, l'autre sur la couture du pantalon.

Derrière l'East River se dessinaient les terres plates du Queens avec l'aéroport JFK au loin, lui donnant à nouveau l'envie de fuir la ville. Mais le moment n'était pas encore venu de jouer les Robinson. D'ailleurs elle était plus en sécurité ici qu'au bord d'une rivière de l'Ouest canadien entre les ours qui en auraient voulu à son pique-nique et ses ennemis qui en auraient voulu à sa peau. Définir la stratégie à adopter avec ce vieux renard de Paul était sa priorité. S'il découvrait qu'il avait été grugé comme elle l'avait été, il serait fou de rage et retournerait ciel et terre pour dénouer le mystère et faire imploser le complot. Il serait un allié certes incontrôlable mais efficace. Par contre, s'il se moquait gentiment de ses soupçons en usant de tout son charme pour la faire se sentir inadéquate et l'en détourner, ce serait la preuve qu'il avait quelque chose à se reprocher. C'était toujours comme cela lorsqu'il la trompait et qu'il se faisait gauler… Et il se faisait toujours gauler par Liane. Le fait qu'il se croit supérieurement intelligent et la flatterie discrète dont la jeune femme savait saupoudrer leurs joutes intellectuelles avaient toujours été ses meilleures armes sous lesquelles Paul Habber tombait à tous les coups.

La sonnerie de son téléphone lui annonça qu'il était temps de les fourbir. Elle emprunta cette voix, celle à qui personne ne pouvait résister, mélange de biche en détresse et de princesse guerrière.

– Paul, c'est toi… Enfin. Je suis si heureuse de te parler. C'est très important. Tu m'écoutes.

Là, elle marqua une pause. Il fallait l'appâter et le laisser venir. Paul était joueur d'échecs. Il se tut à son tour pour mieux la faire parler. Elle-même utilisait ce stratagème à longueur d'interview et elle fit semblant de tomber dans le piège, levant les yeux au ciel devant l'épaisseur de la ficelle avec laquelle il tentait de l'hameçonner.

Elle prit une inspiration sonore à la limite de l'asthme avant de poursuivre à mi-voix :

– Tout ceci est très secret. Je t'en parle car après tout c'est toi qui me l'as présenté. C'est à propos de Ron Del Toro.

Paul se méprit sur ses intentions, imaginant Liane sous le charme de ce père exemplaire et éploré. Elle le ramena prestement sur le terrain professionnel. Il se lança alors dans une diatribe qui ressemblait étrangement et au mot près, aux références qu'elle avait prises, écrites et bien sûr sauvegardées sur son ordinateur. Soit Paul s'était fait revendre la même camelote sur ce type qu'il connaissait à peine, soit il avait eu accès aux fichiers confidentiels de la jeune femme logés et sauvegardés sur le serveur sur-sécurisé de Morgan Richfield.

Elle n'aimait pas perdre son temps.

– Paul, tout ça c'est du flan. J'ai des doutes sur ton beau gosse et sur son parcours de premier de la classe.

Paul éclata d'un rire malicieux légèrement moqueur, la traitant gentiment de parano. Après tout, la moitié de la population alphabétisée de la terre mentait sur son curriculum vitae. Sa rencontre avec Ron était somme toute récente mais des amis d'amis le lui avaient recommandé avec un tel enthousiasme qu'il était prêt à s'en porter garant.

L'estocade arrivait :

– Eh bien, pas moi, Paul. Après toi, j'appelle Peter Brown.

– Et tu te prives d'un honoraire gigantesque parce que ton instinct ou je ne sais quel truc de bonne femme te dit que ce type que tout le monde se tue à encenser a peut-être, je dis bien peut-être, omis une chose ou l'autre. En plus de perdre de gros sous, tu vas apparaître comme totalement incompétente.

Un silence lourd s'en suivit. Paul réfléchissait vite mais pas assez pour que Liane ne puisse entendre les rouages de son génial intellect dessiner l'algorithme de la solution parfaite.

– Liane, tu m'inquiètes. Tu sais combien je déteste le téléphone. Viens à la maison. Je t'envoie mon chauffeur et il te ramène à tes bureaux dans quelques heures. Je te prépare un thé blanc, tu sais celui que je te ramenais toujours de Hong Kong, comme au bon vieux temps. On parlera calmement. D'accord ?

Elle avait soudain rajeuni de vingt ans quand Paul s'était adressé à elle avec tendresse, un peu comme quand ils étaient ensemble et qu'il la traitait comme une enfant parce qu'elle avait dix ans de moins que lui. Bientôt il allait lui offrir de faire griller des guimauves dans la cheminée de son penthouse sur Central Park. Être seule avec lui, sur son territoire, équivalait à boire de la ciguë et l'odeur de gomme fumante provenant des pneus du SUV qui avait failli l'aplatir était encore dans ses cheveux.

– Non, Paul ! Rendez-vous au bar du Waldorf Astoria dans trente minutes. En attendant je n'appelle pas Peter Brown et tu me garantis que notre entrevue sera cordiale et sans surprise.

Paul éclata de rire et lui dit qu'il ne voyait pas du tout de quoi elle voulait parler, elle et son esprit fantasque de Froggy, le petit surnom qu'il lui avait donné des années auparavant quand on se moquait déjà des Français suspectés d'être tous d'avides mangeurs de grenouilles.

CHAPITRE 21

Frank Sinatra avait chanté qu'il aimait Paris en toute saison mais il y aurait eu fort à parier qu'il aurait fait une exception pour ce jour de printemps misérable. Le ciel gris et plat n'avait rien d'engageant et la fine pluie diluait la bonne humeur de ceux qui se risquaient dehors.

Depuis dix minutes, Baptiste attendait sur un banc donnant sur la rue Palatine d'où il s'attendait à voir surgir Gaspar à tout moment. Déjà il sentait que son accueil serait au diapason de la température de ses os s'il devait patienter plus longtemps. Les deux hommes s'étaient donné rendez-vous devant l'église Saint Sulpice et le conseiller spécial du président avait eu toutes les peines du monde à se libérer de son garde du corps afin de garder à cette rencontre toute la discrétion qu'elle méritait. Le temps était compté, un concept étranger à Gaspar qu'il devina enfin, ses éternels beanie et casque audio vissés à même la tignasse mal peignée.

– C'est à cette heure-ci que tu arrives !

Gaspar baissa la tête car malgré son existence déjantée, il tenait encore l'exactitude pour une politesse.

– Je suis désolé, Baptiste mais je me suis trompé de station de métro.

Comment un être aussi suprêmement intelligent pouvait autant manquer de sens pratique. Baptiste se rappela que ces deux attributs étaient souvent inversement corrélés et il pardonna à son si cher ami sur-le-champ.

– Cela arrive, même aux meilleurs.

Puis, il le saisit par le bras pour mieux le guider vers une entrée latérale de l'église dont l'architecture le laissait de marbre en comparaison de sa lyrique et émouvante voisine, la cathédrale de Notre Dame.

– Je pense qu'il va être difficile à convaincre.

– Je sais. Mais si à nous deux nous n'y parvenons pas, alors personne n'y arrivera. Puis après une pause inquiète, Gaspar poursuivit. Tu penses qu'il va devoir demander à son boss ?

– Dieu seul le sait !

Ils pénétrèrent ensemble dans le chœur de l'édifice, marquèrent un temps d'arrêt pour s'orienter au milieu de cette pompe grandiose. À chaque extrémité du péristyle, deux grandes chapelles décorées avec soin faisaient presque oublier la kyrielle d'autres petits lieux de recueillement disséminés au gré des déambulatoires. Ils les passèrent l'un après l'autre jusqu'à longer les chapelles de chœur avant de ralentir devant une porte dérobée qu'ils auraient sans doute manquée s'ils n'avaient été rappelés à l'ordre par une voix ferme.

– Par ici, mes enfants. Vous alliez à nouveau rater mon petit bureau. Je peux vous envoyer chercher la mort, j'ai à présent la certitude que vous ne me la ramènerez jamais.

La poignée de main était franche et chaleureuse.

Le père Francis, carré d'épaule et profil d'aigle, déparait dans son bureau, une pièce comme il y en avait des centaines dans les églises du monde entier, frustre, meublée pratiquement plus qu'esthétiquement de pièces de bois sombre. Il y flottait un mélange de moisi et d'encens qui indisposait au début mais auquel l'odorat, fourrageant dans un subconscient collectif riche de siècles de pratique religieuse, se faisait assez rapidement. Le regard de Baptiste, toujours à l'affût, s'arrêta sur une photo en noir et blanc, seule touche personnelle dans l'intérieur monotone. Un petit groupe d'homme en treillis et T-shirts noirs riaient aux éclats, unis par une profonde camaraderie que l'on devinait soudée par les épreuves. Un homme, leur chef lui sembla-t-il, se tenait légèrement en retrait, une bienveillance extrême dans l'expression. Il était aussi pâle que Baptiste était sombre et l'éclat de sa beauté lui fit l'effet d'un uppercut dans le ventre. Il vacilla juste avant de se reprendre.

– Père Francis, merci de nous recevoir.

– Allons, Baptiste. Vous avez l'air de deux gamins pris en faute. Cela ne vous ressemble pas. Droit au but, s'il vous plaît.

Francis Esposito, n'aimait pas qu'on tourne autour du pot. C'était là un héritage de son passé dans les forces spéciales qui étaient devenues encore plus spéciales lorsqu'il avait fondé une redoutable officine de mercenaires réputée pour son intégrité et le discernement avec lequel elle choisissait ses clients. Il y avait dix ans de cela, un certain cardinal africain, dont la popularité croissante était vue d'un très mauvais œil par les ultra-conservateurs au sein d'une Église prête à élire pour la première fois un pape africain et noir, l'avait convaincu de devenir son garde du corps. Francis avait alors fait table rase de son passé. Son baptême avait été suivi quelques mois plus tard d'une ordination éclair qui l'avait fait renaître à une vie nouvelle.

Responsable de la sécurité du Saint-Père et un incontournable de sa garde rapprochée, le père Francis se chargeait à présent de missions complexes à la tête de son armée officieuse, les Soldats de Dieu. Ce groupe d'hommes et de femmes était lié entre eux par le secret et un désir fou d'empêcher cette humanité capable des plus belles prouesses de se muer en une horde de moutons apeurés courant à sa perte, assommés à longueur de journée d'informations terrifiantes cherchant à les convaincre qu'ils n'avaient pas assez et pire encore, qu'ils n'étaient rien.

– Père Francis, nous avons besoin de vous et de vos Soldats de Dieu, avança Gaspar mais nous ne sommes pas encore sûrs de l'ampleur de la mission.

D'un geste de la main, le religieux les invita à poursuivre comme s'ils étaient à confesse. Quand ils eurent terminé, il résuma la situation en quelques mots bien sentis.

– Donc si j'ai bien compris, vous me demandez de mettre à contribution mes Soldats de Dieu pour sauver une institution financière qui se vautre dans la cupidité depuis des temps immémoriaux et qui n'a, à ma connaissance, jamais levé le petit doigt pour son prochain. Tendre l'autre joue, je veux bien. Mais là, c'est peut-être aller un peu trop loin !

– Nous avons des raisons de croire qu'il n'y a pas que la Richardson Brown qui soit concernée mais également la Hogdson Pearson et la China Commerce Bank. Malheureusement nous n'avons pas encore tous les éléments du puzzle mais si c'est le cas, cela aurait des conséquences apocalyptiques.

– Les grands mots, tout de suite. Donnez-moi au moins les pièces que vous avez. Trois esprits valent mieux que deux.

Assis autour du petit bureau du prêtre, les trois hommes échangeaient avec gravité.

– Ce dont nous sommes sûrs est qu'il y aura bientôt trois pantins qui tiendront les directions financières des trois plus larges banques de la planète et que ces individus sortis de nulle part ne sont pas qui ils disent.

– Mais comment sont-ils arrivés jusque-là. ?

Le père Francis essayait de faire sens de cette avalanche d'informations.

Gaspar renchérit.

– Quelqu'un les a placés sur le chemin de Liane pour qu'elle les fasse recruter par ses clients et maintenant sa vie est menacée. Hier à New York, un SUV a tenté de lui rouler dessus à plusieurs reprises et elle n'a eu la vie sauve que grâce aux réflexes de Xeo.

Une claque sonore sur le bois de l'antique bureau du prêtre retentit.

– Vous auriez dû commencer par cela. C'est donc sérieux, très sérieux.

Le père réfléchissait à haute voix pendant que Baptiste et Gaspar opinaient en silence puis, après de longues minutes d'un silence recueilli, il conclut enfin :

– Il va falloir que j'en parle d'abord avec le boss.

– Celui d'en haut ?

– Non, Gaspar. Celui d'ici-bas. Celui d'en haut m'a déjà donné son accord à son unique façon…

Les regards des deux hommes se posèrent circonspects sur le crucifix massif posé devant eux. Pourquoi n'avaient-ils rien entendu ?

Quand ils sortirent de l'église Saint Sulpice, la grisaille n'avait pas abandonné les cieux parisiens mais, rassurés par le bon père, il leur sembla qu'un petit peu de soleil s'était glissé dans les sombres pensées des dernières heures.

CHAPITRE 22

Le bar, tout en moquette rouille et lambris de bois ciré, était intact dans son jus factice qui plaisait tant aux touristes. On s'attendait à y voir entrer à tout moment un mythique couple de Broadway, elle parfaitement apprêtée et lui parfaitement charmeur.

Derrière un odieux palmier en plastique, Liane devina Paul en col roulé et jeans noirs, le parfait archétype du super geek de la Silicon Valley devenu milliardaire et donc séduisant. Elle avait eu le temps de prévenir Xeo qui avait juré de l'étrangler de ses propres mains si elle se rendait au rendez-vous. Autant dire que ni son cœur, ni sa conscience n'étaient légers alors qu'elle naviguait son chemin entre les tables et les sièges de bar tendus de velours rayé. Elle se planta devant Paul, absorbant brièvement ses cernes et son teint cireux. Lui la parcourait des pieds à la tête comme s'il avait du mal à focaliser, un truc que lui permettait sa myopie extrême et qui lui avait donné tant de charme par le passé.

Il lui sourit comme s'il la découvrait pareille au premier jour puis il désigna le siège à côté de lui. Il plaça l'écran d'un de ses ordinateurs portables face à elle. En grand, s'affichait la belle gueule de Del Toro, œil de chien de traineau et sourire de candidat à une élection américaine. Cet homme était tout un programme. Paul se pencha vers elle, posant la main sur la sienne pour marquer sa position de dominant avant de se lancer, sur le ton de la confidence, dans les louanges en règle d'une parfaite petite ordure.

– Ce type est un mec bien, Liane. D'accord, il a peut-être un peu forcé le trait mais, tu le sais mieux que moi, tous les curriculums vitae sont un peu trafiqués. Il a peut-être levé seulement cent millions de dollars pour ses projets et pas cent vingt, mais tu ne vas pas foutre en l'air sa candidature pour cela. On a tous droit à une deuxième chance dans la vie.

Il lui serra la main juste un peu plus fort, histoire de s'inclure dans le « on ». Liane croyait rêver.

Paul Habber, justicier planétaire et pourfendeur intolérant de l'erreur humaine, se montrait d'une générosité et d'une complaisance qu'elle ne lui connaissait pas. Elle allait le lui faire remarquer quand son téléphone crypté se mit à vibrer. Elle fit signe à Paul qu'elle devait impérativement répondre et malgré la dureté que prirent instantanément ses traits, il la laissa faire. S'il était vraiment très contrarié, il déployait des efforts considérables pour se maîtriser. Derrière sa tolérance polie face à l'interruption, il fulminait et le ressenti de la jeune femme fut sans équivoque. Il n'était pas bon de se fâcher avec Paul Habber par les temps qui couraient.

– Je t'en supplie, dis-moi que tu es à ton bureau en train de contempler l'East River et pas au bar du Waldorf Astoria à prendre le thé avec le fils caché du Spectre et de Mata Hari.

– Tu me fais suivre maintenant ?

– Non c'est toi qui me l'as dit, petite tête, mais maintenant, fais-moi plaisir. Au cas où tu sois en train de faire causette, au coin du feu, avec le malade qui a essayé de te faire supprimer hier, lève-toi et fiche le camp. Aujourd'hui il pourrait être plus chanceux.

Elle observait Paul depuis quelques minutes. Même si elle ne parvenait toujours pas à croire qu'il lui veuille du mal, son corps était parcouru de frissons. Par le passé elle l'aurait ignoré mais elle avait appris récemment que c'était son instinct qui avait toujours le dernier mot.

– Tu m'écoutes ? J'ai eu le résultat des analyses de tes copains Frederick et Arun. Ils sortent de la même fabrique à zozos que Ron, les joyeux campeurs du Zucotti Park avec leurs parcours de premier de la classe fabriqués de toutes pièces.

Elle continuait à observer Paul, essayant de gagner du temps. Ce dernier semblait interroger du regard un, puis deux, puis trois, et enfin un quatrième individu, tous disséminés stratégiquement autour du bar. Même si elle avait voulu se lever et partir, elle n'était pas sûre de pouvoir y arriver.

– Tu peux me répéter tout cela, Debrah.

Xeo fit une pause, il avait compris.

– Ces boy-scouts campeurs ont tous été arrêtés lors des événements de Zucotti Park parce que ce sont des excités, qui privilégient la manière forte aux enseignements de la non-violence. Je ne dis pas que leurs revendications ne sont pas louables, je les partagerais même. Cependant leurs manières sont celles de terroristes plutôt que d'activistes bien-pensants. Ils ont tous un casier judiciaire long comme mon bras.

– Et ils ne sont pas au frais ?

– Non, n'est-ce pas magique ? Mais une bonne fée veille sur eux. Ils ont tous été sortis du trou et blanchis plus blanc que blanc, par une certaine Diane Lowenstein, Maître Diane Lowenstein ? Qui n'est autre…

… Que la passionaria des procès people et, accessoirement la petite amie très, très ouverte de Paul

Habber. Xeo n'avait même pas eu besoin de rajouter cette information.

Diane Lowenstein était une juriste acceptable et une peste hors norme. Petite brune courtaude aux traits épais, elle n'aurait jamais dû s'enfiler la goûteuse brochette de fiancés prestigieux qu'elle maintenait sur le gril, souvent plusieurs à la fois, depuis tant d'années. Ni son intellect de maquignon, ni son physique commun n'expliquaient cette aberration qui devait tout à la trinité d'une hargne d'hyène, d'une ambition de starlette de téléréalité et d'une méchanceté unique en son genre.

Le tour de force d'être devenue la compagne de Paul Habber, remarquable aux vues de ses piètres attributs, ne lui avait pas suffi. Elle voulait être l'unique et avait méthodiquement chercher à éradiquer de la bonne société toutes celles qui l'avaient précédée dans son lit.

De médisances en confidences glissées dans des oreilles aussi pointues que la langue de leur propriétaire était fourchue, elle avait détruit la réputation et l'existence tranquille de plus d'une femme innocente pour qui Paul Habber n'était souvent qu'un très lointain souvenir.

L'une s'était suicidée quand son mari l'avait lâchée du jour au lendemain, une autre s'était retrouvée à la rue à faire le service dans les restaurants à la mode où ses anciennes connaissances attablées riaient d'elle derrière son dos. Elle avait quitté New York pour retourner vivre chez ses parents dans le Midwest, autant dire la Sibérie. La liste était longue et son courroux prenait des proportions épidémiques quand Liane avait décidé, il y avait maintenant plusieurs années, qu'il était temps de mettre fin à une telle malfaisance.

La harpie avait déjà tenté plusieurs fois de lui faire perdre ses plus prestigieux clients, ce fut donc sans aucune arrière-pensée que Liane réciproqua.

Puisque la Lowenstein avait quelques ambitions politiques et souhaitait briguer la mairie de New York, Liane avait choisi la grand-messe où devait être cautionnée sa candidature devant les caciques de son parti et une foule en liesse, pour frapper fort. Au film publicitaire que la future candidate s'était offert à prix d'or et qui devait être projeté en point d'orgue du rassemblement fut substitué un montage vidéo fort bien documenté de preuves irréfutables de ses pires vilenies. Gaspar assura Liane que l'opération avait été un jeu d'enfant mais l'effet fut garanti.

Diane s'était démenée comme un diable dans un bénitier, niant, jurant puis menaçant l'assemblée des pires châtiments si elle n'était pas consacrée comme leur prochaine candidate. Plus l'avocate se dévoilait, plus la salle devenait silencieuse, tout comme le fut son téléphone qui ne sonna plus beaucoup pendant quelques années. Mais les hommes désespérés ont la mémoire courte et, avec le soutien de Paul Habber, elle obtint quelques affaires dont personne ne voulait. Puis de plus en plus. Qu'elle se trouve mêlée au bourbier contestataire de Zucotti Park n'était que moyennement surprenant. Si elle pouvait, en prime, se venger de Liane, la proposition avait dû être irrésistible.

– Pourquoi ? Va lui demander puisque tu l'as sous la main ?

Xeo se reprit aussitôt.

– Surtout, ne fais pas ça. Joue les idiotes, gagne du temps mais pars. Dans quinze minutes, j'ai une moto qui t'attendra en bas.

– D'accord, j'ai compris. Donne-moi en vingt car je suis, comment dirais-je, bien entourée. N'oublie pas un deuxième casque.

– Si tu restes plus longtemps dans ce guet-apens, tu risques de ne plus en avoir besoin. Sois prudente.

Décidée à confronter Paul Habber, la jeune femme se repositionna dans son fauteuil pour mieux lui faire face, fixant à nouveau ses yeux gris-vert qu'elle avait, un jour il y a si longtemps, trouvés si mystérieux. Ils étaient durs à présent. Paul voulait se mesurer à elle, sûr de sa supériorité.

– Donc tu disais… Que Ron a commis quelques indiscrétions dans son curriculum vitae. Et alors ? Je dois y aller Liane et toi, tu viens avec moi. Je ne peux rien te dire de plus si ce n'est que tu me fais perdre mon temps.

Elle l'arrêta d'un geste si déterminé qu'il en fut saisi. Il se rassit, les bras croisés sur sa poitrine, le corps sur la défensive. Elle entreprit méthodiquement de lui déballer la vérité comme elle aurait présenté un business plan à un investisseur potentiel, mais comme c'est souvent le cas dans ces situations, elle choisit de ne pas tout lui révéler.

Se concentrant sur Ron, elle gardait Frederick et Arun en réserve. Chaque nouvelle révélation aurait dû frapper Paul comme un coup de gant en plein visage. Mais, au lieu de se recroqueviller sous le poids des accusations, Paul se redressait, gagnait en superbe et ses lèvres minces et serrées se détendaient en un sourire. À ce moment précis, elle le détesta.

Paul n'avait pas tenté de l'interrompre et c'était mauvais signe. Quand elle en eut fini, il continua de se taire. Un coup d'œil à droite, un coup d'œil à gauche, il convoquait déjà du regard ses sbires disséminés dans la pièce.

Elle le provoqua :

– Si dans cinq secondes, tu n'as pas ouvert la bouche pour me dire quelque chose de sensé qui me convaincra de ne pas appeler Peter Brown, ce sera trop tard.

Paul soupira :

– OK.

Il lui donnait envie de lui aplatir son poing sur ses dents blanchies de frais.

– OK quoi ? J'appelle ou je n'appelle pas ?

– OK je te dis. Mais tu n'appelleras pas car tu ne peux pas appeler. Tu verras que les deux téléphones que tu as avec toi ne captent plus aucun réseau. Je les ai fait déconnecter pendant ta petite conversation. Ton portable habituel, cela a été facile, tu penses ! Depuis le temps que je l'ai piraté. Le crypté a été plus retors mais en faisant sauter toute la couverture du quartier, on y est arrivé. C'est sûr qu'il y a des milliers de petits rats de bureaux qui vont se sentir bien seuls sans leur meilleur ami pendant quelques heures, personne à qui téléphoner pour dire qu'ils sont dans le bus ou à la cantine. Ils s'en remettront.

Autour d'eux, une ola de panique semblait traverser le bar alors que les clients, les uns après les autres, levaient vers le ciel leur portable muet,

– Tu ne vas pas non plus pouvoir sortir parce que tu n'as pas que des amis ici. Ce serait dommage que tu gâches aussi la journée de ces gentils touristes en faisant un malaise éthylique sous leurs yeux. S'effondrer ivre morte, à même pas onze heures du matin, cela ne se fait pas chez les jeunes filles de bonne famille. Mais c'est vrai, tu n'en es pas une. Heureusement, ton chevalier servant, le bon Paul Habber, est là avec ses amis pour te ramener en lieu sûr dans sa limo garée juste devant la porte.

– Tu es en train de me dire que tu es prêt à me droguer et à me kidnapper devant tous ces gens ? Mais tu es devenu fou.

– Fou moi ? Non c'est le monde qui est devenu fou. Alors écoute-moi bien parce que je nierai toujours ce que je vais te dire afin que tu commences à comprendre pourquoi tu t'es mise dans un sombre pétrin. J'ai fait la connaissance de Ron lors des événements de Wall Street. Quand ses copains croyaient qu'ils pouvaient faire tomber le système financier mondial par la protestation non-violente, Ted avait des vues beaucoup plus radicales et plus matérialistes aussi. Il n'a pas été très difficile de le convaincre de prendre la place de Ron.

– Et c'était la même chose pour… La jeune femme s'interrompit, son instinct lui commandait de ne rien dévoiler. Paul demeurait impavide. Comme une fulgurance, dans son esprit s'installa l'évidence des raisons qui conduisaient Paul à ne rien vouloir entendre. L'argent, c'était une question d'ego et d'argent. Tout ceci était d'un banal.

– Donc Ron est le cheval de Troie qui va te permettre de siphonner toutes les liquidités d'une des plus riches banques au monde. Par contre, si tous les piliers de la finance mondiale s'écroulent, les monnaies disparaissent elles aussi. Parce que les banques sont toutes interdépendantes les unes des autres, à la fin de ton petit jeu de dominos, devises, valeurs boursières, cartes de crédit ne vaudront plus rien. On en revient à l'âge de pierre et au temps du troc. Quelque chose me dit que tu as déjà fait tes petites provisions de blé, de céréales, de coton, de cacao et d'or. Un vrai petit supermarché !

Elle reprit son souffle.

- En fait, ton fonds de commerce de bons sentiments n'est que la façade honorable derrière laquelle tu caches tes spéculations. Tu es vraiment pire que le reste.

- Pire non. Plus intelligent peut-être. Mais là n'est pas la question. Dis-moi, tu as une imagination débordante, ma Liane. Arnaquer ce crétin de Peter Brown en vendant des paquets d'actions à terme, je veux bien. Sa banque s'écroule, mes amis et moi revendons en sous-main des millions d'actions dix fois plus chères que leur valeur réelle avec des contrats à terme, où est le mal ? Je deviens encore plus obscènement riche, notre cause reçoit un confortable petit fonds de roulement et la terre est débarrassée d'un parfait con.

Il rit satisfait de lui avant de reprendre.

- Par contre, pour ton autre petit scénario de destruction totale, ce n'est pas une mais deux... Paul Habber réfléchissait vite... Non, trois banques qu'il faudrait faire couler. Et en plus, au même moment, exactement...Quelle drôle d'idée ! Tu peux me dire pourquoi je me ruinerais moi-même ?

Il lui saisit la main d'un geste apaisant pour mieux asséner le coup de grâce.

- Alors ce vieil Harry ? Toujours pas remise ? Il avait marqué une pause pour forcer le trait, insinuant que depuis son petit accident ; tout le monde savait qu'elle avait changé. Elle s'était ramollie, elle était devenue sensible, un peu hystérique même.

Il la cherchait et il allait la trouver mais pas exactement là où il l'escomptait.

- Paul, l'hystérique ramollie te salue bien bas. Nous n'avons plus rien à nous dire. Plus jamais. Tu veux te faire quelques centaines de millions, moi je te parle de détruire la finance mondiale. Finalement, j'ai toujours vu plus grand que toi.

Paul ne relâcha pas son poignet qui en devint douloureux.

– Tu cherches à me faire peur mais je m'en moque. Ce que je sais et que tu ferais bien d'intégrer dans ta petite tête, c'est que tu ne vas nulle part. Tu vas sortir gentiment avec moi. Je te garde jusqu'à la fin de l'opération. Juste pour m'assurer que tu ne feras pas de bêtises. Tu l'as deviné, j'ai plusieurs hommes à moi placés d'ici jusqu'à la rue. Ils ont pour mission de t'empêcher de prendre les voiles, par tous les moyens.

Il martela les mots avant de la saisir par le bras pour la mettre debout.

CHAPITRE 23

Le cappuccino que la serveuse blonde surmenée tenait en équilibre sur un plateau surchargé atteignit Liane en plein dans le mille, avant de se répandre sur tous ses vêtements selon la loi physique de l'emmerdement maximum.

– Ah ben, voilà ma veine ! Désolée, Darling. Je vais réparer cela tout de suite.

Ses glapissements étaient aussi puissants que son geste qui stoppa Paul dans sa lutte pour tirer Liane vers la sortie. À l'accent, on saisissait la rugosité d'une vraie fleur du Queens, née du mauvais côté du bien nommé Hell Gate Bridge. Paul la prit de haut, une erreur de jugement fatale.

– Vous voyez bien que nous sommes pressés. Elle se changera plus tard.

Mais la blonde était coriace.

– Désolée monsieur, mais c'est la procédure.

Elle donna un coup de mâchoire de T-Rex dans son chewing-gum et on y devinait la promesse d'une bulle rose et odorante prête à éclater au nez de Paul à tout moment.

– Nous offrons à nos clients incommodés un nettoyage immédiat puis nous remboursons les frais de pressing, sur présentation du reçu bien entendu. Parce qu'on ne va pas non plus payer le nettoyage de printemps de toute votre garde-robe. Enfin, vous me comprenez. Allez j'emmène la petite dame.

Paul s'impatientait :

– Mais enfin, Liane, dis-lui que ce n'est pas nécessaire. On n'y va, assez traîné maintenant !

Pendant une demi-seconde, la jeune femme hésita puis se décida à entrer dans le jeu, afin de gagner quelques secondes précieuses :

– Mais, chéri, tu as vu l'état de mon chemisier et celui de mon pantalon ? Je ne peux pas sortir dans la rue comme cela.

Ruminement de chewing-gum, bulle ou pas bulle ?

– C'est ce que je me tue à vous dire. En plus, le docteur de l'hôtel doit voir vos brûlures. En rapport à l'assurance.

À vrai dire, le café était tiède et même froid mais, inspirée par la serveuse, Liane montait en gamme dans son rôle de cliente offensée.

– Cela fait un mal de chien. Moi qui aie une peau si sensible…

Paul s'apprêtait à la tirer encore plus fort quand la serveuse lui fit lâcher prise pour saisir Liane par le bras. Paul fit un pas pour les suivre.

– On en a pour cinq minutes. Vous restez là au calme pendant qu'on s'occupe de Madame. Et si cela ne vous convient pas, Marlow notre garde de la sécurité, se fera un plaisir de patienter avec vous.

Elle était gonflée mais Paul n'avait plus de choix. Il éructait de rage.

– Je vais vous faire virer, sale mégère.

Elle répondit d'un haussement d'épaules :

– C'est comme si c'était fait.

Sans cérémonie, elle poussa Liane à travers la porte battante de la cuisine.

– Maintenant, ma belle, tu prends tes jambes à ton cou. Au fond des cuisines, il y a l'escalier de service qui donne sur l'entrée du personnel à l'arrière de l'hôtel. Voilà mon badge. Tu en as besoin pour sortir mais tu le laisses à Tommy, le type de la sécurité.

– Mais… D'accord. Oui, merci.

– Voilà, c'est bien, tu as compris. Tu me remercieras une autre fois. J'ai vu que ce type essayait de te causer des problèmes. Je ne supporte pas les mecs de son espèce.

Liane hocha la tête, la serrant dans ses bras.

– Je reviendrai…

– Sheena

– Je reviendrai, Sheena.

Il y avait encore des personnes décentes. Sheena devait sans doute cumuler plusieurs jobs pour nourrir trois ou quatre rejetons qui peineraient à reconnaître leurs géniteurs s'ils les rencontraient dans la rue. Ces femmes étaient comme cette friandise que les juniors de ses équipes affectionnaient tant : dure et sans attrait à l'extérieur, détonante et corrosive à l'intérieur. Elles avaient un nom : des « têtes brûlées » et il lui allait bien.

Elle traversa les cuisines sans que personne n'y trouvât rien à y redire, ne levant même pas la tête de leur tâche à son passage. Elle se jeta dans l'escalier vieillot aux murs jaunis et à l'odeur de Javel comme si sa vie en dépendait, ce qui était sans doute le cas. Deux mots martelaient à ses oreilles : dix minutes. Pourvu que la moto attende.

Liane fit passer le badge dans le lecteur relié à la porte de sortie qui s'ouvrit aussitôt dans un clic libérateur. Elle jeta la petite carte de plastique au guichet de la guérite de Tommy qui ne bougea même pas un muscle de son impressionnante carrure jusqu'à ce que son regard se porte sur la photo de Sheena. Il porta alors deux doigts à sa casquette de service et lui fit signe de se diriger vers la droite.

L'hôtel était un mastodonte qui couvrait un pâté de maison tout entier. L'entrée du personnel se trouvait à l'opposé du fronton de l'hôtel. Elle sprinta jusqu'à l'angle de Park Avenue puis s'accroupit derrière un véhicule garé en bordure de trottoir.

À cinquante mètres de là, la voiture de Paul Habber attendait, son chauffeur au volant tandis qu'un homme, oreillette et montre connectée en alerte, se tenait adossé à la portière.

Où était donc cette fichue moto ? Chaque seconde comptait et Paul se rendrait bientôt compte de sa disparition. Ce serait alors le branle-bas de combat. Son cœur remonta à ses lèvres et elle avait la tête qui commençait à tourner quand elle la repéra. Un peu plus loin le long du trottoir où campait l'entourage de Habber, qu'il lui faudrait donc franchir pour l'atteindre, ronronnait une Suzuki noire discrète mais impatiente, montée par un motard méconnaissable. Comment attirer l'attention de ce dernier sans éveiller celle des acolytes de Paul ? Il lui fallait trouver une solution rapide.

– Vous avez perdu quelque chose ?

Un rasta d'âge mûr, toutes dreadlocks dehors, lui sourit avec les dents du bonheur.

– Vous voyez ce motard là-bas, c'est mon fiancé et je veux lui faire une surprise. Est-ce que vous arriveriez à l'amener jusqu'ici ? Là-bas, il est un peu loin et le temps que j'arrive jusqu'à lui, il m'aura repérée et la surprise sera gâchée…

Une moue enfantine, franchement adorable et qui ne faisait pas partie du répertoire usuel de la jeune femme acheva de le convaincre. Elle en fut elle-même surprise et se promit d'ajouter cette arme nouvelle à son déjà impressionnant attirail d'ensorceleuse.

– Attends, Sister. Tu as trouvé l'homme de la situation. Il se frottait les mains en jubilant. Je sens que mes cours d'improvisation vont enfin me servir à quelque chose.

Sur ces mots, Rastaman s'en fut, tel un diable de Tasmanie soudain mû par une énergie, qu'il avait bien dissimulée jusque-là. Aussitôt dit, aussitôt fait ! Il se tenait devant le motard casqué, le visage décomposé et le suppliant de le déposer Dieu sait où. On aurait dit que la vie de sa propre mère était entre les mains gantées du mystérieux homme en cuir. Il s'agitait levant les bras au ciel, puis le tirant par la manche de son blouson de cuir. Ce fou allait le faire fuir ou pire encore, attirer l'attention de la garde rapprochée de Habber.

Elle allait se précipiter pour faire cesser cette farce grotesque car, même si le risque qu'elle prendrait était énorme, il serait toujours inférieur à celui, fatal, qu'elle encourrait si la moto se voyait contrainte de se déplacer par la sécurité de l'hôtel.

– Non mais quoi là ! Vous les croyez tombées du cul du camion ? Je vous préviens : si une seule de ces merveilles est froissée, salie ou pire endommagée, je fais hypothéquer vos bicoques et je vous fais rembourser ces chefs-d'œuvre jusqu'à leur dernière broderie. Et croyez-moi, cela vaudra plus qu'une rangée de vos masures pourries dans vos banlieues putrides. Je vous ferai hypothéquer même vos enfants, s'il le faut.

L'odieux individu proférait ces infamies d'une voix aussi haut perchée que les talons avec lesquels il poignardait le trottoir. Homme, femme, satyre à sabot, le choix était vaste et difficile mais ce qui était en revanche certain c'est qu'il n'aurait servi à rien de lui demander assistance. Pas une once de bienveillance émanait de son corps décharné et Liane décida donc de se servir sans demander.

Pendant que l'apprenti acteur attirait l'attention de la moitié de New York, dont les gardes du corps blasés de Paul, la jeune femme jaillit de sa cache et, empoignant avec autorité un bout du portant alourdi de vêtements bouillonnants de tulle, elle se joignit aux deux manutentionnaires à qui la ruine avait été promise au moindre faux pas. Un doigt sur les lèvres, elle les supplia du regard de ne rien dire. Ils avaient dû sentir qu'elle était de leur côté et ils détournèrent la tête, l'ignorant superbement, tout en poursuivant leur progression vers l'entrée principale du Waldorf à l'allure d'escargots que leur lourde et délicate charge leur imposait sur la chaussée défoncée.

Mètre après mètre, ce petit cirque s'approchait de la moto mais surtout des gorilles de Paul Habber qui s'impatientaient. Consultant leurs montres connectées frénétiquement tout en fixant la sortie de l'hôtel, ils semblaient croire qu'ils détenaient le pouvoir d'aspirer Liane et Habber hors du vortex du palace par la force magnétique de leurs seuls regards. Cela voulait dire que Paul n'avait toujours pas pris conscience de son escamotage mais qu'à la seconde où il comprendrait qu'il avait été doublé, la battue serait lancée. Les hommes de main se découvriraient alors des yeux dans le dos qui lui ne laisseraient aucune chance d'atteindre la moto.

Elle tenta d'accélérer le pas, aidée en cela par le modeux teigneux qui piaillait et pressait les livreurs. Le passage devant les complices de Habber sembla se passer au ralenti comme dans un mauvais film d'action où le héros reçoit et distribue les châtaignes avec la grâce d'une danseuse étoile dans l'ultime scène du Lac des Cygnes.

Liane ne respirait plus, son corps et son esprit unis dans un état quasi-second en autopilote. Enfin, le porte-bagages de la moto fut à portée de mains. Elle ne pouvait reconnaître avec certitude le conducteur casqué mais, que cela fut Xeo ou le Bon Dieu, elle n'était plus regardante sur l'identité de son sauveur. Il fallait qu'elle quitte ce guet-apens.

Elle franchit le mur de frou-frou mousseux, de plumes et de paillettes comme la tigresse d'un cirque face à un rideau de flammes, se projetant à travers les cintres et les vêtements dont plusieurs menaçaient de se décrocher. Elle enfourcha le porte-bagages alors qu'elle hurlait à l'inconnu casqué de démarrer tout en tambourinant frénétiquement de ses deux poings sur son dos.

Le modeux criait à l'assassin, essayant d'atteindre Liane d'un mouvement technique de lanceuse de marteau est-allemande, avec pour arme sa besace ciglée transformée en fronde.

Rastaman, quant à lui, se tordait les mains en implorant le ciel pour qu'il lui vienne en aide. Cette scène de la folie ordinaire version XXL commençait à faire son petit effet, même auprès des New-yorkais pour lesquels apparaître blasés était un art de vivre.

La moto démarra en trombe juste avant que le cercle des badauds et aspirants justiciers ne se referme sur elle. Pas le temps de mettre un casque que déjà Liane et son chevalier inconnu descendaient vers le sud de Manhattan à vive allure, se faufilant parmi les taxis et les limousines qui musardaient.

La jeune femme était intensément concentrée afin de mieux épouser l'inclinaison de la moto toujours plus périlleuse. Elle dépendait de cet inconnu, à la taille duquel elle était soudée, son dos imbriqué contre son ventre, sa tête appuyée entre ses épaules larges dans une intimité des corps qu'elle n'avait pas connue depuis Harry. Alors qu'elle n'avait été que crispations lors de sa virée involontaire avec Gaspar, elle prenait, arrimée à cet inconnu, une magistrale leçon de lâcher-prise. Elle ne contrôlait rien de cette situation et le mieux était donc qu'elle fermât les yeux.

Enfin, le bolide ralentit pour mieux attaquer la rampe bétonnée d'un parking souterrain où il s'engouffra alors que la porte se refermait rapidement à son passage. La moto s'arrêta dans un sous-sol désert et Liane se déplia avec difficulté, incapable de faire le moindre pas. La tête vide, elle s'appuya au premier pilier qu'elle trouva pour ne pas tomber. Le motard la rattrapa de justesse et les paroles d'apaisement qu'il tenta de prononcer s'échouèrent misérablement sur la barrière de la visière de son casque.

– Je ne comprends rien. Et qui que vous soyez, par pitié, enlevez ce casque !

Le motard arracha son casque de sa main libre.

– Liane, tout va bien. C'est moi.

Elle était dans un brouillard qui mettait du temps à se dissiper mais à travers lequel lui parvenait la voix lointaine de Xeo.

– Xeo, c'est vrai. C'est toi ?

– Oui c'est moi. J'ai besoin que tu m'aides car il faut faire vite. Déshabille-toi. J'ai une combinaison pour toi. On ne sait pas quelles cochonneries Habber a pu cacher dans tes vêtements.

– Mais, je ne comprends pas…

La jeune femme, abasourdie, était complètement incapable de faire un geste.

– Poudre chimique, marqueurs biologiques. Je t'expliquerai plus tard.

– D'accord mais tu veux bien m'aider ? Je n'y arriverai pas toute seule.

Elle tremblait des pieds à la tête.

Xeo jeta sa veste dans un grand sac plastique puis ce fut au tour de son chemisier taché, puis du pantalon qui furent prestement remplacés par un T-shirt et une combinaison de moto à sa taille. Ses escarpins valsèrent et furent remplacés par des bottes de moto qu'elle aurait mieux accommodées avec une robe à fleurs, si la situation l'avait permis. C'est cette pensée saugrenue qui acheva de la ramener à elle. Si elle pensait chiffon, c'est qu'il y avait encore de la place dans son existence pour de la futilité, ce morceau de barbe à papa de l'âme qui donnait du goût à la vie.

– Tes téléphones maintenant ?

Elle fouillait à présent son sac qu'elle avait choisi petit par précaution. Dans cet autre monde qu'elle avait quitté ce matin, elle avait alors dû penser que si besoin était, il ne ralentirait pas sa fuite au contraire de ses grosses besaces habituelles. Clairement son inconscient avait eu raison. Au moment où elle tendait son téléphone à Xeo, une sonnerie brève lui annonça l'arrivée d'un message. Ce dernier le lui rendit :

– Je parie que c'est important.

Un message de Paul clignotait. Le comité de direction et son président, l'estimé Peter Brown étaient à deux doigts de voter la nomination d'une des figures du combat écologique mondial, le talentueux et respecté Ron Del Toro au poste de directeur financier de la vénérable Richardson Brown. Il prendrait ses fonctions avec effet immédiat et la bonne nouvelle serait communiquée à la presse avant l'ouverture des marchés boursiers après-demain au plus tard.

Les petits copains de la Hogson Pearson et de la China Commercial Bank allaient être verts de jalousie.

Elle éteignit le téléphone et le lança à Xeo.

– Le crypté à présent.

Liane eut un geste de recul.

– Mais Xeo, j'ai toute ma vie dans ce téléphone.

Xeo la saisit doucement par les épaules comme pour raisonner et consoler à la fois une enfant triste. Il planta ses yeux dans les siens avec une infinie tendresse.

– Je crains que ta vie ait changé pour toujours aujourd'hui et qu'il n'y ait pas qu'à ton téléphone auquel il faille faire des adieux. De plus, je te parie qu'il a été décrypté.

Avant même qu'il eût fini sa phrase, un bip discret signalait l'arrivée d'un message. Ce devait être Gaspar ou Baptiste car eux seuls utilisaient ce numéro. « Comme tu as eu tort de ne pas me choisir, Liebling. Les vrais méchants vont s'occuper de toi. Et dire que j'ai tout fait pour te sauver. Adieu ! Paul ». Voilà, la messe était dite et elle le tendit à Xeo qui lui désigna une boîte noire en métal, apparemment très lourde. Ce truc pouvait arrêter n'importe quel signal, même ceux émis par les mouchards intégrés de toute dernière génération.

– Dis bye-bye à tes fidèles amis, on va essayer de voir ce que l'on peut récupérer, une fois que mes contacts auront nettoyé tes petits Judas.

Elle termina de vider les entrailles de son sac, son portefeuille, ses cartes de crédit et sa carte d'accès aux bureaux de Morgan Richfield, avec un nœud dans l'estomac.

Voilà, c'était fini. Xeo entra le code dans la serrure électronique puis s'assura que le coffre-fort déposé à terre était hermétiquement sécurisé.

CHAPITRE 24

Liane se sentit submergée par une vague de sérénité emportant corps et esprit dans un délicieux état d'apesanteur. Elle avait bien sûr entendu parler de ces expériences où l'esprit flotte entre deux eaux, deux éthers au-dessus des corps.

Se défaisant des chaines qui la reliaient aux multiples objets connectés qui régissaient son existence depuis des années ; sans filtre flatteur, sans réalité augmentée, sans mise en scène du banal quotidien, elle allait se résumer à elle-même.

De fait, au regard des marqueurs sociaux dématérialisés, de la finance en ligne, des réseaux sociaux, des comptes mail, de la téléphonie mobile, elle n'était déjà plus de la chair à « liker ». Autant dire qu'elle n'était plus.

L'ironie ne lui échappa pas : la vie moderne était devenue un enchevêtrement virtuel qui avait outrepassé ses droits et usurpé ceux du réel.

En les abandonnant, elle retrouvait le monde des tangibles, de ce qui existait véritablement, un billet de dix dollars, sali par des mains qui l'avait tenu, échangé, convoité ; le monde des habitués qui la croisant au fil des ans sur le même bout de comptoir avait pris l'habitude de la saluer de cette façon qui rend l'humanité tolérable depuis des générations.

Après tout, parmi les centaines de ses « amis » avec lesquels elle avait partagé les délices du cliché mis en scène de son dernier dîner dans un restaurant à la mode, combien avait véritablement partagé un repas avec elle ?

Xeo donna un coup sec sur le siège passager de sa moto. Mieux valait ne pas trop traîner ici et retourner à la maison au plus vite. Ron Del Toro avait réussi à se faire embaucher ou peu s'en fallait. Le troisième et dernier morceau du puzzle était en place. Il ne leur restait que peu de temps pour intervenir. Intervenir comment et surtout pour empêcher quoi… Un cataclysme ou une libération.

Elle avait pensé tout haut. Impatient, Xeo renouvelait son invitation. Il était temps qu'elle grimpe à l'arrière. On verrait tout cela plus tard.

Derrière la visière de son casque, elle décida de fermer les yeux à nouveau pour mieux lâcher prise, en pensée tout du moins. Quand la moto ralentit et que son rugissement ne fut plus qu'un ronronnement, elle ouvrit les paupières, embrassant d'un regard l'univers familier du garage de leur planque. Xeo descendait déjà de l'engin :

– Allez Liane. On monte à l'étage. Il faut avertir les autres.

Quelques minutes plus tard, Baptiste et Gaspar apparaissaient sur deux écrans séparés, avec leur tête des mauvais jours. Inutile d'y aller par quatre chemins, Liane était comme une sœur pour eux et leur sœur venait de l'échapper belle. Elle leur résuma la teneur de ses échanges avec Paul Habber.

– À moins que tes trois recrues soient simplement des escrocs qui essaient de se remplir les poches ? Gaspar s'impatientait.

Liane était songeuse. C'était exactement l'impression que Habber lui avait donné. Celui de n'être rien de plus qu'un escroc en col blanc qui essayait de se faire une petite fortune en retournant à son profit les arnaques qui maintenaient vaillant un système pourri qui aurait dû s'effondrer depuis longtemps.

Habber l'avait presque prise pour une folle paranoïaque quand elle lui avait parlé de cataclysme mondial. Mais Habber avait sa place sur Hollywood Boulevard pour ses talents d'acteurs et à la table des meilleurs joueurs de poker de Vegas tant il était un menteur habile.

– On a le choix. Petite escroquerie entre amis. Habber vend des actions de la Richardson Brown à terme juste après que son ami Del Toro l'ait dynamitée de l'intérieur avec quelques petites révélations sur des opérations cachées dans les fins fonds de hors-bilan dont Peter Brown n'a aucune raison d'être fier. Aujourd'hui le cours des actions est à quatre cent vingt dollars. Il en vend quelques centaines de milliers à quatre cent dix-neuf dollars, livrées à terme dans un mois où grâce aux indiscrétions de Del Toro, elles en vaudront la moitié, ou même moins.

– Donc aujourd'hui, si je te suis, il vend des actions qu'il n'a pas à prix d'or pour les racheter le jour de leur livraison pour une bouchée de pain. Il empoche la différence sans avoir rien à débourser. Ce mec peut se faire des millions sur le dos des petits porteurs et rien ne lui arrivera.

Gaspar était très franchement dégoûté tandis que Liane poursuivait.

– Mais de nos jours, cela ne va pas être facile, facile. Il va devoir voler en dessous des radars car, au-dessus d'un certain nombre d'actions échangées, il y a des enquêtes. La Security Exchange Commission et tous les superflics financiers de la planète vont s'abattre sur lui comme des mouches.

– Si on multiplie cela par tes trois marionnettes, tu vois le nombre de petites transactions qu'il lui faudra effectuer sous une foultitude de prête-noms pour que son scénario fonctionne sans risquer de finir ses jours à Alcatraz. C'était Baptiste, le pragmatique qui avait parlé et ce qu'il disait faisait sens.

– À moins qu'il ait mis au point une martingale informatique mais là, Gaspar marqua une pause, le mec est vraiment calé et il mérite chacun des dollars qu'il aura volés. Il aurait même droit à tout l'or du monde.

Liane avait tressauté.

– C'est ça… Tout l'or du monde. Il y a une autre possibilité. C'est la chambre de compensation.

Le débit de sa voix accélérait au rythme de ses méninges.

– C'est un endroit virtuel où les banques lavent leur linge sale tous les jours, en famille. Toutes leurs petites affaires, achats boursiers à terme, change de devises et autres structures beaucoup plus compliquées. À un même instant, il se passe un phénomène de compensation et toutes les lignes de crédit s'équilibrent et s'annulent entre elles.

– Viens-en aux faits, ma chérie. J'ai mal à la tête.

Gaspar gémissait, la tête entre les mains.

– D'accord, je fais plus simple. Imagine qu'à cet instant précis, au lieu de rendre l'argent qu'elle a emprunté ou de livrer les tonnes de cacao virtuelles qu'elle a vendues à terme, une grande banque retire ses billes du jeu.

– Cela fait un beau trou dans la caisse, je suppose. Arrête les images, je ne comprends rien à ce que tu racontes. S'énerva Gaspar.

– J'essaie, d'accord ! Soupira la jeune femme. Gaspar, tu dois cent dollars à Baptiste pour l'achat d'un nouveau ballon de basket, lequel s'est engagé auprès de Xeo à lui rembourser les cent cinquante dollars qu'il a avancés pour le rachat de son casque de moto. Avec ces cent cinquante dollars, Xeo va enfin pouvoir me rembourser les cinquante dollars qu'il me doit pour le cadeau d'anniversaire de Baptiste et rembourser Gaspar de cent dollars de matériel informatique.

Xeo éclata de rire et lui fit signe de continuer

– Dans un système de compensation bancaire, vous équilibrez les comptes et les dettes s'annulent. Gaspar ne donnera et ne recevra rien. Transaction nulle. Baptiste me donne directement cinquante dollars plutôt que de les faire transiter par Xeo à qui il ne donne que cent dollars.

– C'est gonflé. Ce sont les cinquante dollars de son anniversaire quand même.

– Mais on s'en fout, Gaspar. C'est un exemple.

– Maintenant imagine qu'au moment d'effectuer les transferts, le serveur de ta banque tombe en panne, et de la tienne Xeo, et de la tienne Baptiste. Plus personne ne sait plus qui doit quoi à qui, si cet argent a été payé ou pas. Toi Gaspar tu as toujours ton ballon de basket, toi Baptiste tu es toujours l'heureux propriétaire de l'ancien casque de moto de Xeo et toi Xeo, de tes joujoux technologiques mais comment prouver que ces objets vous appartiennent ? Il n'y a pas de preuves de paiement puisque vous n'avez plus de comptes en banque. Moi, je comptais sur les cinquante dollars dont je me fiche de qui ils viennent, pour payer mon loyer… Et je suis en danger de me retrouver à la rue. Donc, dans un premier temps, je me retourne vers Xeo, qui se retourne vers Baptiste et ainsi de suite. C'est la foire d'empoigne car personne n'a plus d'argent car l'accès à l'argent virtuel tel que les cartes de crédit, les transferts, les retraits s'est évaporé. Le bon génie du capitalisme est retourné dans sa lanterne. Finis les souhaits de shopping exaucés en un tour de plastique magique.

Elle poursuivit alors que les trois hommes peinaient visiblement à suivre la folle cavalcade de son esprit.

– Donc après l'émeute généralisée que vous pouvez tous imaginer où chacun essaie de récupérer ce qu'il peut par la force, des petits arrangements entre amis se mettent en place. Par exemple moi, en contrepartie de mon loyer habituel, j'offre en paiement à mon propriétaire un beau saucisson du boucher de Vétheuil que m'a envoyé ma mère.

– Donc le saucisson du père Troupiard,

Baptiste suait délicieusement alors qu'il tentait de résumer sa compréhension de la fantasque théorie,

– Devient notre nouvelle monnaie et notre brave charcutier sera assis sur une véritable fortune stockée dans sa cave d'affinage. Il était déjà facile de la gâchette comme cela. Là il va devenir un vrai danger public.

– Mais un danger public d'autant plus riche s'il est de mèche avec les banques et qu'il stocke des montagnes de son fichu bâton depuis des mois en prévision du jour J.

– Donc quelques banquiers tordus et le père Troupiard deviennent richissimes, assis sur leur fortune en saucisson et coulent une retraite paisible au bord d'un lac suisse pendant que le monde s'entre-tue pour un morceau de salami.

– Mais ça, c'est la version pour enfants. Bien sûr, le salami ne va pas devenir notre nouvel Euro ou Dollar. Remplace en revanche le salami par de l'or, ce bon vieil or qui fait tourner la tête de l'humanité depuis qu'elle marche à deux pattes. Tu as suivi ce qui s'est passé au Venezuela quand l'inflation galopante a fait s'effondrer la monnaie et a jeté sur les routes des millions de Vénézuéliens. Ou pire quand les dévaluations de la République de Weimar ont porté un raté à moustaches au pouvoir. Là, tu accélères et tu multiplies le scénario.

– Tout s'écroule !

À part l'or, oui, tout allait s'écrouler. Mais pourquoi personne n'y a jamais pensé avant ? Justement pas mal de gens y avaient pensé avant mais ils n'avaient jamais été assez audacieux. Leur ambition n'était que de s'enrichir en utilisant le système, pas le détruire. L'escroquerie à grande échelle avait toujours existé et elle avait fonctionné quelques fois. Honteuses de s'être fait piéger par plus roublards qu'elles, les grandes banques avaient dissimulé leurs pertes au grand public, allant pleurer misère auprès des gouvernements après s'être fait détrousser. La fin était connue d'avance. Le petit contribuable payait toujours et tout redevenait comme avant, avant de repartir pour un tour.

Gaspar toujours pratique donna une grande claque sur son ordinateur portable.

– Assez parlé. Qu'est-ce qu'on fait. On liquide les trois arnaqueurs, les quatre en ajoutant le beau Paul ?

Baptiste leva la main en signe d'apaisement. Sûrement Gaspar allait pouvoir faire des miracles technologiques pour arrêter ces transferts de fonds. Liane et Gaspar secouèrent la tête de concert.

– Non, pas cette fois. Il faut des accès avec des codes hypercomplexes et la combinaison de ces trois clés virtuelles, et seulement la combinaison de ces trois clefs virtuelles au même moment, peut arrêter ce qui est déjà encodé.

Ils leur avaient manqué la pièce maîtresse mais à présent, ils en étaient convaincus, Paul Habber était le cerveau de cette machination et c'est lui qu'il fallait atteindre en premier.

Sur la chaîne d'information continue qui tournait en boucle dans une petite fenêtre de l'écran géant, une bannière annonçait « Breaking News » équivalent moderne du crieur du Moyen Âge, qui dans un réflexe archétypal, faisait naître suspens et frémissements à la promesse surjouée de catastrophes qui n'étaient le plus souvent que de simples petits faits divers.

La banque Iman Brothers était en cessation de paiement, faisant souffler un délicieux vent de panique sur les places financières mondiales. C'était moche, c'est sûr mais à l'échelle de l'Armageddon qui s'annonçait, ce n'était rien qu'une piqûre de puce sur le dos hérissé d'un chien enragé.

Ce qui était curieux était qu'Iman, dans ses heures de gloire de la fin du siècle dernier, avait été la banque où Paul et Liane avaient fait leur stage de fin d'études. La note finale de cette dernière avait été un poil meilleure que celle de Paul lui garantissant, à elle, la première place sur la prestigieuse Dean List, la liste des meilleurs élèves gravée à jamais dans le marbre du hall de l'université et dans la mémoire des recruteurs du monde entier.

Paul ne leur avait jamais pardonné. Quand il lui avait murmuré à l'oreille, tout en l'embrassant chaleureusement sur l'estrade de la cérémonie des récompenses qu'il se vengerait un jour, elle avait eu tort de ne pas le prendre au sérieux… Ni de lui demander si la menace s'adressait à Iman Brothers, à elle-même ou aux deux.

Vingt ans plus tard, elle avait la confirmation que Paul était un très mauvais perdant mais aussi qu'il tenait toujours ses promesses. Paul lui envoyait un message en torpillant la banque qui lui avait fait perdre sa place de major de promotion à son profit à elle, sa chose, son oursin.

Gaspar était apparu à l'écran, excité d'annoncer, qu'en effet la chère vieille dame respectable de Wall Street s'était fait voler son sac à provisions. C'était le blocus en termes de communication mais il tenait de sources sûres que des prodiges du cyberespace avait vidé son coffre-fort virtuel en l'espace d'un dixième de seconde. Toutes les sécurités informatiques avaient agi avec l'efficacité d'un sac de sable face à un tsunami.

– Gaspar, c'est Paul Habber qui est derrière cela. C'est un avertissement, une mise en garde avant l'apocalypse.

Baptiste se raidit, le poing droit frappant la paume de sa main gauche dans un geste perdu depuis longtemps mais qui, en son temps, avait marqué le coup d'envoi de castagnes mémorables.

– Je vais me le faire.

Xeo posa son téléphone qu'il venait juste de consulter.

– Ne te fatigue pas, Baptiste. Quelqu'un s'en est chargé pour toi.

CHAPITRE 25

Paul Habber s'était défenestré. Le contact de Xeo qui s'apprêtait à lui rendre une petite visite pas du tout courtoise avait failli se le prendre sur le crâne, au pied de son immeuble.

Cela devait être le remord, ou la crainte de finir ses jours en prison. Chacun y allait de sa petite explication, chacune plus vaseuse que l'autre. Leur coupable numéro un s'était mué en victime. Leur théorie du complot devenait une histoire pour faire peur aux gamins qui ne tenait pas debout.

– Comme ton ex, ma chérie, il ne tiendra plus jamais debout.

Elle avait aimé cet homme, leur rappela-t-elle donc elle exigeait un minimum de respect et de silence.

– De silence, Gaspar se marrait ouvertement. Pourquoi pas une prière ?

– Du silence pour réfléchir, Gaspar. Tu sais ce truc inutile dont tes petites copines semblent avoir fait abstraction depuis leurs naissances.

– D'accord, j'ai peut-être un faible pour les coloristes mais j'ai acquis une connaissance sur les techniques de teinture qui te laisserait sans voix.

Gaspar était sérieux.

– Et puis, le pire qu'il me soit arrivé, c'est qu'elles me ratent un balayage quand elles étaient un peu énervées tandis que tes chéris… Parlons-en. Harry a carrément payé un gus pour te faire écraser et Paul, l'apprenti albatros, a essayé de t'enlever ce matin même.

Elle avait un goût exécrable dans ses choix amoureux, c'était démontré, acté et confirmé. Xeo, à ses côtés, ne manquant pas le regard perplexe qu'elle lui avait jeté, lui sourit en haussant légèrement les épaules. L'expérience était une lanterne qui éclairait le chemin parcouru. La réceptionniste de Morgan Richfield avait fait de cette maxime son fond d'écran, cela devait donc être vrai.

– Gaspar, je te demanderai plus tard une consultation de thérapie sentimentale. En attendant cette heureuse occasion, j'aimerais bien comprendre pourquoi Paul, sur le point de se faire la vraie petite fortune dont il rêve depuis que son institutrice de grande section lui a appris le mot, se jette par la fenêtre…

Pour Liane Paul avait été supprimé, cela ne faisait aucun doute. Rarement, on pouvait même dire jamais, les ordures se balayaient elles-mêmes de la surface de la terre. Il fallait toujours qu'une bonne âme les y aide.

Xeo se saisit du clavier et fit apparaître une sorte de flip chart virtuel comme on en voyait dans la pâtée pour chien visuelle qui se déversait, à longueur de soirées, sur les écrans de télévision du monde entier. Liane n'en pouvait plus de ces enquêtes criminelles menées par des polices plus ou moins scientifiques où les ratios de la diversité étaient aussi méticuleusement respectés que la prévisibilité de la résolution des énigmes. Les coupables y étaient aussi subtilement balisés qu'une piste d'atterrissage en plein brouillard dans un aéroport international. Seule leur localisation : New York, Los Angeles, Copenhague ou Châteaudun offrait une variation bienvenue. Avec sa souris, il fit passer Habber de vilain méchant à vilaine victime et attendit. Quel était le fil rouge qui leur avait échappé ?

Un ange, qui lui évita de s'écraser sur les convives, passa. Sur la chaîne d'informations en boucle, c'était Paul à présent qui volait la vedette à Iman Brothers alors qu'il apparaissait brillant, énigmatique et terriblement fier de lui-même sur les tapis rouges qu'il arpentait avec l'aisance des habitués. À son bras, cheveux sombres, peau micro-abrasée diaphane et sourire immuablement rangé dans un coffre dont elle avait perdu la clef, la terriblement compétente, terriblement engagée, terriblement emmerdante Maitre Lowenstein.

– C'est elle. Liane avait le doigt pointé vers l'écran. C'est Diane Lowenstein.

– On sait, Liane. On l'a reconnue. C'est Diane Lowenstein, cette harpie qui te déteste depuis toujours. On connaît la musique.

Déjà levé, Xeo enfilait son blouson de motard, prêt à rendre une visite impromptue à l'avocate qui non seulement avait été la petite amie de Habber mais avait signé les bons de libération des trois guerriers alter mondialistes qui aujourd'hui siégeaient à la direction financière des trois plus grandes banques au monde, crasseuses petites cendrillons qu'elle avait métamorphosées en reines du bal des vampires.

Liane l'arrêta. Il lui manquait une information, elle le sentait, juste un lien, une toute petite pierre blanche qui les mènerait à la tanière du grand méchant loup.

– Gaspar, tu peux demander à Nella de nous trouver tout ce qu'elle peut sur Diane Lowenstein. Enfin, tout ce qu'elle ne voudrait pas qui se sache. Nella est extrêmement douée pour remuer la fange.

Liane savait que Nella l'avait entendue et que cela la rendrait encore plus hargneuse dans ses recherches. Cela lui faisait du bien pour une fois de ne plus prendre des gants avec cette fille barrée qu'elle aimait pourtant bien. Elle se promit de faire cela plus souvent, elle gagnerait ainsi des années de vie en plus et des ulcères à l'estomac en moins, en plus de la satisfaction immédiate d'avoir été vilaine.

Gaspar lui faisait les gros yeux quand son téléphone sonna là-bas, à Paris. Après quelques mots rapidement échangés, il tendit son mobile vers la caméra. Ils reconnurent tout de suite la voix de Colin, qui contrairement à l'inclination naturelle de ses compatriotes, devenait plus britannique au fur et à mesure que ces émotions lui échappaient.

– Liane, Xeo, Baptiste, quel plaisir ! Beau temps à New York ? Ici c'est un peu gris.

Un Anglais ne s'interrompait pas quand il se livrait à la cérémonie des considérations météorologiques. Cela aurait pu le choquer au point de le rendre mutique. Ils émirent des sons qui manifestaient l'approbation, la commisération enfin tous ces parasites verbaux nécessaires à l'humain pour se sentir en lien dans l'art de la conversation.

Colin, rassuré, poursuivit.

– Liane, je viens de recevoir au bar une lettre pour toi, il y a à peine cinq minutes. Elle était glissée juste entre le gin London N1 et la vodka Stolinchnaya noire. Il marqua une pause. Je crois, enfin je crains… Elle vient de Harry ou de Paul. J'ai appelé ton numéro mais il ne répond plus alors j'ai essayé Gaspar. Tu sais comment il est… Avec ses téléphones toujours collés aux oreilles. Je suis navré de vous déranger, je n'aurai peut-être pas dû. Mais tu sais, le London N1 et la Stolinchnaya noire…

– Je sais Colin. Merci.

Les alcools préférés respectivement de Harry et de Paul.

– Tu peux me lire la lettre, s'il te plaît.

– Je ne peux pas Liane. Désolé… Si Baptiste veut bien envoyer un coursier du ministère…

À l'écran, Baptiste fit signe qu'il s'en chargeait alors qu'il ramassait ses affaires pour se mettre en route pour le Ritz. Au même moment, Nella, casque sur la tête et regard amusé, prenait le relais.

– La salope ! Elle fit trainer le mot dans sa bouche en appuyant jusqu'à la caricature sur le o. Puis s'ensuivit un regard appuyé vers Liane puis une œillade enjôleuse à Xeo avant de marquer un temps d'arrêt sur Gaspar qu'elle choisit d'ignorer avant de poursuivre.

– Ces princesses aux grands airs, sorties des meilleures écoles, plus diplômées qu'une équipe de secouristes, avec des carrières à faire baver d'envie nos énarques… Des salopes.

Gaspar était vexé.

– Tu en viens aux faits, on a compris le message mais là, tu vois, il y a le monde à sauver.

– Impatient, va ! On dit : « S'il te plaît Nella ».

– S'il te plaît Nella. Le chœur des impatients reprit à l'unisson.

– Paul Habber aurait pu être amorti par ses cornes, ses bois, que dis-je un royal celui-là. Douze pointes et même treize pour la poisse. Son dernier petit flirt à la Lowenstein… Je vous le donne en mille. Il est riche, il est beau, c'est une ordure et non, malgré son pedigree parfait pour elle, Liane ne se l'est pas fait… Enfin je crois.

– Peter Brown.

Xeo était rapide.

– Petit joueur. Essaie de mieux faire. Je m'adresse à toi Xeo parce que les deux autres ont été transformés en statues de sel. Bon allez, c'est cadeau. Peter Brown, Pal Omer et Chris Wood, un plan cul à quatre en or massif. Les patrons des trois plus grosses banques au monde, tous en même temps et au même endroit. Une île pour riches dans les Caraïbes où ces trois-là plus Messaline se sont retrouvés incognito il y a six mois. Aucun du staff présent sur l'île ne pourra malheureusement en témoigner… Un terrible incendie sur le bateau qui les ramenait dans leurs quartiers à la fin de leur service. Tous morts, très triste.

Gaspar forma un T de ses deux mains. Time out. Ils allaient tous prendre cinq minutes de pause, le temps que Baptiste rejoigne Colin pour prendre possession de la missive mystérieusement portée par le Styx jusqu'aux abords de la place Vendôme et échouée entre deux bouteilles d'alcool fort dans son bar.

Nella se leva, quittant l'écran sans même adresser un mot à Gaspar. Pour une fois, c'est elle qui avait la main et elle n'était plus prête à la lâcher. Des années à être la bonne copine d'un Gaspar qui la traitait avec cette fraternelle condescendance qui, aussi sûr qu'un lent poison, éteint la force vive des femmes amoureuses dévorées par leur flamme qui brûle en vain. Malgré son éternel casque sur les oreilles, son t-shirt noir déformé et son jeans même pas troué aux bons endroits, Nella se sentait belle, sûre d'elle, comme elle n'aurait jamais dû cesser de l'être.

– Ciao la compagnie ! J'ai mon vol pour Kiev qui m'attend. Toujours rêvé d'apprendre à coder en Ukrainien.

Gaspar, s'il enregistrait la métamorphose qui prenait place sous ses yeux, n'en montra aucun signe. Affalé dans son fauteuil, pianotant sur un de ses nombreux portables, il ne levait même pas les yeux vers sa comparse qui lui avait donné dix ans d'une indéfectible loyauté. Il invita Nella à ne pas l'emmerder d'un geste de la main puis se tourna vers Liane qui sentait le vent de la solidarité féminine balayer d'un coup les différends qui s'étaient accumulés entre elle et Nella.

– Gaspar, Nella s'en va. Fais quelque chose, là, maintenant et tout de suite.

Un grognement indistinct lui répondit alors que Liane égrainait la litanie des nombreuses qualités de la jeune femme. À force d'arguments, elle en conclut qu'il était trop con.

– Tu as raison Liane et toi et moi, on s'y connait en cons.

C'était Nella qui lui envoyait un baiser depuis l'écran de Paris avant de saisir son sac de toile et de lui promettre qu'elle serait toujours là pour elle. Liane lui rendit la pareille. Gaspar venait de perdre la femme de sa vie mais Liane avait gagné une alliée.

CHAPITRE 26

Baptiste savait encore bien manier le scooter malgré des années de berlines officielles. Il lui avait fallu cinq minutes pour parcourir les quelques kilomètres qui séparaient le ministère du palace parisien, tout en respectant les mantras du parfait bobo qu'il était devenu : ton casque, tu porteras ; piétons et trottoirs tu éviteras… Et ton brushing tu ménageras. Mais pour Baptiste, le dernier s'avérait superflu. Il avait toujours porté le cheveu ras, ce qui accentuait encore plus la perfection de ses traits.

Le voiturier du Ritz allait chasser comme un malpropre le pétaradant deux roues quand il reconnut le conseiller spécial du Président. Ce sont cependant ses liens indéfectibles avec Colin, connus de tout le personnel de la vénérable institution, qui lui offrirent l'ultime passe-droit : un parking. Un jeune groom apparut de nulle part pour se saisir de l'engin et alla le remiser. Baptiste le remercia chaleureusement avant de se précipiter vers le bar au pas de course, comble de l'incongru dans un lieu aussi feutré. Quand Baptiste courait, la tête des femmes tournait et l'ego des hommes plongeait. Comme un Rodin qui aurait pris vie, il était d'une beauté parfaite.

C'est exactement ce que se disait Colin quand il le vit surgir et aussitôt ralentir pour se couler dans l'uniforme d'un tout relatif anonymat. Même quand il voulait se faire passer pour monsieur tout-le-monde, on ne voyait que lui, un guépard au jardin des Tuileries. Les deux hommes se saluèrent. Baptiste commanda un thé glacé avant d'interroger le barman du regard. L'endroit était truffé de caméras et la lettre pouvait aussi s'avérer être un piège d'autant plus que l'identité de son dépositaire demeurait inconnue.

Lui faisant signe de le suivre, Colin prit les devants, naviguant un dédale d'arrière-cuisines, de garde-meubles, de buanderies pour arriver à un sas blindé à ouverture par reconnaissance optique.

Un homme d'environ quarante ans apparut, une boîte en métal noir mat à la main. Sa stature hors norme le disputait à un visage aux traits parfaits ciselés dans un marbre presque translucide. Si les yeux sont le reflet de l'âme, les siens clairs ourlés de cils presque incolores promettaient le cristal des grands esprits, droits et habités.

– Bonjour monsieur Bateman. Je vous remercie. Ne vous inquiétez plus, je suis en charge à présent.

Baptiste s'apprêtait à se saisir de l'enveloppe que le barman sortait de sa veste de costume quand l'homme l'arrêta net.

– Je ne ferais pas cela si j'étais vous, monsieur le conseiller.

Et c'est alors que Baptiste se rendit compte que Colin n'avait pas quitté une paire de gants blancs depuis le début de leur entrevue et que l'enveloppe était à présent scellée dans un sac en plastique épais et transparent. Le responsable de la sécurité avait pris les mêmes précautions, alors qu'il s'était saisi de l'enveloppe dont on apercevait le lourd vélin crème, pour l'enfermer dans la boîte.

– Merci, cher John. Je vous rends vos gants et vous laisse avec Baptiste. Vous m'excuserez mais je me suis déjà trop absenté.

Clairement Colin ne voulait pas savoir. Il aimait trop Liane pour supporter qu'un de ces malfaisants, Harry ou Habber, puisse encore lui faire du mal depuis l'enfer où sans nul doute ils s'étaient enfin retrouvés.

– Monsieur le conseiller spécial, si vous voulez bien me suivre.

Baptiste s'inclina puis s'apprêta à s'engager dans le sas. S'il avait toujours eu un problème avec l'autorité quand elle était usurpée, il savait reconnaître un vrai meneur d'hommes.

– Appelez-moi Baptiste, s'il vous plaît.

– Et moi, John. Please.

John plaça son iris bleue face à la cellule de lecture. Comment aurait-elle pu lui résister ?

En un instant, les deux hommes se retrouvèrent emprisonnés dans l'espace exigu, deux félins habitués à dominer leur territoire et à évoluer en liberté qui se jaugeaient. La tension se fit palpable, le cœur de Baptiste s'accéléra comme pour se rappeler à lui. Telle une midinette, il sentit la chaleur monter à ses joues et ses mains devenir humides. Cela avait un nom : le coup de foudre et il avait mal choisi son moment. Baptiste tenta d'extirper de son esprit ensorcelé un bon mot, un trait d'ironie qui aurait pu le ramener sur terre et lui redonner la main, mais il partait perdant.

Il s'en remit alors aux acquis de l'école de la vie lui rappelant combien de fois son charme l'avait sorti de bien plus épineuses situations. Ses yeux se fondèrent en un onctueux ruban de réglisse et il flasha ce sourire-là, celui auquel on ne résistait pas. Mais John n'était pas le premier venu, il était unique ou tout du moins il l'était déjà pour Baptiste. Son regard planté dans celui de Baptiste suffit à mettre à nu l'évidence. L'attraction était mutuelle. Entrés compagnons d'arme, les deux hommes sortaient du sas, foudroyés par Cupidon.

La salle de contrôle du luxueux palace, plongée dans la seule lumière des écrans de veille, comptait le nec plus ultra de la technologie de surveillance. Habitué des antres de Gaspar, Baptiste ne montra aucune surprise. Guidé par John, ils progressèrent vers un cube de verre sécurisé auxquels deux paires de gants de protection étaient reliées. Il glissa la boîte de métal noire dans la base du cube où elle s'enclencha. John vérifia que l'ensemble était parfaitement scellé, isolé de l'atmosphère extérieur, avant d'enfiler les gants de protection pour manipuler l'enveloppe.

Baptiste ne savait que faire devant ce qui ressemblait à une couveuse. Il le dit à John que cela fit sourire. Alors, enfin, Baptiste se détendit.

– Je peux vous assister.

– Avec plaisir. Je crois que ce pli est destiné à une de vos amies et je déteste ouvrir un courrier qui ne m'est pas adressé. Donc vous allez manipuler l'enveloppe pendant que je procéderai aux analyses toxicologiques. Enfilez l'autre paire de gants, je vous prie mais n'ouvrez pas le pli jusqu'à ce que je me sois assuré qu'il n'y ait pas de matières explosives.

John était à présent aux commandes d'un ordinateur dernier cri sur l'écran duquel des spectres colorés absorbaient toute son attention.

– Vous pouvez y aller. Cela ne devrait pas exploser.

– Vous avez utilisé le conditionnel. Comment dois-je prendre cela ?

John éclata de rire.

– Comme le défaut de langage d'un vieux baroudeur écossais qui manie le français comme il le peut. Cela ne va pas exploser, je vous le garantis.

Baptiste procéda à l'ouverture de l'enveloppe avant d'extirper la lettre pliée en quatre. John lui fit signe de continuer et alors qu'il dépliait le lourd papier, on commençait à apercevoir une écriture manuscrite tracée à l'encre bleu noir.

L'écran devant lequel s'était incliné John avait pris vie. Spectres et graphes ressemblaient à des aurores boréales prises de frénésie.

– Baptiste, si vous voulez bien secouer cette feuille au-dessus des capteurs là, sur le côté droit. Bien. Et maintenant posez-la bien à plat. Enlevez les gants et venez-vous placer à côté de moi, s'il vous plaît.

John émit un soupir admiratif puis se lança dans le décryptage des phénomènes colorés qui s'agitaient sur l'écran. C'était du travail grossier mais tout de même rusé. Une poudre chimique avait été glissée dans l'enveloppe à sa fermeture et on n'avait pas lésiné sur la dose. Ce qui indiquait que l'opérateur n'y connaissait rien, commenta John. Un micron de cette substance suffit pour intoxiquer mortellement sauf…

– Sauf… Interrogea Baptiste.

– Sauf si la personne qui ouvre l'enveloppe est une femme, caucasienne, de groupe sanguin A rhésus +. C'est le nec plus ultra de la guerre biologique, une substance avec sélection génétique intégrée. C'est extrêmement coûteux mais le type qui l'a utilisée ne savait pas s'en servir, c'est sûr. Il voulait s'assurer que si sa lettre échouait entre les mains de personnes indiscrètes, le lecteur tomberait raide mort, une fois passée la première ligne.

– C'est l'effet que me font certains rapports de mes collègues. Vous croyez qu'ils cherchent à se débarrasser de moi ?

John rit de bon cœur, lui conseillant plutôt de se débarrasser d'eux, mission dont il offrait de se charger. Passé ce moment de relâchement potache, ils reprirent leur tâche et leur rôle respectif. Le cliché agrandi de la lettre s'afficha sur l'écran.

– Vous avez un système de communication cryptée, j'imagine. Pouvez-vous le connecter à ce numéro. Je voudrais que celle à qui cette lettre est destinée soit la première à en prendre connaissance.

Xeo apparut à l'écran et salua les deux hommes.

– Tu peux aller chercher Liane. J'ai une nouvelle version de Lettres d'Outre-Tombe pour elle.

« Ma chère Liane, ma chère lionne,

Si tu me lis, c'est que ni moi, ni Habber ne sommes plus de ce monde. C'est plutôt fâcheux mais le fait que cette ordure d'Habber n'en soit plus non plus m'offre un certain réconfort que tu jugeras sans doute mesquin. Il était supposé te protéger après ma mort mais même cela, il a réussi à le rater.

Lui et moi avions mis au point un coup magistral. Tu en faisais partie, à ton corps défendant mais tu sais combien j'ai toujours aimé ton corps et pour être honnête, j'ai été très contrarié quand tu me l'as défendu. Tu ne souris plus à mes jeux de mots ? Alors allons droit au but !

Je t'aurais bien proposé de participer à notre petite affaire mais tu aurais refusé, bien entendu. Alors Paul et moi t'avons mis dans les pattes nos Frederick, Arun et Ron, faits maison. Tu les as fait embaucher dans les postes de directeurs financiers les plus prestigieux, devenus miraculeusement vacants grâce à un peu de persuasion et beaucoup de linge sale ramassé par ce fouille-merde de Paul. Une fois aux commandes, nos gamins étaient chargés de nous renseigner sur les petits secrets honteux des banques de ces crétins de Peter Brown, Pal Olmer et Chris Wood. On avait acheté à découvert quelques millions de leurs actions, découpés en petits morceaux pour passer sous les radars et on attendait juste le bon moment pour faire plonger leur cote temporairement avec une révélation pas très reluisante, fruit du travail d'investigation de nos trois taupes garanties bio. Un par continent, rien de bien méchant et puis tu sais, le peuple a la mémoire courte. Ni vus, ni connus, cent millions de dollars au compteur à se partager à deux plus quelques millions pour toi car toi, ma belle, c'en était fini de ta brillante carrière. Plus personne n'aurait voulu travailler avec toi après de telles erreurs de jugement de ta part. Tu aurais peut-être eu droit à un procès pour négligence mais ne t'inquiète pas, nous t'aurions fourni le meilleur des avocats : la Lowenstein.

Mais cette salope nous a court-circuités. Non contente de baiser avec Paul, elle l'a baisé tout court avec Peter Brown, le célibataire le plus convoité de la galaxie. Je vais te la faire courte. Fini notre petit deal de débutants, elle a vu les choses en grand la Lowenstein, d'autant plus que les trois hirsutes crasseux que tu as hissés dans les hauts étages de la finance lui sont dévoués corps et âme depuis qu'elle les a sauvés de la prison.

En utilisant leurs codes de compensation simultanément au moment du clearing et en retirant leurs billes d'un seul coup, je suis certain que tu as compris au moins cela, ils vont créer un appel d'air qui va faire s'écrouler la finance mondiale. Ils s'en foutent, ils n'attendent que cela, ces idéalistes ignares.

En revanche, ce que nous n'avions pas prévu, c'est que Peter, Pal et Chris profiteraient de cette opportunité pour blâmer de supposés terroristes pour l'effondrement imminent de leurs institutions pourries jusqu'à la moelle. Belle excuse pour se débarrasser des cadavres puants des trois carnes les plus respectées de la finance mondiale.

Panique générale que tu imagines. On en revient temporairement au troc, à l'or et cela tombe bien, car ces ordures en ont déjà acheté des tonnes qu'ils ont accumulées dans un lieu tenu secret. Ils deviennent les maîtres du monde et attends, le meilleur arrive.

Comme on ne change pas les vieilles combines qui marchent, ils vont se tourner vers les gouvernements et autres banques centrales en leur promettant la fin du monde s'ils ne volent pas aux secours de leurs banques si injustement assiégées. Ces politiciens crédules puisent alors dans les réserves d'or publiques pour leur en fournir en garantie pour reconstruire leurs tripots. Beaux doublets ! Le temps que ces benêts se rendent compte qu'ils se sont fait encore une fois avoir, Peter et sa bande sont les plus gros détenteurs privés d'or au monde au moment précis où le monde est revenu à l'or comme monnaie d'échange.

Tu crois que je suis fou ? Si c'était le cas je serais encore en vie et ce salaud de Paul aussi. Quant à toi, comme tu es la prochaine sur leur liste, tu n'as pas le choix : il faut que tu les arrêtes même si cela veut dire nous venger, moi et ce cher Paul. Même si cela te donne la nausée, ma belle, tu vas devoir t'y coller.

Avant de sortir tout à fait de ta vie, il y a une dernière chose que je n'ai jamais pu t'avouer de mon vivant. Ce n'est pas moi mais la Lowenstein qui a payé le taxi qui t'a roulé trois fois dessus devant mes bureaux et sous mes yeux. Elle m'a appelé de New York pour me dire de me diriger vers la fenêtre et de profiter du spectacle. C'est là que tu m'as aperçu alors que tu étais en train de crever à terre, C'était un avertissement pour me montrer qu'elle pouvait tout me faire, même détruire celle à qui je tenais plus que tout ainsi que notre enfant qu'elle portait. Je devais me taire pour que tu restes en vie, quitte à ce que tu me haïsses à jamais.

Maintenant il est temps de refaire ta vie. Oublie-moi.

Avec tout mon amour.

Ton Harry. »

Un silence gêné suivit. Les regards étaient tournés vers Liane dont le visage occupait les écrans. Une flamme guerrière s'était embrasée là où on aurait pu attendre de l'abattement ou même les larmes.

– Je vais me la faire… Comme au bon vieux temps. Baptiste, d'ici une heure, pourrais-tu réunir autour de toi, Gaspar, le père Francis et vous, bien entendu, général Coleman. Votre aide nous sera extrêmement précieuse… Si notre Saint-Père vous y autorise bien sûr.

Ainsi cet homme, image sortie tout droit d'une brochure de recrutement de l'armée de terre, n'était autre que le mystérieux général John Coleman. Stratège autant qu'homme de terrain, il avait dirigé nombre d'opérations à vocation humanitaire à la tête de forces internationales, puis fatigué par l'hypocrisie et la lenteur des gouvernements, il avait rencontré le père Francis, le garde du corps préféré du Pape. Il s'était placé sous les ordres de Sa Sainteté et avait rassemblé de toutes pièces une force spéciale hors norme. Rapide et redoutablement efficace, il ne tuait qu'en cas de nécessité mais sans hésitation. Baptiste le regardait comme s'il avait devant lui une apparition, bouche bée alors que le cliché qui avait happé son regard dans le bureau du père Francis à Saint-Sulpice lui revenait à l'esprit.

– Je suis désolé Baptiste mais nous n'avons pas vraiment eu le temps de faire connaissance.

Il lui tendit une poignée de main franche. Quelque chose lui disait qu'avant peu, ils se connaîtraient beaucoup mieux.

254

CHAPITRE 27

L'humeur aurait dû être sombre mais quand le petit groupe se retrouva réuni par écrans interposés, il en émanait une bonne énergie. Ils n'étaient pas à la veille de Waterloo mais plutôt dans l'impatience contenue d'en finir avec de vieilles connaissances qui vous auraient pourri la vie trop longtemps.

Il y avait de nouvelles têtes dans le tour de table et pas des moindres : le père Francis que Liane avait rencontré brièvement chez sa mère quelques mois auparavant et le général Coleman, le dernier venu.

Ils se saluèrent mutuellement, tel un conseil d'administration hétéroclite se penchant au chevet d'une faillite imminente. Mais, avant même que Liane prenne la parole, Xeo qui se tenait anormalement droit dans son immuable canapé, se racla la gorge, visiblement embarrassé.

– Bonjour père Francis, hello John, merci de vous êtes joints à nous. Me permettez-vous de mettre Liane au courant ? Cela nous économisera du temps. Baptiste et Gaspard, je pense que ça va ?

– Fais, Xeo.

Le ton serein du prélat était aussi incongru qu'une envolée de chants grégoriens en prélude à un combat de boxe. Ce type était de la race des tueurs.

Plusieurs jours auparavant Xeo avait eu l'idée de joindre le père Francis sous les ordres duquel il avait mené diverses opérations secrètes avec les Soldats de Dieu. Ne pouvant se déplacer à Paris, il avait demandé à Baptiste et à Gaspar de le retrouver à Saint Sulpice pour lui exposer la situation. Son instinct lui disait qu'il ne serait pas trop d'une armée entière pour abattre la toile d'ennemis qu'ils avaient face à eux.

– Les Soldats de Dieu existent vraiment ?

Liane avait le ton d'une petite fille qui rencontrait le père Noël et ses elfes. Elle avait des étoiles dans les yeux, tout à l'opposé de ce à quoi s'attendaient les garçons, qui confondaient depuis trop longtemps son apparent cynisme avec le désespoir qui la rongeait.

– Oui, ma fille. T'ayant rencontrée à présent, je suis un peu déçue que ces innocents ici présents, n'aient pas eu l'inspiration de te demander de nous rejoindre plus tôt.

Il poursuivit, invité par la mine éblouie de la jeune femme. Ce groupe qui avait foi en Dieu et donc en l'Homme avait mis dans la balance leur vie et prit souvent des risques inconsidérés pour éviter le pire. Certes, le constat était parfois déprimant, peu de choses avaient changé en apparence, mais derrière les apparences, des petits grains de lumière s'allumaient, n'attendant qu'à être reliés entre eux pour briller de mille feux. Partout, des consciences s'éveillaient, timidement, en silence peut-être, mais inexorablement, impossibles à éteindre.

Liane ne l'avait pas interrompu. Quand il en eut terminé, une transformation s'était opérée dans la jeune femme. Son visage ressemblait au masque funéraire d'une reine égyptienne s'apprêtant à passer de la rive bondée que se partageaient la respectabilité et sa jumelle, la compromission à celle, plus clairsemée, de l'intégrité et son inévitable némésis, la marginalité.

– Bon, comprenez-moi bien les garçons. On va les faire payer au figuré mais aussi au propre. On va les taxer.

Baptiste ne l'avait plus entendu utiliser ces mots depuis leur adolescence, alors qu'ils partageaient les mêmes bancs pourris dans leur collège qui ne l'était pas moins. Alors il saisit la balle au bond et reprit leur conversation comme si vingt ans ne s'étaient pas déroulés depuis qu'elle avait échafaudé leur dernière embrouille et qu'ils l'avaient orchestrée avec l'efficacité magistrale qui l'avait mené, lui, des années plus tard à coucher derrière des barreaux au frais de Marianne.

– Allez Liane. Déballe ton vilain sac.

Liane se lança à la fois honteuse et excitée de retrouver en elle la fibre de l'arnaqueuse qui, fondamentalement, ne l'avait jamais vraiment quittée.

– Tu te rappelles Baptiste quand Kevin K., le Captain et Black Ninja se partageaient la cité ?

Baptiste n'avait rien oublié d'autant plus qu'il essayait lui-même, à cette époque peu glorieuse, de se forger son petit morceau de paradis sur leurs territoires. Il s'y menait une guérilla sans merci à coups de bastonnades, de chantages mesquins et de liasses de Pascal à 500 francs, le seul contact que ces pauvres types n'auraient jamais avec la littérature.

Liane avait déjà le chic pour tout savoir sur tout le monde et faire travailler les ragots immondes qu'elle ramassait, à son profit, mais surtout à celui de Baptiste et des gens qu'elle aimait. Son cerveau d'ordinateur intégrait toutes les informations qu'elle glanait tel un brocanteur de génie écumant les décharges des relations humaines pour en extraire des trésors insoupçonnés.

Une conversation cryptique dans la cage d'escalier d'un immeuble crasseux, un regard appuyé échangé sur un parking, un box de cave soudain aussi fréquenté qu'une boîte à la mode des Champs-Élysées. Tout cela tournait dans sa tête pendant des jours jusqu'à ce qu'elle en trouve le dénominateur commun.

Sûre de la qualité de ses déductions où deux et deux faisaient souvent cinq pour d'autres observateurs plus cartésiens, elle les monnayait habilement auprès de ceux qui avaient le plus à perdre à voir révéler leurs honteux petits secrets.

Pour beaucoup, c'était une question d'honneur mais aussi de survie, les deux étant intimement liés dans le secteur d'activité où ils opéraient.

Certains avaient essayé de la faire taire, en mettant le feu à la voiture de sa mère ou en lui fichant une grande frayeur sur un quai de RER déserté. Le lendemain, ils n'avaient pas manqué de remarquer à travers les épaisses couches de bêtise qui protégeaient leur cerveau des assauts de l'intelligence, que le silence se faisait sur leur passage et que « leurs vassaux » leur tournaient le dos quand ils ne les accueillaient pas à coups de barres à mine.

Très vite, leur instinct de survie avait intégré l'information : avec Liane, mieux valait faire affaire que d'essayer de se la faire.

Quand Liane eut la preuve que Kevin K. construisait son territoire en balançant les lieutenants du Captain et de Black Ninja au frère policier de sa dernière conquête, qui était aussi ripou que sa sœur était vénale ;

Quand elle apprit que Black Ninja avait connu de beaux instants de félicité dans les bras de l'ancien fiancé de Baptiste qu'il avait ensuite fait passer à tabac dans un déluge de haine homophobe ;

Quand elle découvrit que le surnom du Captain n'était pas l'héritage d'un passé militaire glorieux mais d'un passage éclair dans la marine marchande où il avait tissé des liens essentiels à son négoce de marchand d'armes ;

Quand il fut clair que c'était le Captain lui-même qui arrosait de AK47 et autres jouets sanglants tous les crétins de la cité, de fait permettant à ses ennemis de canarder sans se restreindre ses propres hommes, elle décida qu'elle était prête pour l'assaut final.

Elle leur fit payer au tarif maximal le prix de son silence qui leur ouvrait la perspective d'un futur possible au lieu de la certitude de passer un très mauvais quart d'heure à l'issue sans doute fâcheuse.

En plus d'un peu de liquidités nécessaires à la poursuite de ses études supérieures, elle leur avait extorqué la promesse de sortir tous les trois du quartier à une époque où la délocalisation n'était pas encore un sujet brûlant, après en avoir remis les clés à Baptiste.

Si ce dernier avait alors repris avec talent l'activité de ses prédécesseurs, ce fut dans un esprit de redistribution et d'économie responsable très en avance sur son temps. On vit fleurir des clubs de sport, une cinémathèque, des plaines de jeux. La bibliothèque de l'école devint la mieux achalandée du département et les communs des immeubles furent l'objet d'un relooking digne d'une émission de télévision. L'origine de ces bienfaits demeura un mystère car la police continua à ne pas se mêler de ce qui ne la regardait pas et la cité s'autogéra avec bonheur et dans la plus parfaite illégalité.

– Jolie petite histoire qui finit rudement bien.

Père Francis se frottait les paumes des mains sans qu'on sache s'il se préparait à donner une bénédiction ou une taloche.

– Mais en quoi cette fable édifiante peut-elle être une inspiration pour résoudre le problème qui nous réunit aujourd'hui ? Dérober son goûter à un élève de maternelle ne prépare pas forcément à empêcher une troisième guerre mondiale, ma chère enfant.

– En apparence, mon père car, en grand praticien de l'âme humaine, vous n'ignorez pas que l'ego d'un maître du monde a la maturité de celui d'un garçonnet. Tout n'est finalement qu'une histoire de taille de jouet

Les garçons retinrent leur souffle alors que Liane déroulait son Master plan. Il y en aurait pour tout le monde, surtout pour elle.

Chacun avait son ordre de mission et nul ne devait faillir. L'idée était de faire croire à chacun des trois banquiers qu'il avait été désigné par les deux autres comme le laissé-pour-compte de l'aventure. Les deux traîtres avaient décidé d'actionner leur code à un moment connu d'eux seuls, vidant le marché de la finance de sa substance dans un appel d'air sans précédent et laissant le troisième larron seul, le rouge au front, à éponger le déluge avec un seau troué. À eux, les tonnes d'or et à l'autre naïf, la perpétuité à Rikers Island.

Leur haine mutuelle et la méfiance viscérale qu'ils éprouvaient à l'égard l'un de l'autre rendaient la probabilité d'une trahison, une certitude annoncée. Heureusement, pour une somme, modique en comparaison de l'iceberg nommé désastre qui se profilait devant lui, Liane et ses associés avaient les moyens de sauver de ce Titanic l'élu de leur choix mais surtout ceux d'infliger un revers cuisant et définitif aux deux autres Judas.

Chacun de ces trois-là aurait donné leur vie si cela pouvait écourter définitivement celle des deux autres. Par conséquent quelques milliards subtilisés à ses actionnaires pour donner le dernier mot à un ego surdimensionné qui leur murmurait, depuis le berceau, qu'il était le maître du monde, c'était cadeau. À condition, bien sûr, que l'heureux élu garde le secret pour lui et n'aille pas en parler aux autres ou pire, à la Lowenstein.

– Et après ?

Ils étaient à présent tous suspendus à ses lèvres.

– Et après, rien ! Le système financier, tout pourri qu'il est, est sauvé pour un temps. Peter, Pal et Chris quittent leur navire qui se remettra bien vite du trou béant laissé dans leurs comptes par ces imbéciles et ceci d'autant mieux que vous aurez mis à leur tête des hommes et des femmes de bien, cher père Francis. Quant à votre fondation des Soldats de Dieu que vous peinez tant à financer, je crois qu'elle vient juste d'être touchée par une manne céleste de…

Elle fit une pause nécessaire pour garantir son effet.

-… De un milliard et deux millions de dollars, quatre cents millions de dollars pour chacune de ces pourritures.

Le père Francis se tourna vers Coleman, auréolé de l'énergie guerrière d'un croisé.

– Alléluia, mes enfants.

CHAPITRE 28

Liane finalisait sa tenue face au miroir de sa chambre d'hôtel qu'elle avait regagnée au petit matin, laissant Xeo et les autres à leur mission respective.

Cela faisait du bien d'enfiler des vêtements fraîchement apprêtés. Ceux des derniers jours avaient sale mine mais ils portaient encore l'odeur de l'appartement de Xeo. Elle décida d'attendre encore un peu avant de les donner au pressing. Xeo pouvait finir comme Paul. Tout comme elle, d'ailleurs. À la fin de cette journée, tout serait fini, d'une façon ou d'une autre.

– Arrête tout de suite ton mélodrame, ma fille ! Tout va bien se passer, se répétait-elle.

Toutes ses arnaques s'étaient toujours bien passées mais c'était il y a si longtemps. Peut-être avait-elle perdu la main ? Puis elle se rappela que les comportements passés sont d'excellents indicateurs de ceux futurs comme le répétait à qui voulait l'entendre son professeur de psychologie comportementale à Columbia. Comment s'appelait-il déjà ?

Elle saisit le son de sa propre voix. Voilà qu'elle parlait toute seule à présent. Elle sourit en se remémorant les heures passées. Chacun des garçons avait réagi d'une façon qui en disait long sur leur personnalité respective quand elle leur avait expliqué, à l'un après l'autre, ce qu'elle attendait d'eux.

Xeo avait enfilé son blouson de moto, celui qui le rendait si sexy et saisi son casque en râlant. La Lowenstein, il détestait cette bonne femme. Cela tout le monde l'avait compris. Liane l'avait embrassé sur le front encore humide de la douche en lui rappelant gentiment l'enjeu de sa mission, comme on parle patiemment à un enfant doué mais boudeur qui rechigne à faire un devoir auquel il sait ne pouvoir échapper.

John Coleman s'était raidi, la tâche allait être complexe. Il n'était pas magicien et escamoter trois bonshommes sur trois continents au même moment et à la même seconde tenait d'un numéro de prestidigitation digne de Las Vegas mais sans les danseuses.

Le père Francis brillait d'une aura magnétique, prêt à déplacer des montagnes, au propre comme au figuré. Ses petits frères, des prêtres ruraux qui lui étaient fidèles, rongeaient leur frein et supportaient brimades et intimidations depuis trop longtemps. Comme il le dit lui-même : Puisse notre Seigneur pardonner à nous, simples humains, de goûter au fruit amer de la vengeance qui même si elle se mange froide est rudement délicieuse dans la chaleur d'une bonne castagne.

Baptiste avait écouté Liane avec un air sévère tandis qu'elle déroulait son ordre de mission. Dans les hautes sphères où il évoluait à présent, il n'y avait ni bonne volonté, ni actes gratuits mais une comptabilité de services rendus minutieusement tenue. Au cours de ses années « au château », il en avait accumulé un impressionnant crédit dont il lui faudrait dilapider une grande partie pour satisfaire Liane. Il était encore un des rares à pouvoir lui dire non et elle le savait. Le silence s'était fait, tous étaient suspendus à ses lèvres, quand elles s'écartèrent en un rire tonitruant, d'ogre gourmand. Son nouvel ami Jean Pierre le ministre allait devoir passer à la caisse.

Elle avait gardé Gaspar pour la bonne bouche. Après qu'elle eut fini son énoncé, il s'était mis à hocher la tête tel un petit chien pendulaire resté trop longtemps sur la plage arrière d'une voiture des années soixante-dix. Il tournait en boucle. Non, Liane ne pouvait pas lui demander cela. Non, lui ne pouvait pas faire cela. Liane le laissa se fatiguer puis elle fut sans appel. En effet, il ne pourrait pas remplir sa mission sans l'aide de Nella qui, informée par Liane lors de la conversation qu'elles venaient juste de terminer, attendait son appel à Kiev. Il avait donc intérêt à être convaincant, très humble et très contrit. Il arracha son inséparable beanie de sa tête pour le mordre sauvagement. « Mords sur ta chique, mon bon Gaspar. Le moment est venu de faire amende honorable » furent les derniers mots que lui adressa Liane en quittant le champ de la caméra. Elle n'avait plus le temps de cajoler et de coacher, elle devait passer à l'action.

Depuis sa chambre d'hôtel, elle prit son mobile et composa le numéro privé de Peter Brown. Il était huit heures du matin soit le milieu de la matinée pour un rat de Wall Street. Il ne daigna pas répondre jugeant, inconsidérément, qu'elle ne lui était plus d'aucune utilité. Elle insista à plusieurs reprises jusqu'à ce qu'un SMS clignote sur son écran, aussi acide qu'un éclat de citron dans l'œil.

– Liane, vous n'avez plus aucun intérêt pour moi. Dégagez ! Vous encombrez ma ligne.

Elle décida de faire assaut d'amabilité, lui répondant sur le même ton :

– Peter, l'intuition et l'opportunisme vous feront donc toujours défaut. Vous êtes sur le point de tout perdre : votre fortune, votre banque et votre nom et vous ne prenez pas l'appel de la seule personne qui a en son pouvoir de vous sauver. Piètre décision.

– Vous bluffez. C'est vous qui avez des tueurs au cul, pauvre idiote.

– Merci pour les qualificatifs. Vous verrez qu'ils sont totalement inappropriés mais, malheureusement, trop tard.

– Vous me détestez et vous m'enviez. Et vous prétendez vouloir me sauver ? Vous êtes devenue bonne sœur ? Vous avez vu la Vierge ?

– Non, Peter et franchement cela me réjouirait de vous voir sodomisé par les deux autres. Mais c'est votre chance ; je les méprise encore plus que vous, si cela est humainement concevable. Dans quinze minutes, je me présenterai à votre bureau et vous m'accueillerez comme votre meilleure amie, j'en fais le pari. En attendant, vous allez me faire plaisir et ne pas appeler ni Pal ni Chris car je vous promets qu'ils ne vous veulent pas du bien. Quant à Diane Lowenstein, je crois pouvoir prédire avec certitude qu'elle ne va pas pouvoir prendre votre appel non plus. La pauvre chérie a, comment dire, un appétit de lionne que vos qualités contestables d'amant officiel ont du mal à satisfaire. Comme à Bequia, dans les Caraïbes. Souriez, vous avez été filmés !

Brown pâlit alors que sur son smartphone apparaissaient deux photos. Sur le premier cliché, sa maîtresse offrait tous ses orifices à ses deux complices Pal et Chris sur une plage qu'il reconnut tout de suite. Sur le second, moins dérangeant pour lui, une petite embarcation chargée de passagers en livret hôtelière était dévorée par le feu tandis que l'on distinguait quatre individus armés de fusils de chasse qui tiraient à vue sur les malheureux naufragés qui se jetaient à l'eau pour échapper aux flammes.

Liane adressa un merci silencieux à Nella.

CHAPITRE 29

Quand Liane arriva devant l'immeuble de la Richardson Brown, le printemps avait déjà renié sa promesse de température clémente. New York ne s'accommodait pas de tiédeur, de gazouillements ou des coloris pastel des premiers pétales. Le mercure allait de nouveau monter dans les tours aujourd'hui, et dieu sait si celles de New York pouvaient s'avérer vertigineuses. Le bitume allait fondre, dégageant son odeur de pâte à modeler d'antan et les esprits s'échaufferaient au point de rendre le concert des klaxons des taxis jaunes insoutenable.

Il y avait un temps où cette tension avait nourri Liane qui se repaissait littéralement de l'énergie propre aux mégalopoles. Elle s'y rechargeait en un instant alors que la nature lui faisait peur. Trop de silence, elle pouvait entendre son âme penser et elle n'était pas prête à l'écouter.

Ce soir, ce serait différent. Elle aurait quitté New York d'une façon ou d'une autre, pour quelques mois ou pour toujours. Rencontrer Peter dans son antre s'apparentait à se jeter dans la gueule du loup. Les garçons n'avaient pas manqué de le lui faire remarquer avec plus ou moins de réserve.

Le père Francis s'était lancé, à la Jésuite, dans une discussion didactique où la conclusion était cousue de fil blanc. Liane devait renoncer à son projet. Xeo l'avait à nouveau menacé de l'enfermer dans son appartement en la traitant de folle, diagnostique psychiatrique approuvé par Baptiste et Gaspar qui ne lui avait pas encore pardonné sa collusion fratricide avec Nella. Seul John Coleman avait approuvé : c'est dans sa gueule que le loup ne vous attend pas et que l'on peut le plus efficacement lui porter le coup de grâce. Encore fallait-il s'en sauver avant que ses mâchoires ne se referment.

Quand elle arriva à la réception de la banque, ce ne fut pas un loup qui l'accueillit mais une reproduction améliorée de Jessica Rabbit. Tout y était : la somptueuse chevelure rousse, épaisse comme un écoulement de lave, la voix juste assez rauque et accentuée pour créer le mystère et des courbes qui auraient défié un pilote de rallye à son apogée. Liane se serait certainement rappelé une telle bête de combat si elle l'avait rencontrée auparavant. Peter essayait de l'impressionner. Il l'avait toujours cru lesbienne car elle n'avait jamais cédé à ses avances. Qu'elle l'ait simplement trouvé détestable avec ses costumes qui semblaient avoir été cousus sur lui, ses souliers sur mesure cirés à l'excès et ses chaussettes monogrammées, était au-delà de son entendement.

La déesse l'invita à la suivre, lui touchant légèrement le coude pour mieux la guider vers le bureau de Peter. C'était l'équivalent d'une main aux fesses tant la pression dont elle jouait sur le bras de Liane était une invitation à des caresses plus intimes.

Liane s'en amusa. Elle était à présent parfaitement détendue. Si Peter lui avait envoyé une call-girl de cet acabit, c'est qu'il la prenait au sérieux et qu'il la craignait, exactement de la même façon dont il aurait craint un homme !

Peter l'accueillit comme elle le lui avait prédit, avec une fraternelle effusion.

– Liane, ma chère Liane, vous ne pouvez pas croire de tels bobards. Merci de m'avoir averti que des villainies, fabriquées de toutes pièces cela va sans dire, circulaient à mon propos. C'est tellement aimable à vous d'être venue jusqu'ici pour m'en faire part mais franchement, il chassa une mouche imaginaire d'un revers de la main exagéré, tout cela n'est rien. Mes responsables de la cybersécurité sont déjà alertés. Ces clichés n'iront pas plus loin que votre portable, que je vous prie de me confier d'ailleurs, pour quelques minutes s'entend.

D'une main, paume ouverte, il faisait signe à Liane de faire glisser son téléphone jusqu'à lui tandis que de l'autre il poussait vers elle un coffret de cuir rouge et or dont il actionna habilement le fermoir. Une rivière de diamant cascadait sur un coussin de soie crème.

– Il vous ira si bien, soupira-t-il.

Liane caressa le chef-d'œuvre de haute joaillerie. Elle paraissait songeuse puis, après avoir prestement fermé l'écrin et l'avoir glissé dans son porte-document, elle fit écho à son soupir :

– C'est vraiment une splendeur. Merci, cher Peter.

L'autre, repu par sa propre suffisance, goûtait sa victoire les yeux mi-clos. Il s'était attendu à plus de résistance mais chacun avait son prix comme il venait encore de le confirmer.

Liane esquissa un sourire contrit.

– Dommage que vous ne me verrez jamais le porter depuis le trou à rat de Rikers Island où vos deux meilleurs ennemis s'apprêtent à vous envoyer. Vous verrez des étoiles, je vous le promets, mais ce ne sera pas à mon cou. Il paraît qu'une savonnette bien placée peut faire cet effet. Quant à cette chère Diane, que vous essayez désespérément de joindre tout comme je vous l'avais interdit depuis tout à l'heure, elle est en train de quitter le pays en vous laissant tout seul face à de très vilains procureurs qui vous détestent déjà.

Peter avait retiré sa main comme si sa manucuriste venait de l'entailler à vif.

– Je n'appuierais pas sur ce petit bouton sous cette table, si j'étais vous. Même la Jessica Rabbit augmentée qui campe derrière cette porte ne pourra rien pour vous. Il n'y a que moi qui puisse encore vous sauver.

Elle martela les mots puis attendit qu'il déplace sa main.

– Good boy ! Maintenant, on écoute. Je vais faire court. Je sais tout.

Un sourire goguenard se dessinait sur les lèvres minces du maître du monde. Il n'en croyait pas un mot. Comment une femme aussi insignifiante, une obligée étrangère au cénacle des touts puissants qui s'en amusaient comme d'une domestique trop dévouée pouvait-elle « savoir » ce que quatre cerveaux supérieurs avaient mis des années à mettre au point ?

– Mais je vois que vous doutez. C'est très vilain de sous-estimer l'adversaire et puis, cela finit toujours très mal. Vos deux copains ont décidé de se passer de vous mais ils ont voulu vous faire une surprise, alors ils ne vous ont rien dit. Vous savez ce que cela signifie ?

Il continuait à ne pas la prendre au sérieux mais le doute commençait à faire son travail de sape, sinon comment expliquer qu'il ne l'ait pas encore virée ou plus certainement supprimée.

– Non, mais vous allez me le dire.

– Peter, la bêtise ne vous sied pas. Faites un effort, voulez-vous ?

Il recula calmement son siège pour donner plus de places à ses jambes qu'on devinait longues et musclées sous l'étoffe. Il les déplia avec une lenteur étudiée avant de poser ses deux pieds sur la table, semelles face à son interlocutrice. L'insulte était claire, le message aussi. Alors qu'il croisait ses bras derrière sa nuque, tête en arrière, on aurait dit l'image même du mâle tout-puissant selon Saint Vogue. Il ne lui restait plus qu'à se gratter l'entrejambe.

– Non, vous ne voulez pas faire d'effort. C'est vrai, vous n'en avez pas vraiment l'habitude. Donc, au moment du clearing, vos trois marionnettes exercent en même temps leurs clefs pour aspirer hors du système tous les fonds qui garantissent vos trois banques. Tout s'écroule, vous criez en chœur à l'assassin : l'Iran, la Corée du Nord, les Russes, vous trouverez bien un bouc émissaire.

Pendant que les monnaies s'écroulent et ne valent même plus le papier avec lequel vous vous torchez, vous faites appel aux états et supranationaux et réussissez à convaincre quelques gratte papiers de luxe, l'un à qui vous avez offert ce si joli voilier l'été dernier, l'autre à qui vous avez payé les études de ses pas-si-brillants rejetons, que le temps de revenir à l'or est arrivé.

Il vous en faut beaucoup pour sauver le monde de la folie digne de Weimar qui le menace. Avec l'or récupéré et celui que vous avez stocké à Bequia dans les Caraïbes, vous devenez les maîtres du monde.

Ses petits yeux, aux rides d'expression marquées par trop de vacances au soleil, brûlaient de colère contredisant son sourire affligé :

– Mais quelle imagination dans une aussi petite cervelle.

– La taille, c'est terriblement surfait, vous savez. Mais revenons à vous, qui avez parié sur le mauvais poney ou taureau, devrais-je dire. Cette petite ordure de Del Toro n'utilisera pas votre clef et vous allez rester tout seul avec vos fonds qui ne vaudront plus une chique et le procureur de New York, en tant que nouveau meilleur ennemi. Si vous aviez braqué une banque, je dirais que Pal et Chris sont en train de se faire la malle avec le butin en vous laissant comme un crétin, seul dans le coffre-fort dont ils ont pris grand soin de fermer la grosse porte derrière eux. Cerise sur le gâteau ? C'est Diane, votre délicieuse fiancée, qui conduit leur voiture de fuite.

Son poing s'était abattu sur la table dont un éclat de bois centenaire se détacha à l'endroit même où sa chevalière s'était écrasée.

– Vous mentez.

– Si c'est une question, la réponse est non. Mais ce n'est pas la bonne question.

Il saisissait déjà le téléphone devant lui pour hurler à sa secrétaire de lui passer dans la nanoseconde Ron Del Toro. Au bout d'une minute, elle revint en ligne, essoufflée. Peter, qui en temps calme, ne connaissait aucune patience était sur le point de l'étrangler.

– Vous foutez quoi ?

– Il est introuvable, monsieur Brown. Personne ne l'a vu depuis à peu près un quart d'heure.

Liane se pencha pour débrancher l'intercom et le déluge d'injures ne rencontra que le silence poli d'une ligne coupée.

– Faites vérifier son badge par la sécurité, vous verrez qu'il a quitté le building et jeté le mobile professionnel tout neuf avec géolocalisation que vous lui avez offert dans la poubelle de vos toilettes du rez-de-chaussée. Mais il faut être fort, Peter…

Liane commençait à s'amuser :

– Oui, il faut être fort. Car j'ai d'autres mauvaises nouvelles. J'ai quelques amis à l'aéroport de La Guardia et regardez la jolie photo qu'il vienne de m'adresser. C'est vrai qu'elle est belle, Diane, enfin si vous aimez les chiennes courtes sur pattes.

Un bip annonça l'arrivée d'un fichier sur le téléphone privé de Peter. Pris il y avait à peine cinq minutes, un cliché montrait Diane Lowenstein, toute de cachemire crème et d'alpaga beige vêtue, monter dans l'avion privé de Chris Wood tandis qu'un bien beau pilote, méconnaissable derrière ses lunettes de soleil, la guidait de très près à bord de l'appareil.

– Cela ne prouve rien, vous mentez.

– Cela s'appelle du déni. Prenez votre téléphone et surtout rendez-moi le mien.

La voix de Liane était devenue dure et il lui obéissait à présent comme un enfant.

– Trois, deux, un, zéro. Il est dix heures pile.

Le portable mourut, l'écran était devenu désespérément noir à l'exception d'une petite pointe de blanc lumineux qui se mit à croître lentement pour laisser apparaître une capture d'écran en ligne qu'il ne connaissait pas.

– J'ai fait pirater votre portable, celui de Pal et de Chris aussi. J'ai tous les messages que vous avez échangés depuis des mois. Le dernier date…

Elle consulta son propre téléphone pour l'effet et hocha la tête comme une institutrice déçue par les frasques de ses élèves favoris.

-... Vraiment, ils ne sont pas très gentils à votre égard. À votre place, je serais très vexé. Voyez par vous-même je vous l'envoie.

Son teint passa par les trois couleurs du drapeau américain alors qu'il découvrait le message de ses deux acolytes qui se réjouissaient en des termes peu courtois, de la déculottée qu'ils allaient lui infliger, au propre et au figuré.

– Non, cela ne sert à rien de le jeter par terre. D'abord votre moquette est bien trop épaisse mais surtout je sens que vous avez encore plein d'appels à passer.

Il la défia du regard tandis que sa lèvre supérieure se relevait en un rictus mauvais. Avec tout le sang vert du roi Dollar qui coulait dans ses veines, il ne manquait pas d'amis haut placés.

– Et tu penses vraiment, pauvre idiote, que le gouvernement américain va laisser son plus beau fleuron sur Wall Street et la famille qui fait et défait les présidents depuis plus d'un siècle plonger tandis que les Chinois et les Européens se frotteront les mains ? Tu ne connais rien aux règles de notre monde. Le locataire de la Maison Blanche n'est qu'un locataire et c'est moi qui lui paie son loyer. Regarde et apprends !

Il composa un numéro suivi d'une ribambelle de codes. On devait lui laisser cela : le type avait une mémoire d'éléphant ou la personne qu'il appelait était un de ses meilleurs amis. Tout son corps était à présent détendu, il reprenait le contrôle de la situation. Oncle Sam n'était pas son cousin.

– Joe, salut c'est Peter.

Il ne put terminer sa phrase, interrompu par une voix féminine qui semblait très en colère si Liane pouvait en juger par le ton qu'elle pouvait discerner même à dix mètres.

— Mais Lizzie, je ne comprends rien de ce que tu racontes ? Passe-moi Joe…Comment, il n'est pas là ?

Liane se leva. Elle aurait besoin de stature pour assener le coup de grâce ou prendre ses jambes à son cou si Peter prenait aussi mal qu'il en avait l'air les informations qui étaient portées à sa connaissance, noyées dans le déluge de paroles hystérique de son interlocutrice.

— Joe vient d'être arrêté ? Non, je ne regarde pas les chaînes d'information en ce moment.

Son débit devenait haletant, son front suait et de la mousse se formait aux encoignures de ses lèvres sèches.

— J'ai moi-même un petit souci à régler, Lizzie. Et j'avais espéré que Joe… Comment cela, c'est à cause de moi. Des accusations de corruption sur la base de renseignements confidentiels venant des Français ? Je raccroche, c'est cela…moi aussi je t'emmerde Lizzie.

— Cette chère Lizzie vient juste de vous souhaiter une mort longue et douloureuse. Je comprends. De nos jours, les amis sont si versatiles. Alors que moi, n'ai-je pas été toujours là ?

Le banquier, héritier d'une des plus grandes dynasties financières, était à ses pieds. Comme elle aurait aimé lui marcher dessus, entendre le bruit que feraient ses os alors qu'elle enfoncerait ses talons aiguilles avec lenteur dans ses mains, ses pieds, son flanc. Le rire d'Harry, avide collectionneur de voitures anciennes et pire conducteur qu'elle ait rencontré, s'invita soudain à sa mémoire. Cet éclat de rire un peu gêné qui barrait son visage quand il ratait pour la dixième fois le même créneau au volant de la mini Cooper de Liane sur Park Lane à Londres. Elle ressentit pour la première fois la douleur de sa perte, tordant ses entrailles et amenant de l'eau à ses yeux. Puis ce furent les petits yeux myopes de Paul, ourlés de longs cils bruns, qu'il clignait désespérément alors qu'il faisait semblant de ne pas la reconnaître au matin parce qu'il n'avait pas encore chaussé ses lunettes, qui s'imposèrent à elle. Ses deux amours passées ne pouvaient pas être mortes pour qu'aujourd'hui elle se repaisse d'une minable vengeance.

– Pourquoi, Liane ?

– Mauvaise question, Peter. Cela fait déjà la deuxième fois. Je vous donne encore deux autres chances.

– Qui, Liane ? Qui m'en veut autant ?

– Je ne saurais où commencer tant la liste est longue. Mais cela ne vous avancerait à rien. Allez, encore une chance, Peter.

Elle était toujours debout et faisait un pas vers la porte. Il fit pivoter son ample siège de cuir et la suivit du regard.

– Je peux vous faire supprimer là et maintenant.

- Vous avez repris le voussoiement. C'est important les bonnes manières surtout dans des moments comme ceux-ci. Pourquoi diable me tuer alors qu'il n'y a que moi qui puisse vous sauver ? Vous avez encore une chance puis je m'en vais voir qui de Pal ou de Chris est le plus intelligent ?

– Combien ?

Sa voix avait perdu de ses accents snobs, elle était plate comme cassée.

– Quatre cents millions de dollars sur le compte qui va s'afficher sur votre smartphone quand j'en aurai donné l'ordre, une fois sortie de cette pièce, de ces bureaux et de ce building. D'ici une heure. Sinon je pars sauver le cul d'un des deux autres…le cul le plus offrant cela va sans dire.

– J'aurais ta peau, salope.

– J'en doute, conard.

Quand elle atteignit le trottoir, une berline noire l'attendait, un des hommes de Coleman en escorte rapprochée, l'autre au volant. Il lui fit un discret salut militaire et elle lui répondit de la même façon.

Elle avait fait le plus dur. Les deux autres allaient être coriaces mais pas autant que celui-là.

Déjouant les mauvaises intentions des nids de poule qui émaillaient les avenues, les V8 new-yorkais ronronnaient tels des chats persans donnant au trajet qui conduisait Liane de Wall Street vers le coin sud-est de Central Park des allures de voyage en tapis volant.

Par malchance, ce n'était pas avec les quarante voleurs qu'elle avait rendez vous dans l'un des emblématiques palaces de la ville. Non, elle aurait préféré se colleter avec une troupe bariolée de malfrats déchainés, le couteau entre les dents, plutôt que de partager avec le quinquagénaire sans aspérité qui l'attendait dans l'une des alcôves du bar, une eau plate tiédasse aussi insipide que lui.

Mais les apparences étaient trompeuses. Pal Olmer avait parfait l'art de dissimuler, sous ses allures de contrôleur de gestion hépatique, son inextinguible ambition et son implacable détermination à éradiquer tout ce qui aurait pu se mettre en travers de son chemin. Au bar de l'hôtel, le tout puissant patron de la Hogson Pearson, l'une des rares banques européennes encore capables de semer la terreur sur les marchés financiers mondiaux l'attendait. Jouant de son culot et des promesses contenues dans son juteux portefeuille de postes à pourvoir, elle l'avait appelé le matin même pour lui proposer une entrevue « qu'il ne regretterait pas » ; ce qui n'était, au regard de la situation, ni un mensonge, ni une exagération.

Bien qu'elle ait côtoyé Pal Olmer de près lors du recrutement de Frederick Marx, celui-ci avait disparu des radars à la seconde même où l'encre de son stylo avait séché sur le contrat d'embauche. Pourtant, si une petite dose de naïveté avait subsisté en elle, Liane aurait pu croire, qu'aux termes des semaines intenses qu'avait duré le recrutement, elle était définitivement devenue sa confidente la plus prisée. L'appelant à toute heure du jour et de la nuit, envoyant son jet privé pour la conduire à Londres juste pour la voir quelques heures, Pal avait poussé l'intimité jusqu'à lui faire les honneurs de sa maison nichée sur une ile sauvage au large de Stockholm. Lors d'un beau week-end de juillet, elle y avait croisé, fait rarissime, Fru Palmer. Quand elle comprit que Fru n'était ni un diminutif, ni un prénom mais la traduction de madame en suédois et que Pal, lorsqu'il condescendait à s'adresser à elle, appelait sa propre femme Madame, elle plaignit de tout son cœur cette pauvre petite souris apeurée plutôt grise que verte.

Les honoraires que Liane avait perçus dans leur indécence ne laissaient pas de place aux sentiments et donc elle n'avait eu d'autres choix que de hausser les épaules en encaissant son chèque. Attristée, elle ne l'avait pas été ; pas plus que déçue. Mais elle n'avait pas oublié.

En entrant dans le bar, elle sentait l'adrénaline monter en elle telle une boxeuse professionnelle prête à mettre au tapis une adversaire tricheuse et détestée. Elle se voyait bien éclater l'arcade sourcilière, le nez et tout le reste de ce sale type. Puis elle se rappela qu'on ne boxe pas à la régulière avec une anguille. Non, pour en arriver à bout, il faut lui taper dessus de façon répétée jusqu'à ce que mort s'en suive.

Balayant la salle du regard, elle s'assura qu'il s'y trouvait déjà installés quelques envoyés du Colonel Coleman. Après l'épisode du Waldorf Astoria, elle avait appris la leçon. Elle avait sous-estimé Paul et mal lui en avait pris. Cette fois-ci, c'est elle qui avait tendu le guet-apens et il eut été à la fois stupide et suicidaire de s'y présenter sans couverture. Les quatre soldats promis par Coleman se trouvaient là pour la couvrir et même la sortir de là si le besoin s'en faisait sentir. Elle ne savait pas à quoi ils ressemblaient. Était-ce l'impeccable maitre d'hôtel, la gentille hôtesse d'accueil ou encore le couple qui se disputait à mots couverts, les mâchoires serrées, dans le coin près des cuisines ?

Liane n'aurait pu le dire mais son instinct qui s'aiguisait au fur et à mesure des mésaventures, faux semblants et révélations des dernières semaines lui murmurait qu'elle n'était pas seule et que parmi ces visages qui ne lui disaient rien, il y avait des amis, des amis certes inconnus, ainsi qu'un ennemi, qu'en revanche elle ne connaissait que trop bien.

Pourtant, elle avait failli ne pas voir Pal Olmer, petite forme maigrichonne aux épaules tombantes, au cou fripé, aux cheveux sable et au costume gris que l'on aurait injustement qualifié de mal coupé alors qu'il était juste très mal porté. Alors qu'il repliait son journal, ayant déjà repéré Liane qui s'approchait de lui, son regard reptilien se mouvait tandis que le reste de son corps demeurait immobile. Il scanna la jeune femme tel un varan de Komodo mesurant la taille de son futur diner.

Quand elle l'atteignit enfin, debout face à lui, il ne lui sauta pas au cou, ne fit même pas semblant d'éprouver du plaisir à la retrouver. Il s'attendait sans doute à ce qu'elle se charge des salamalecs d'usage et demeurait assis, impassible, attendant les marques d'allégeance auxquelles son statut l'avait habitué même et surtout quand il s'agissait de faire oublier que c'était lui qui s'était mal, très mal comporté. Le sentiment de culpabilité ne faisait pas partie de son répertoire mais il savait jouer à merveille la partition de la partie offensée.

Liane ne lui en donna pas l'occasion.

Pas un sourire même forcé, pas de main tendue, pas de « Hello Pal » sonore , le banquier attendrait et le temps commençait à se faire long même pour celui qui était passé maitre dans l'art de mettre mal à l'aise.

Agacé d'être pris à son propre jeu, il siffla :

- Vous vous asseyez ou je vais devoir le faire pour vous !

Au jeu du silence, il était le premier qui avait parlé et il avait donc perdu.

Tout en lissant avec soin le pli de son pantalon, Liane s'assit lentement, ayant déjà pris le temps de déterminer la position stratégique d'où elle allait mener bataille. Installée suffisamment près de sa cible pour qu'elle puisse la toucher, une proximité physique que le suédois détestait, elle faisait face à l'entrée pour se prémunir contre d'éventuelles mauvaises surprises.

- Mal dormi, Pal ? Je comprends. Avec tous les soucis que vous avez…

La bataille était lancée.

L'autre se redressa tel un cobra à qui on vient de marcher sur la queue.

- Des soucis ? D'où tenez-vous ces commérages ! Si c'est pour cela que vous m'avez fait venir, vous auriez mieux fait de vous renseigner et de vous abstenir de bousculer mon agenda.

- Il n'y a pas de fumée sans feu, cher Pal. Mais, trêve de bavardage. Comment se porte Frederick ? Toujours heureux de votre dernière acquisition ?

Le banquier était connu pour être avare de compliments et il avait rarement un mot positif à l'égard de son prochain.

- Si c'est pour assurer le service après-vente de votre petite mission, vous m'avez dérangé pour rien. Notre responsable des ressources humaines fera cela très bien, elle remplira votre questionnaire de satisfaction et vous mettra peut être même une bonne note.

- Peut-être ? Liane fit semblant d'être blessée.

- Peut-être, en effet. Je dois vous dire que je n'ai pas apprécié la manière dont vous avez coupé court à nos échanges une fois le contrat et votre chèque signés.

« C'est celui qui dit qui l'est. » pensa la jeune femme. Ce type avait tous les traits du narcissique : malveillant, mauvais et menteur. Et dire qu'il avait, accrochée à son petit porte-clef, l'une des trois clefs du paradis de la toute puissance financière. Il était donc grand temps pour Liane de poursuivre sa mission et de l'en dépouiller.

D'abord, balader l'anguille pour bien la fatiguer.

- Comment allez-vous, Pal ? A moi, vous pouvez tout dire. Je m'inquiète vraiment pour vous. Vous avez l'air de méchante humeur. Tous ces soucis…

- Combien de fois, devrais-je vous répéter que je vais bien et je n'ai pas de soucis. En revanche, c'est vous qui allez en avoir si vous continuez à me faire perdre mon temps, le temps précieux d'un de vos plus gros clients qui n'hésitera pas à aller à la concurrence si vous ne me donnez pas, dans la minute qui vient, la raison pour laquelle vous m'avez fait venir ici.

Il voulait accélérer la cadence, le bougre, sûr qu'il était de tenir Liane à sa merci. Il ne pouvait ignorer qu'elle s'était fait refiler un fruit pourri savamment rafraichi puis déguisé en la personne de Marx et qu'à tout moment, cette erreur pouvait faire basculer sa carrière. Le fait qu'il fasse partie des comploteurs qui étaient derrière ce tour de passe-passe devait le remplir d'une joie sans limite tant il se complaisait à faire le mal. A nouveau, il se ferait passer pour la victime de cette chasseuse de tête avide et sans scrupule alors que c'était lui qui l'avait bernée. Combien de fois Frederick et lui s'étaient joué la scène où elle se retrouvait humiliée, jugée en place publique, pour un crime qu'eux seuls avaient commis. Ils en riaient encore.

Liane, absorbée par le film qu'elle se faisait, clôtura la projection d'un bref clignement des paupières. Elle ne le regarda même pas dans les yeux car la franchise était une erreur lorsqu'on s'apprêtait à se mesurer à un animal à sang froid. D'une voix posée où pouvait entendre la glace se cristalliser, elle ouvrit les hostilités :

- Vous avez beaucoup de soucis, Pal. Je n'aimerais pas être à votre place.

Il ricana :

- C'est à votre place, Liane, que je n'aimerais pas être. La vie va devenir très difficile pour vous.

Elle le rassura d'un sourire confiant.

- Différente peut-être mais pas difficile. En revanche, la vôtre…Vous êtes aux portes de l'enfer et vous ne vous en doutez même pas. D'ailleurs… Elle consulta l'écran de son téléphone… Ça y est, bienvenu en enfer, vous y êtes.

Le banquier n'essaya même pas de jouer la carte de l'ironie et du charme, comme Peter l'avait tenté. Il faut dire que la nature avait été plutôt économe dans ces deux départements quand elle avait eu la mauvaise idée de créer Pal. Il n'était plus que colère et hostilité.

- Votre carrière est morte, vous n'êtes plus rien et vous me parlez d'enfer.

Il eut un rire mauvais qu'elle interrompit d'un mouvement de la main. Presque instantanément, elle retira celle-ci dans un geste reflexe, craignant inconsciemment que Pal vienne y planter ses crochets à venin.

- L'enfer, c'est les autres. Vous devez au moins connaitre cette phrase de Sartre, un grand philosophe français. Alors, puisque vous refusez mon petit exercice d'introspection, parlons des grands malheurs qui s'apprêtent à s'abattre sur vos amis. Ne jouez pas les offusqués, vous allez voir que j'ai raison. Surjouant une patience agacée, elle soupira avant de poursuivre. - Donc au risque de me répéter, répondez à ma question initiale. Comment va Frederick Marx ?

Pal sembla se calmer tant il ne pouvait résister à la promesse d'une saine séance de ragots et de médisance.

- Frederick Marx, qu'est-ce que j'en sais ! D'ailleurs, je m'en fiche. L'important est qu'il fasse le boulot pour lequel je le paie.

- Voilà qui va être compliqué, Pal. Essayez-donc de le joindre. Ne faites pas le timide, vous avez votre téléphone crypté sur vous alors, du nerf, servez-vous-en. Avant que vous ne discutiez mon ordre, je vais vous donner un indice : il ne répondra pas.

La rage légendaire des vikings s'était fort diluée au cours des siècles et ne coulait plus qu'à d'infinitésimales doses dans le sang de navet du banquier nordique. Il obtempéra. Se saisissant du téléphone qu'il avait maintenu dissimulé sous sa serviette, il composa plusieurs numéros, faisant chou blanc à chaque tentative. Liane eut tout le temps de goûter à la langue suédoise lorsqu'elle est murmurée, parlée puis enfin hurlée. Reposant le téléphone dont le dictaphone était à présent enclenché, Liane l'aurait parié, Pal grinça :

- Quoi ! Il fait une pause pipi avec un beau garçon dans les toilettes des hommes de ma banque, il est dans un bar saoul à rouler par terre, il se paie une call girl qui est une de vos amies ? Qu'allez-vous m'apprendre sur le toquard que vous m'avez mis entre les pattes ?

- Rien que vous ne sachiez déjà. Cependant, vous ne trouvez pas étrange que ce soit aujourd'hui, jour tant attendu, que Frederick et surtout sa clef électronique disparaissent tous les deux. Où ont-ils pu bien aller ces deux-là ?

L'inquiétude commençait à se lire dans le rictus figé du banquier et Liane l'entendait presque passer en revue dans son esprit les différentes options qui s'offraient à lui. Que savez-vous vraiment de cette plaie de bonne femme (c'était d'elle dont il s'agissait) ? Non, elle ne pouvait pas être au courant. Elle n'était pas assez bien informée et puis même si elle l'était, elle n'était pas assez intelligente pour démêler ce que des esprits machiavéliquement supérieurs avaient élaboré. Tiens justement, se disait-il, je vais faire diversion et essayer d'appeler Diane pour qu'elle me dise ce qui se trame. Mais où est ce crétin de Frederick ? Il fallait qu'il gagne du temps et surtout qu'il se débarrasse illico-presto de la Française. Utor, son garde du corps latvien, s'en chargerait. C'était cela qu'il fallait faire, sortir de ce guêpier et éliminer cette garce.

Il soupira presque d'aise tandis que ces yeux viraient au jaune et qu'un éclair de cruauté les zébrait.

Il n'eut pas le temps de se saisir de son portable pour déclencher l'appel de détresse à l'attention de l'équipe de sécurité qui l'attendait près de sa limousine. L'empêchant de finir son geste en plaquant brutalement sa main sur la table, Liane y planta expertement l'aiguille ultrafine chargée de sérum de vérité dernier cri, qu'elle avait jusque-là dissimulée dans le pli de son pantalon

L'effet fut quasi instantané et à partir de ce moment, Pal procéda au déballage en règle de son vilain sac. Il avait l'oreille attentive de la jeune femme en plus de celle de son enregistreur miniature qui n'en perdit pas un mot.

Quand il en eut fini, ivre de tant de vérités, Liane lui saisit à nouveau la main. Un œil extérieur aurait pu croire à un geste d'extrême bienveillance envers un ami dans la peine mais il n'en était rien. Elle ne faisait que la lui broyer afin de le ramener suffisamment à lui pour qu'il prenne la pleine mesure du bourbier dans lequel il se trouvait.

- Pauvre Pal, je vous avais bien dit que vous aviez des soucis à vous faire. Voilà, elle tapota son téléphone d'un air entendu, vos confessions sont dans ma boite et dans la vôtre aussi, je n'en doute pas. Elle désigna le téléphone du Suédois dont elle se saisit prestement pour l'éteindre.

- C'est mieux comme cela parce que moi aussi j'ai des confessions à vous faire : je sais tout. Les faux Frederick, Ron et Arun, votre petit plan à quatre pour siphonner le monde de sa monnaie, votre autre plan à quatre à Bequia qui a fait beaucoup trop de morts et enfin mes morts à moi : Harry et Paul dont vous êtes responsable. J'ai des preuves, des photos et maintenant vos confessions qui sont au chaud sur un serveur tellement sécurisé que celui de votre banque, en comparaison, ressemble à la tirelire de votre petit neveu. Je vais vous faire de la peine maintenant, beaucoup de peine. Pour un type comme vous, cela va être du domaine de l'inédit mais il faut être courageux. Frederick est parti rejoindre vos petits camarades Peter et Chris qui ont maintenant les trois clefs. Eux n'ont plus besoin de vous, pas plus que cette chère Diane qui même si elle était prête à tout pour devenir la reine du monde, n'en pouvait plus de vos pratiques sexuelles tordues. Ils veulent tous votre peau, et avec vos confidences de ce matin, ils n'auront de cesse de vous la faire.

L'anguille ne bougeait plus mais elle pouvait encore mordre.

- Je peux vous sauver et vous rendre à votre monde d'avant. Mais avant, vous allez faire tout ce que je vous dis, à commencer par démissionner de votre poste avec effet immédiat.

Il se déplia vers elle comme sous l'effet d'une décharge électrique.

- Pourquoi ferai-je cela, je vous prie ?

- Parce que ce sera le prix que vos actionnaires vont vous demander de payer pour les quatre cents millions de dollars que votre banque va me verser pour mon silence et celui de mes amis. Votre réputation, ils s'en moquent, elle n'est plus à faire. En revanche, voir le nom de leur chère Hogson Pearson mêlé à vos scandales et terni à jamais, c'est plus qu'ils ne pourront en supporter. En plus, l'action va en prendre un sacré coup à cause de vous. Je me demande qui de Chris ou de Peter sera le premier sur les rangs pour vous racheter et vous dépecer vivant. Les deux ensemble, peut-être …

Elle lui lâcha la main.

- Si vous voulez survivre au-delà de demain soir, vous savez quoi faire.

Il opinait du chef et elle conclut :

- Deux petites choses encore…

- Quoi ?

- N'essayez sous aucun prétexte de contacter Peter, Chris, Diane et les autres pour me faire un autre coup dans le dos. Cela me mettrait très en colère et quand je suis en colère, je suis incontrôlable et je parle, mon dieu, personne ne peut me faire taire.

- Et enfin…

- Vous allez entamer une procédure de divorce à vos torts et laissez en paix votre pauvre femme dont vous pourrissez l'existence depuis bien trop longtemps. Voici les coordonnées d'un excellent avocat. Il attend votre appel.

L'anguille s'effondra pendant que Liane quittait la pièce suivie par quatre paires d'yeux attentifs dont elle ne saurait jamais à qui ils appartenaient.

CHAPITRE 31

Chris Wood était un chouette type. Liane se heurtait à cette impression tenace alors que, depuis qu'elle avait quitté Pal, elle passait au tamis de sa mémoire les nombreuses anecdotes qu'elle et son réseau avaient collectionnées sur le surprenant, l'attachant Chris Wood. En route pour l'ultime étape de sa mission pour laquelle elle avait besoin de toute sa concentration pour endosser une dernière fois son rôle d'ange rédempteur, la jeune femme se serait bien passée de cette lancinante impression de passer à côté de quelque chose. Mais, se balançant sur son épaule tel un Jiminy Cricket particulièrement bavard, son instinct refusait de se taire, lui répétant sans discontinuer que quelque chose clochait. D'expérience, elle savait ce que l'ignorer pouvait lui coûter. Le souvenir de sa première rencontre avec Harry, où sa petite voix s'était faite baryton pour lui enjoindre de quitter la pièce, vint se superposer au bourdonnement irritant de ses cogitations. Trop jeune et trop sûre d'elle, elle avait préféré faire la sourde oreille et la suite, tout le monde la connaissait.

Bourdon ou grosse mouche verte, le message intuitif continuait à s'agiter furieusement sous son crâne, ne donnant aucun signe de répit. Au contraire, il tournait avec une vigueur qui, allant crescendo, donnait le tournis à la jeune femme. D'accord ! Elle avait compris. Malgré les faits qui plaidaient en sa défaveur, « Chris Wood était vraiment un chouette type ».

Mais était-il « trop chouette » pour faire partie des comploteurs à l'origine de multiples homicides, disparitions et d'une tentative de manipulations des marchés qui mettait en péril l'équilibre économique mondial ?

Ou bien, Chris n'était pas « trop chouette » mais juste « trop bête » pour avoir été traité comme l'un des leurs par les membres de ce groupuscule de malfrats très exclusif ? S'ils s'étaient juste servis de celui dont la seule qualité à leurs yeux était de posséder la troisième clef de compensation ? Chris Wood n'était tout de même pas un benêt et si il était …

Jouer au jeu du portrait chinois, jeu dans lequel elle imaginait les différentes incarnations d'un individu qui lui échappait, était la meilleure façon pour Liane d'en cerner la véritable personnalité. Cela marchait à chaque fois et vu l'urgence de la situation, elle entama son questionnaire personnel sur les chapeaux de roues.

Si Chris était un animal ?

S'il avait été un animal, Chris aurait été un chien, un jeune cocker feu galopant vers son maitre, oreilles au vent, avant de se jeter toutes pattes dehors sur son meilleur pantalon blanc pour mieux lui faire la fête en le regardant de ses grands yeux mélancoliques.

S'il était un plat ?

S'il avait été un plat, il aurait été un de ces desserts grumeleux de pensionnat anglais, souvent ratés mais jamais oubliés qui, après un match de rugby sous la pluie, réchauffe les corps fourbus. Ces desserts aux noms improbables évoquant pour les initiés des délices connus d'eux seuls, l'odeur de vestiaires humides, les draps rêches de lits moelleusement dessués et un esprit de classe discrètement arrogant.

S'il était un moyen de transport ?

S'il avait été un moyen de transport, il aurait été un break de chasse, une sorte d'arche de Noé sur quatre roues dans laquelle aurait été transportés indifféremment animaux et enfants pour de grandes balades en forêt. Seul un examen plus attentif aurait révélé que la vieille guimbarde aux allures de ruine était en fait une Aston Martin qui avait fait l'objet d'une commande spéciale, trésor d'une famille d'aristocrates excentriques qui se la passait de générations en générations.

Tout cela sonnait terriblement « British ». Avec Chris Wood dans le rôle principal, l'ensemble dégageait le parfum sucré des comédies romantiques à succès des années 90. Trop évident, pensa-telle et elle poursuivit son exploration.

Tiens, si Chris Wood était un film ? Quatre mariages et un enterrement ou Notting Hill peut être…pourquoi pas Love Actually dans le rôle du premier ministre.
A cette perspective, un flashback traversa son esprit et il suffit d'un instant pour que le charmant Hugh Grant qu'elle s'était imaginé soit éjecté du casting et prestement remplacé par un Tom Cruise redoutable.

Elle revoyait à présent avec une acuité dédoublée la scène où Chris Wood s'était métamorphosé devant elle. Si elle n'avait pas péché par excès de complaisance et d'avidité devant les honoraires extra-larges qui se promettaient à elle à ce moment-là, cette fausse note grinçante lui aurait mis la puce à l'oreille, lui permettant ainsi d'empêcher une hécatombe. Elle se faisait honte mais le moment était mal choisi.

Le véritable visage de Chris Wood s'imposa à elle, sa

mâchoire carrée à laquelle il savait donner une allure très déterminée quand il n'obtenait pas ce qu'il voulait ainsi que ses yeux qui n'avaient plus rien du brave cocker et qui pouvaient se faire aussi tranchants que le laser quand son interlocuteur tentait de le berner.

Baigné d'une confiance mal acquise, Arun Khan avait bien essayé de s'attribuer la découverte d'une formule pour optimiser le calcul de l'émission résiduelle de carbone sur le marché des quotas alors naissant lors d'une ultime interview et mal lui en avait pris. Chris l'avait ciblé, avait coupé à travers l'épaisse couche de fumisteries derrière laquelle l'autre s'était barricadé et l'avait refroidi de quelques remarques glaciales lui ôtant, à jamais, l'envie de recommencer. Le PDG connaissait son sujet plus en détail que le meilleur de ses traders et se révélait clairement un authentique passionné d'écologie doublé d'un esprit brillant.

A ce moment-là, Liane avait vraiment cru que cela en était fini de la candidature d' Arun. Après la déculotté virtuelle qu'il s'était vu infliger au dernier obstacle, il aurait dû avoir perdu toutes ses chances d'être recruté. Rétrospectivement, Chris avait bien été le seul à discerner l'imposteur derrière le prétendu cador.

Pourtant il lui avait fait une offre d'emploi somptuaire le lendemain même. Cela n'avait aucun sens à moins, bien entendu, qu'on lui ait forcé la main.

Si Chris Wood était un film, il était un film d'action haletant dont la fin gardait encore tout son suspens.

Elle poursuivit encore quelques minutes dessinant, pour elle-même, une esquisse, sorte de chimère assemblant les principaux traits du banquier. Tel un polaroid, le portrait chinois, en se révélant, rendait son verdict et elle commençait à y voir plus clair.

 Elle n'eut pas le temps de poursuivre son dialogue intérieur alors que se profilait les contours de l'église de la Sainte Confession. L'édifice sans charme n'avait pas été nommé sans une bonne dose d'humour potache de la part des bons pères car il abritait un pôle de télécommunication ultra-moderne mis au service des Soldats de Dieu ce jour-là.

Une fois la limousine arrêtée, l'un des hommes de Coleman qui était assis à la place du passager avant en sortit prestement pour se diriger vers Liane, ouvrant sa portière et la conduisant au pas de course jusqu'à l'intérieur de la crypte dans un beau geste chevaleresque. Mais chez les Soldats de Dieu l'efficacité primait sur la galanterie et malgré tout le charme qui émanait de l'armoire à glace qui se tenait à ses côtés, Liane ne s'y méprit pas. Son garde du corps, qui la naviguait avec fermeté   en lui tenant le bras, ne faisait qu'appliquer la procédure de protection rapprochée dans le cas d'une cible en danger maximum.

Autant pour le romantisme de la situation ! Liane retombait sur terre avec fracas. Sa position n'était pas enviable et elle avait encore du boulot, ou plutôt un ultime pion, à abattre si elle voulait, dans un futur encore indéterminé, pouvoir se promener en pleine rue sans finir comme JFK.

Elle appuya un peu plus fermement sur le bras de son protecteur pour attirer son attention :

- Excusez-moi mais vous ne parleriez pas le mandarin ou le cantonais par hasard ?

Il cilla à peine. Rien ne semblait émouvoir cet homme même les requêtes les plus abracadabrantesques.

- Non, je suis désolé. Ma spécialité est plutôt l'étude des

langues africaines : le Zoulou et le Xhosa en particulier. Mais une de nos sœurs arrive tout juste de Shanghai. Je vais voir si elle peut nous aider.

Un appel téléphonique et quelques minutes plus tard, apparaissait une jeune femme aux allures d'étudiante de l'université de Columbia.

- Je suis Sœur Hilary, comment puis-je vous aider ?

Liane la salua à son tour, lui expliquant rapidement la situation et ce qui serait attendu d'elle. La jeune religieuse approuva, lui offrant un sourire radieux.

- Je dois avoir l'air vraiment méchante, c'est bien cela ?

Elle la prit par l'épaule en se dirigeant vers le studio où le lien vidéo allait être établi par Gaspar qui s'agitait déjà à l'écran depuis Paris.

- Je sens que nous allons bien nous amuser toutes les deux !

Gaspar tirait des deux mains sur son bonnet tout en dodelinant de la tête comme un petit chien en plastique posé sur la plage arrière d'une voiture. Quand il aperçut Liane à l'écran, il se maitrisa difficilement :

- Enfin ! Cela fait des heures que je t'attends. Mais qu'est-ce-que tu fichais ?

Du tac au tac, elle répondit d'un air enjoué en soufflant sur ses ongles :

- Ma manicure a pris plus de temps que prévu.

Puis sérieuse,

- Arrête, Gaspar. Calme-toi. Nous n'avons que deux minutes de retard sur le programme. Est-ce que Hong Kong est connecté ?

Le fidèle ami, qui dissimulait bien mal son inquiétude, soupira

- Tu es en vie, c'est déjà cela. Oui, Hong Kong est connecté et tu verras, ils n'ont pas lésiner sur la mise en scène.

Il lui fit signe qu'il allait effectuer la connexion et disparut des écrans.

Un premier coup d'œil confirma le jugement de Gaspar. En effet, ils avaient fait fort au niveau du décorum ; on se serait cru dans un procès sandiniste de la pire époque. Lumières blafardes et cagoules noires, il ne manquait qu'un drapeau noir et une kalachnikov.

Posé sur une chaise inconfortable au possible, les poignets menottés dans le dos et coiffé d'un sac en tissu noir, Chris Wood était entouré de deux barbouzes qu'on devinait peu commodes.

Quand elle avait donné ses instructions qui consistaient à mettre Chris Wood dans une situation aussi déstabilisante que possible, Liane s'était imaginé avoir face à elle un fantoche promu à la tête d'une des plus grandes institutions bancaires au monde par ses actionnaires chinois qui lui dictaient ses moindres faits et gestes. Il aurait craqué aisément sous les questions, aurait tout déballé en deux minutes vert de trouille et lui aurait fait son petit virement de quatre cents millions de dollars comme les deux autres pour vite mettre derrière lui tous ces insupportables désagréments.

Maintenant, elle n'était plus si sure d'elle. Le portrait chinois avait parlé et elle ne savait pas si elle avait en face d'elle un coupable ou une victime.

Avant de découvrir à quel camp il prêtait allégeance, Liane ne pouvait pas abattre son jeu.

Il lui fallait donc laisser le sale boulot de dérouler cette pelote de nœuds à la jeune sœur qu'elle venait à peine de rencontrer. Elle ferma son micro, et après une dernière mise au point, passa la main à Hilary.

Cette dernière commença par s'adresser aux deux sbires, leur aboyant l'ordre en anglais, de retirer le sac noir qui aveuglait Chris. Liane attendait la réaction de ce dernier, prête à s'emparer du plus petit indice afin de savoir qui elle avait en face d'elle. S'il faisait sa chochotte, menaçant et promettant des représailles à la hauteur de l'affront qu'il subissait, alors il était coupable. Si au contraire, il se pliait à l'exercice en larmoyant, alors il se pouvait… qu'il soit aussi coupable. Elle ne s'en sortait pas.

Chris apparut de dessous son bâillon, clignant fortement des yeux avant de lentement prendre la mesure de l'endroit où il était détenu. Puis il fixa la caméra posée devant lui et ne dit pas un mot. Hugh Grant avait définitivement laissé la place à Tom Cruise, prêt à en découdre.
Hilary se glissa dans son rôle d'interrogatrice des services secrets chinois avec enthousiasme, lui hurlant de donner son nom et son titre, ce qu'elle fit en anglais.

Quand il s'exécuta dans un mandarin absolument parfait, rappelant que c'était dans cette langue ou le cantonnais, si elle préférait, que leurs échanges avaient lieu d'habitude, Liane se dit qu'elle avait sauté un chapitre.
« D'habitude » avait-il dit. Si de telles entrevues faisaient effectivement partie de la routine de Chris, non décidément, elle ne lui enviait pas son existence.
Prêcher le faux pour savoir le vrai, voilà ce qu'il leur restait à faire alors que clairement le banquier, tout en froideur concentrée, avait pris le dessus sur les deux femmes et les devançait même de plusieurs longueurs.
Hilary réintégra, alors, ses vêtements monacaux pour jouer les confesseurs.

- Nous savons tout.

- Alors si vraiment vous savez tout, vous pouvez me dire ce que je fais là ?

- Nous savons tout, pas besoin de mentir, traitre.

- Alors, au risque de me répéter, qu'est-ce que je fais là ?

- Tu es leur complice, larve malfaisante, voilà ce que tu fais là.

- Vous vous trompez et en plus de ne savoir vraiment rien, vous mentez aussi très mal.

Tout cela fut délivré dans un mandarin toujours aussi sublime, suivi par une bordée d'injures en un cantonnais si fleuri qu'il aurait eu sa place dans les pires bas-fonds de Shanghai. Il parvint même à faire rougir sœur Hilary qui poursuivit sur le même registre.

- Batard servile, chien galeux, tu te vautres dans le lit de la concupiscence capitaliste pour nuire à la nation suprême et à son peuple. J'ai les photos et elles ne mentent pas.

Chris soupira :

- Bien sûr que tu as les photos, espèce de gourde, car c'est moi qui les ai données à tes chefs quand les autres ont commencé à me faire chanter. Et tes chefs, qui étaient censés découvrir qui était derrière tout cela, ont été infichus de découvrir quoique soit.

- Tu mens…

- Tes services me connaissent sous toutes les coutures et le fessier que tu vois sur la photo, ce n'est pas le mien. Tu veux que je te le remontre, au cas où tu aies la mémoire courte. Tu me vois faire une partie fine avec deux banquiers véreux et une pétasse avec plus d'heures de vol que mon jet privé qui, pour ton information, m'a été dérobé hier soir pour réapparaitre ce matin à New York La Guardia. D'ailleurs je parie que c'est de là que tu m'appelles, qui que tu sois.

Le type était fort, il fallait en convenir. Liane fit signe à Hilary de jouer leur va-tout.

- Tu devrais faire plus attention à tes petites affaires. Ces derniers temps, tu as réussi à perdre ta réputation, ton jet et j'ai le regret de t'annoncer que Arun Khan, ton protégé, a lui aussi disparu. Volatilisé.

Le banquier se fendit d'un sourire carnassier avant d'éclater de rire.

- Qui que tu sois, étrangère, sois bénie de m'avoir débarrassé de cette petite ordure. Voir sa tête de fouine tous les matins trainer dans les couloirs de ma banque depuis des mois sans savoir quel coup pourri il tramait dans mon dos, cela me rendait malade. Mes actionnaires avaient pourtant offert de le liquider mais sans lui, nous perdions notre fil d'Ariane .

- C'est pourtant toi qui l'a embauché.

- Est-ce que j'avais le choix ? J'étais coincé entre le gang de Peter, Pal et Diane qui menaçait de me vendre aux chinois avec de fausses informations qui auraient signé mon arrêt de mort et les services chinois eux même qui ont quand même mis des semaines et de multiples mises en scène comme celles-ci avant de comprendre que je n'avais rien à voir avec le cataclysme qui était en train de se préparer.

Il reprit son souffle :

- Tu devrais plutôt demander à cette chasseuse de tête française, si professionnelle, comment elle a fait pour se faire refiler un tel tocard.

Liane piqua un fard et fit signe à Hilary qu'elle reprenait la main maintenant convaincue que Chris et elle se trouvait sur le même bateau, victimes du même complot.

- Bonjour Chris. Je vais vous l'expliquer moi-même, c'est
mieux comme cela. Mais d'abord, laissez-moi vous libérer
et vous faire apporter un siège plus confortable.

Chris comprenait vite et, alors que Liane lui exposait la
situation, il ne disait rien, prenant, dans un silence
concentré, la mesure du désastre qui avait été évité.
Quand Liane se tût enfin, il esquissa un sourire à son
intention :
- Bravo, tu as bien récupéré la situation, toi et tes amis. Je
ne sais pas qui ils sont mais ils sont rudement doués.
En revanche, tu t'es fait des ennemis qui vont au-delà de
Peter, Pal et de la Lowenstein. Tu dois bien t'imaginer que
ces trois-là arrosent un sacré ramassis de corrompus abrités
dans les plus hautes sphères politiques et économiques
pour bénéficier des protections qui leur ont permis d' agir
jusqu'à présent sans être inquiétés.
Votre coup de Trafalgar qui a fait disparaitre la perspective
pour toute cette floppée de mafieux de devenir très, très
riches va les énerver et comme ils sont rancuniers… Tu
peux dire adieu à ta vie d'avant. Finie la chasse de tête, finis
les voyages et finis les hôtels de luxe.

Liane approuva de la tête.
- C'est plutôt un soulagement pour moi. Par contre, si tu
me le permets, ta situation n'est pas meilleure.
- Tu crois ? Les Chinois ont besoin de moi et le reste du
monde, à part toi, me prend pour un aimable imbécile, le
cousin un peu demeuré mais tellement bien élevé dont on
se demande chaque jour comment il a pu réussir mais
qu'on n'arrive même pas à jalouser tellement il est crétin.
Je vais t'apprendre quelque chose qui, si tu le répètes,
m'obligera à me débarrasser de toi.

Je ne suis pas un aristocrate anglais, je les déteste et c'est d'ailleurs pour cela que je les imite si bien.

Je suis chinois par ma mère, j'ai été élevé à Pékin avant d'apparaitre à Oxford où pour mes dix-huit ans je me suis offert une toute nouvelle identité, tel que tu me connais aujourd'hui.

Je suis sous la protection de ceux avec qui j'ai grandi. Alors tu vois, il ne m'arrivera rien.

Le banquier commençait à la chauffer sérieusement. Il avait oublié un instant qu'il était encore retenu contre son gré dans un abri secret qui, il ne le savait pas encore, n'était pas dans un district ami des Chinois de Pékin.

Liane le corrigea :

- Merci pour ta confiance mais tes amis ne sont parvenus ni à arrêter le projet de Peter et compagnie, ni à empêcher ton enlèvement. Alors voilà ce qu'on va faire pour repartir sur de bonnes bases. J'ai besoin que tu me rendes deux services, trois fois rien, des broutilles qui scelleraient notre collaboration future.

Il y a au large d'une ile paradisiaque des Caraïbes une cargaison d'or qui n'attend qu'à être récupérée et partagée équitablement.

Toi et tes amis vont s'y coller avec moi et mes amis, ce sera plus intelligent de notre part que de s'épuiser mutuellement en une course au trésor qui ne donnera rien de bon. Nous avons les plans, vous fournissez le matériel : vedettes, équipement de forage, tu vois le tableau.

Enfin, il y a dans un penthouse de luxe au bord de Central Park à New York une certaine harpie qui attend que ton jet privé, que je confesse t'avoir emprunté, la porte vers tes bras musclés. Elle est persuadée d'être irrésistible et qu'ayant enfin rendu les armes, tu as craqué pour elle. Elle a déjà fait liquider deux hommes auxquels je tenais plus qu'ils ne le méritaient. J'aimerai bien que son équipée funeste s'arrête là.

C'est à ses conditions que je te libèrerai et te reconduirai en territoire ami car là, cher Chris, je te garantie que ce serait une très mauvaise idée de vouloir me fausser compagnie.

Joignant ses mains devant lui comme s'il priait, il s'enquit :
- Tu n'as pas peur, c'est bien. Combien d'or ?
- D'après mes calculs, quatre cents millions de dollars.
 Elle marqua une pause pour ménager son effet.
- Chacun… Et pour la Lowenstein ?
Chris soupira .

- Là, je ne vais pas te mentir, je n'aurais qu'à observer depuis le banc de touche que ses anciens amis viennent lui faire la peau. La laisser dans la nature pendant que les deux autres iront prendre le frais à Rikers Island équivaut à mettre sa tête à prix. Fais moi confiance sur ce coup-là.
Il soupira à nouveau.
- Tu sais que je pourrais te faire éliminer une fois libéré ?
Elle eut un rire sec .
- Tu ne le feras pas car nous sommes des idéalistes tous les deux. Tu viens de comprendre que, même si nous ne servons pas les mêmes intérêts, notre collaboration présente et à venir peut s'avérer fructueuse pour chacun.
- Les Chinois me protègent, Liane. Rien ne peut m'arriver, en revanche toi….
Elle rit à nouveau.
- Même les Chinois craignent Dieu. Et ils ont raison.

Un peu plus d'une heure plus tard, Chris avait gracieusement accepté toutes les conditions de Liane. L'or allait être récupéré et dument partagé..

EPILOGUE

– Père Francis, vous êtes sûr que l'on ne nous aura pas suivis ?

Le père Francis distribua à la ronde un de ses sourires rassurants, tout empreint de puissance et de sérénité divines tandis que ses mains qui se crispaient sur le volant du SUV aux vitres teintées racontaient une tout autre histoire. L'homme demeurait concentré balayant méthodiquement la départementale peu fréquentée de ce petit bout de Provence qui avait oublié de se vautrer dans la caricature.

– Arrête Gaspar, tu vas énerver notre bon père et tu connais sa colère, elle peut être sans limite.

– Vous arrêtez les potaches, cela ne me fait pas rire. Je vous rappelle qu'en tant que responsable de la sécurité de notre très Saint-Père depuis sa bien heureuse élection, je sais encore me déplacer sans me faire filer.

Gaspar soupira tandis qu'il lançait un clin d'œil complice à Baptiste qui haussa les épaules, façon diplomatique de faire comprendre à son ami qu'il ne le suivrait pas sur le chemin tortueux où celui-ci s'apprêtait à aller se perdre.

– Sans parler de… Gaspar fit semblant de chercher ses mots… De vos mauvaises habitudes acquises dans votre vie antérieure. Enfin le temps où… Je dis ça, je ne dis rien…

Baptiste fit le signe de croix comme pour se prémunir d'une catastrophe imminente qui n'allait pas tarder à les submerger tous les deux si le père Francis était dans un de ses mauvais jours.

Francis avait surpris le signe de Baptiste et la colère s'envola. Il était toute à la joie de retrouver leurs amis après des mois de planques, de déménagements soudains et de communications cryptées. C'est surtout à Liane qu'il pensait. Il n'avait jamais eu de fille, ni d'enfants d'ailleurs. Il y a des métiers peu compatibles avec la vie de famille et mercenaire d'élite en faisait définitivement partie même si quelques beautés exotiques avaient déployé des trésors de charme pour le faire changer d'avis. Pour Liane cette enfant sans père dont il admirait le cran, il voulait être celui qui protège et rassure et qui surtout jamais n'abandonne.

– Tais-toi, garnement. Laisse-moi plutôt te parler du travail magnifique que mes petits frères réalisent grâce à vous. Plus ils dépensent, plus ils font fructifier.

– Ne me dites pas Francis que vous avez investi le milliard et quelque de dollars que nous avons récoltés sur les marchés financiers ?

– C'est toi Baptiste, le converti néolibéral, qui me pose une telle question ? Ma parole, toi aussi tu as été touché par la grâce. Rien que de la micro finance, des initiatives citoyennes. Plus nous ouvrons grand notre portefeuille, plus il se remplit. Je n'y comprends rien. De vraies noces de Cana modernes. Un miracle, mes amis…

– Un miracle surtout que nous soyons tous encore en vie pour le raconter !

Gaspar avait eu le courage d'exprimer tout haut ce que pensait intérieurement chacun d'entre eux. Ils ne s'étaient pas fait que des amis en dépouillant trois banquiers prestigieusement véreux. Certains y avaient laissé des plumes, d'autres passaient en ce moment par la case « prison ». Ces gens-là pratiquaient la loi du talion comme n'importe quelle petite frappe. Ils y mettaient simplement plus de moyens.

Le père Francis se voulut apaisant.

– Je sais que tu as eu peur plus pour les autres que pour toi-même, Gaspar. Je partage ton sentiment. Mais ayez confiance, mes enfants et regardez les prouesses que vous avez accomplies ensemble. Toi Baptiste, tu as mobilisé tes contacts politiques pour que ne soient pas octroyés de prêts gratuits aux financiers corrompus qui étaient venus crier misère et s'approprier l'argent du contribuable pour colmater les brèches causées par leurs malversations. Sans ce dernier joker qu'ils s'apprêtaient à jouer, ils ont été obligés de se plier à nos exigences.

Faire arrêter le directeur de cabinet du vice-président des États-Unis ainsi que le secrétaire général de la Banque Mondiale et la responsable de la gouvernance de la Banque Centrale Européenne dans la même journée grâce aux informations fournies par les services spéciaux français, quel exploit ! Cela faisait une sacrée brochette de viande avariée. Ton Jean-Pierre et ses condisciples n'ont pas démérité.

Baptiste concéda soudain plus sérieux :

– C'est vrai. Et je crois qu'ils ont été presque contents de m'aider sur ce coup-là. Ils ne l'ont pas fait pour rien, mais presque.

Le père Francis acquiesça :

– Voilà Baptiste, de quoi tu es capable ! Liane a fichu une telle frousse à Peter Brown qu'il a payé ses quatre cents millions sans chercher à négocier. Quant à Pal et Chris, l'un a été pétrifié tandis que l'autre vit enfin la vie dont il rêvait. Celui-là n'était pas un mauvais bougre et de plus, il est passé de notre côté maintenant.

Puis se tournant brièvement vers Gaspar :

– Faire disparaître simultanément et à la minute près, Ron, Frederick et Arun alors qu'ils se trouvaient sur des continents séparés a été une victoire magistrale de trois bataillons des Soldats de Dieu engagés dans l'action. N'oubliez pas qu'il leur a fallu pénétrer dans des banques surprotégées sans éveiller les soupçons, localiser leur cible en toute discrétion puis la droguer subtilement pour qu'elle puisse sortir le plus naturellement du monde des bureaux sans être inquiétée. Je vous assure que l'opération a requis une minutie d'orfèvre et la puissance d'action d'une super production pour ces hommes et ses femmes. Mais John est un tel leader, il les ferait marcher sur l'eau s'il le leur demandait. Si je puis me permettre cette image…

Baptiste éclata de rire.

– Je pense qu'il n'y a que vous Francis qui puissiez vous le permettre dans cette voiture. Gaspar et moi ne sommes que de pauvres pécheurs.

Le religieux gardait tout son sérieux, absorbé à revivre pour la centième fois le déroulement d'un plan tellement ambitieux qu'il lui avait fallu toute la force de sa foi pour croire en sa réussite.

– Gaspar, nous ne t'entendons pas, tu es trop modeste. C'est grâce à toi et à ton amie, cette si chère Nella, que personne n'en a entendu parlé.

Au nom de Nella, Gaspar leva la tête de sa tablette géante depuis laquelle il surveillait les réseaux d'information mondiaux qui apparaissaient sur son écran tel un paquet de spaghetti collants et indigestes.

– Si tu crois que c'était facile de créer un algorithme qui cible puis efface de la toile chacune des centaines de news postées par les fouille-merde de tout genre qui se battaient pour être le premier à annoncer et surtout conjecturer sur la soudaine disparition de trois directeurs financiers aussi connus que ces trois-là. Ils se voyaient déjà tous recevoir le prix Pulitzer.

Des virus particulièrement vicieux préparés spécialement par Nella et son bel amant ukrainien avaient puni les trop curieux. « Bien fait ! » Avait été le sibyllin commentaire de la codeuse de génie.

– Mon père, quel était ce mélange mystique que vous avez fait ingérer à Ted Santa Maria et à ses acolytes pour qu'ils balancent tous les trois, les codes de transfert afin que je puisse tout arrêter ?

Francis baissa les yeux, faussement penaud.

– Un petit mélange concocté par mes frères du monastère Saint-Bernardino. Ah ces vieux hippies ! Ils font honneur à leur ordre de moines guérisseurs. C'était un peu comme un confessionnal mais en version accélérée.

– Mais il paraît que ces trois ordures ne se souviennent de rien.

– N'est-ce pas merveilleux, mon fils. Mieux que l'absolution, ils ont reçu le pardon éternel.

– Je voudrais le même pour Nella, plaida Gaspar.

– Je ne te le conseille pas, mon cher fils. Les effets secondaires ne seraient pas à ta convenance. Un mysticisme profond s'est emparé de ces âmes damnées qui coulent, depuis, des jours paisibles chez mes frères du monastère cistercien des Récollets.

– Celui dont on ne sort jamais ! Ça rime !

Baptiste et Gaspar avaient repris en chœur avant d'éclater de rire. Les trois voyageurs approchaient de leur but et l'humeur oscillait entre la tension et la joie.

– Ah la foi des nouveaux convertis ! Je vous l'assure, mes amis. Ils sont tous trois éternellement reconnaissants à mes chers frères dont l'œuvre de joie et la mission pastorale ne sont jamais finies.

Gaspar hochait la tête incrédule tout en faisant semblant d'implorer un mur des lamentations imaginaire :

– Comme tes prêches, mon Francis.

Puis devant l'expression boudeuse de ce dernier, il lui donna une vigoureuse claque sur l'épaule :

– Pécher d'orgueil, ça se monte à combien dans ta crèche ?

Baptiste et de Gaspar n'eurent pas à employer exagérément leurs pouvoirs de persuasion pour relancer le père Francis sur les rails du cheminement mystérieux qui avait conduit à la réapparition providentielle des véritables Ron, Frederick et Arun qui s'était produite dans le flou et la discrétion la plus totale.

– Sans les troupes de terrain des Soldats de Dieu, rien n'aurait été possible. Toi, Baptiste, avec tes réseaux politiques et toi, Gaspar, avec tes copains « anonymes », vous croyez que le monde entier vous appartient. Mais quand il s'agit de retrouver trois pauvres hères et leur famille retenus en otage par des groupuscules de guérilleros à la petite semaine qui sèment leur terreur sur trois villages et deux cochons, c'est le curé du coin dans sa mission du bout du monde qui a leur confiance et sait négocier.

Il s'était avéré que Ron s'était bien rendu en forêt de Bornéo où il avait été retenu sous les ordres de Paul

Habber par une tribu d'opprimés, négligés par un gouvernement central aux abois. Paul Habber n'avait rencontré aucune difficulté à leur vendre sa salade de Robin des Bois des temps modernes. Ron et les siens avaient donc séjourné plusieurs mois tous frais payés sous la canopée de Bornéo à admirer la biodiversité.

Le véritable Arun avait lui pris le bon air des montagnes birmanes dont il se serait bien volontiers passé.

Quant au véritable Frederick, il avait été arraché à l'étreinte maternelle de sa Bavière adorée pour goûter les joies d'une immersion totale et forcée dans un regroupement communautaire de migrants en Macédoine. Découvrir que le tiers-monde pouvait commencer à 1400 kilomètres de son chalet alpin lui avait fait le plus grand bien.

Récupérés manu militari par les soldats de Dieu, ils avaient aussi tâté d'un autre des mélanges mystiques concoctés par les copains du père Francis. Ils étaient retournés à leur vie d'antan avec un bon mal de tête et une amnésie sélective.

Le silence reprit ses droits dans le véhicule, chacun préparant dans sa tête des retrouvailles qu'ils attendaient depuis des mois.

La mort de Diane Lowenstein, même si aucun d'entre eux ne lui tressait des couronnes, leur avait rappelé s'il en était besoin, que certains avaient la rancœur tenace. En devenant le maillon faible d'un groupe de nantis qui la rendaient responsable de la débâcle générale de leur machination, elle avait payé le prix fort.

Après que Xeo, déguisé en pilote de confiance de Chris, l'ait attirée sur le tarmac de l'aéroport de La Guardia où un Falcon de location relooké avait servi de décor au cliché qui avait tant bouleversé Peter Brown, Diane Lowenstein avait été fort énervée d'apprendre que des problèmes techniques imprévus allaient retarder considérablement son départ pour l'Asie où s'impatientait Chris, son amant banquier. Elle avait donc décidé de retourner à son penthouse du Upper West Side plutôt que de se mélanger au bas peuple qui patientait en troupeau dans le salon VIP des avionneurs privés.

Xeo, toujours dans son rôle, l'avait raccompagnée et avait bien failli y rester. L'avocate était vorace et elle était de la génération de filles américaines pour lesquelles Top Gun était un fantasme qu'il fallait réaliser avant de mourir. Xeo était loin de comprendre combien Diane avait l'instinct sûr. Coucher avec ce beau pilote, même d'opérette, s'avérerait être sa dernière chance de cocher la case « fantasme aérien » d'un curriculum vitae déjà riche en excès.

Xeo prétexta des réparations urgentes à superviser. Diane fut assassinée la nuit suivante.

Peter et Pal furent les seuls qui assistèrent, dignes, à la fermeture du cercueil et à aux funérailles. Les âmes naïves auraient vu là la preuve émouvante d'une amitié inextinguible et d'une fidélité s'étendant au-delà du Styx. Ils auraient eu tort. Pal et Peter n'auraient délégué à personne le soin de s'assurer que la Lowenstein, ce ratel au féminin en qui ils voyaient la cause unique de leurs petites misères, était bel et bien morte et enterrée. Malheureusement pour eux, rien ne garantissait qu'elle ne serait pas capable de revenir des Enfers avec Hadès à ses côtés pour leur faire la peau.
Puis ils s'engouffrèrent dans les discrètes limousines noires mises à leur disposition par le FBI qui les attendaient pour

un aller simple vers le centre pénitencier le plus proche. Cette délicate attention leur évita au moins l'affront de se colleter avec l'armée de micros et de caméra qui voulait savoir pourquoi ils avaient tous deux, tout comme leurs directeurs financiers respectifs, décidé de se retirer des affaires avec tant de précipitations.

Quand enfin le mas apparut après quelques kilomètres de chemin rocailleux, l'émotion était palpable. Seuls deux gros véhicules noirs dissimulés sous un auvent indiquaient la présence des Soldats de Dieu.

– Ces types sont de vrais caméléons, murmura le père Francis en se garant. Je parie qu'ils nous suivent depuis des kilomètres.

C'est Liane qui apparut la première. Elle les avait entendus arriver depuis la fraîcheur de la piscine et n'avait même pas pris le temps de se sécher pour se jeter, dégoulinante et radieuse, dans les bras de Baptiste qui écrasa une larme puis dans ceux de Gaspar qui envoyait son beanie en l'air, tel un cow-boy joyeux. John Coleman ouvrait déjà l'étreinte puissante avec laquelle il avait accueilli le père Francis pour se tourner vers un Baptiste qui n'attendait que cette occasion pour prendre la place du prélat. Xeo les avait rejoints, tout sourire, posant une main protectrice dans le creux des reins de Liane qui rougit avant de glousser comme une adolescente, ce qui fit lever les yeux au ciel à Gaspar.

– C'est quoi cette musique de chiotte ?

Une techno improbable s'élevait d'un coin de garrigue où on devinait un hamac dont l'occupant chantait d'une voix fausse à faire dépérir les lavandes sur un rayon considérable.

– Vous hébergez des travailleurs polonais ?

– Non, c'est de l'ukrainien. On s'y fait.

Xeo pinçait ses lèvres pour ne pas rire tandis que Liane en rajoutait une couche.

– Moi j'ai fini par aimer, à la longue.

Gaspar fulminait :

– Ne me dites pas que ce salaud de Viktor est là ? Celui qui m'a volé ma Nella ?

– Ce « salaud de Viktor » nous a quand même bien aidés, je te rappelle. Le piratage des téléphones mobiles de Peter, Chris et Pal, c'était tout de même un tour de force. Mais cet être délicieux, quoique rustre j'en conviens, est reparti hier après avoir épuisé les réserves de vodka des trois départements limitrophes en deux semaines. Quant à Nella, tu n'as qu'à te laisser guider par la musique en suivant le chemin jonché des petits animaux morts de l'avoir écoutée chanter. Allez va !

Gaspar était déjà parti en courant vers le hamac bondissant tandis que Liane, tenant la main du père Francis, lui parlait à voix basse de son prochain plan pour lever des fonds pour ses « bonnes œuvres ».

Le bon père lui sourit comme à une incorrigible enfant avant de lui poser un baiser paternel sur le front.